文春文庫

駆け入りの寺

澤田瞳子

文藝春秋

目次

駆け入りの寺

一　駆け入りの寺

一

柴折垣《しおりがき》の陰で、盛りの過ぎた小菊が揺れている。その黄ばんだ葉の下で後ろ脚を片方失った蟷螂《かまきり》がのろのろと蠢《うごめ》いていると気づき、梶江《かじえ》静馬《しずま》は庭掃きの手を止めた。

洛中から北東に一里。比叡《ひえい》の山裾《やますそ》に建つ林丘寺《りんきゅうじ》は、冬の訪れが早い。そのせいか、身体を傾がせて這いずる蟷螂の動きは亀を思わせるほど鈍く、このままでは通りがかった者に踏みつぶされてしまいそうだ。

吹きすさぶ風に首をすくめながら、静馬はその場に膝をついた。陽の射す方へと懸命に這いずる蟷螂をひょいと摘まみ、柴折垣の天辺へ乗せてやる。その途端、背にしていた御殿の方角で、突然、若い女の声が響いた。

「ええい、頭《おつむ》が頑なな普明院《ふみょういん》さんとは、これ以上お話ししてもおもうもうな（うっとうしい）だけやッ」

静馬があわてててそちらに向き直って平伏するのと、林丘寺住持《じゆうじ》である元秀《げんしゆう》が足音も高く広縁《ひろえん》に姿を現したのはほぼ同時。絖絹《ぬめぎぬ》の法衣が降り散る落葉に似た軽さで、静馬の視界の隅で翻《ひるがえ》った。

「ご、御前《ごぜん》。普明院さんに何となめしき（失礼な）申しようをあそばすのです。これ、御前、どうかお待ちあそばされて」

「ええい。おつねかて、どうせ普明院さんのおかたにならしゃる（肩を持つ）のやろ。こなた（自分）は決して、普明院さんに謝まりませんえッ」

いまだ俗名のおつねで呼ばれる賢昌尼《けんしように》は、元秀のお乳の人《ち》（乳母）。豆腐に似た白く平べったい顔に困惑を浮かべる賢昌の姿が、静馬の眼裏《まなうら》にありありと浮かんだ。

「だいたい一番悪《あ》しいのは、お父《もう》さんじゃ。そのご威光を慮《おもんぱか》って、誰も吉子《きちこ》の身の上をおいとしい（可哀想）と思わぬのが、こなたにはおにつかる思いがして（腹立たしくて）なりませぬ」

「なにを仰せにならしゃります。仙洞《せんとう》さん（上皇さま）には、余人にはうかがうすべもない叡慮がおありなのであらしゃりましょう。そこに御前がお口をお出しあそばされるのは、あまりにおちかぢかしゅう（差し出がましく）あらしゃりますえ」

二人の声は広縁を回り込み、大書院の方へと去って行く。それが耳を澄まさねば聞こえぬほど遠くなるのと同時に、「これはまた」との呟きが耳を叩いた。

「御前が普明院さまに向かって声を荒げられるとは、いったいどうなさったのでございましょうなあ」

振り返れば相役の滝山与五郎《たきやまよごろう》が箒《ほうき》と叺《かます》を小脇に引き付けて、築山の脇で首をひねっている。

この秋に父親から林丘寺青侍《あおざむらい》の職を継いだ与五郎は、静馬より七つ歳下の十八歳。御年二十一歳の御門跡《ごもんぜき》・元秀尼の気性もいまだよく飲み込めていないだけに、その怒りように心底驚いているらしい。団栗《どんぐり》を思わせる鼻をうごめかせ、元秀たちの消えた広縁の果てを不安げに見つめた。

「吉子さまと言えば、確か御前の一番下の異母妹《いもうと》ぎみ。そういえばその許嫁《いいなずけ》でらっしゃる江戸の大樹《たいじゅ》公が亡くなられてから、早半年になりますが――」

「与五郎、いらぬ詮索はよせ。かようなことは、我々には関わりなき話だぞ」

ぴしりと遮《さえぎ》った静馬に、与五郎が鼻先を弾かれた猫のように押し黙る。不満げな眼差しに知らぬ顔を決め込み、静馬は箒を摑《つか》んで立ち上がった。

とはいえ元秀の口走りは、静馬たちにも決して無関係ではない。何せここ林丘寺は、歴代皇女を住持にいただく比丘尼御所《びくにごしょ》（尼門跡）。そして元秀は当今《とうぎん》（当代の天皇）・中御門《なかみかど》天皇の叔母であるとともに、六十三歳の今も御所に睨みを利かせる仙洞さまこと霊元《れいげん》上皇の第十皇女なのだから。

昨年の秋、元秀の異母妹である八十宮《やそのみや》吉子は、二歳の幼さで江戸の第七代将軍・徳川《とくがわ》家継《いえつぐ》の許嫁に定められた。だがこの夏、家継公はわずか八歳で死去し、吉子は幼女の身にもかかわらず嫁ぎ先を失ってしまったのである。

元秀が先代住持である普明院元瑶《げんよう》に対して怒りを露わにしたのも、そんな異母妹を案じるあまりだろう。とはいえ静馬からすれば、顔も見たことのない八十宮の身の上などどうでもよかった。

「早く掃除を終えねば、また須賀沼《すがぬま》さまに叱られるぞ。池端の次はご門前だ。さあ、行け行け」

急き立てる物言いに、与五郎が子どもじみた仕草で頬をふくらます。それに気付かぬふりで集めたばかりの落葉を叺に入れながら、静馬は御殿の奥を横目でうかがった。

いくら丁寧に掃き清めても、頭上からはまた新たな葉が降ってくる。石段を降りて行く与五郎に背を向けるや、静馬は叺を背負い上げ、築山の陰を選んで走り出した。

柴折垣の上に止まったままの蟷螂がそんな静馬を鼓舞するかの如く、細い鎌を弱々しく振り上げていた。

林丘寺の創建は、三十六年前。後水尾《ごみずのお》上皇が営んだ修学院山荘の一部を寺に改め、上皇の第八皇女・緋宮光子《あけのみやてるこ》内親王こと元瑶尼を開山として迎えたのが始まりである。

皇女や高位の公家の姫を住持にいただく比丘尼御所は、洛中を中心に十五か寺。そのうち室町時代に開かれた大聖寺《だいしょうじ》や宝鏡寺《ほうきょうじ》は御寺《おてら》御所の異名を有する格式高い大寺だが、林丘寺はそれらに比べれば新参の寺である。

開基である元瑤は九年前、姪に当たる元秀に住持職を譲り、現在は普明院と号して気ままな隠棲暮らしを楽しんでいる。元秀もまた穏和な元瑤を慕い、時には仲睦まじく連れ立って畑仕事に勤《いそ》しむ折すらあった。

与五郎にはああ言ったが、いくら異母妹が不憫でならぬとはいえ、仲のいい元瑤に元秀が罵声を浴びせ付けるとは珍しい。乳呑児の頃からこの林丘寺で育った静馬にとっては、当代の元秀尼より、ましてや遠く離れた御所におわす八十宮より、先代・元瑤の方がはるかに大事である。御年八十三の彼女が後嗣《こうし》との諍《いさか》いに老いた胸を苦しめているのではないかと思うと、それだけでじっとしていられなかった。

叺と箒を番小屋に投げ込むと、襷《たすき》を外し、袴《はかま》の股立《ももだ》ちを降ろして身形《みなり》を整える。与五郎を追いやった総門には眼もくれず、そのまま寺の庫裏《くり》に駆け込んだ。

皇族が入室する門跡寺院は仏寺としての役目をになう「奥」と、その運営を司る「表」に大別され、「表」には朝廷から御内《みうち》（家来）が派遣されるのが慣例である。林丘寺とてそれは例外ではなく、総取締役たる御《ご》家司《けいし》・松浦織部《まつうらおりべ》の下、寺内の事務に当たる御近習《ごきんじゅう》、雑用全般を務める静馬や与五郎のような青侍、それに半僧半俗の侍法師《さむらいほうし》などが、「奥」

の尼たちを守って日々を過ごしていた。

「おおい、浄訓《じょうくん》」

間もなく正午を迎える庫裏には、旨そうな汁の匂いが満ちている。お清《きよ》（下女）と共に板間で御膳を整えていた見習い尼の浄訓が、太い眉を露骨にひそめて静馬を振り返った。

「なによ、静馬。青侍が御清所《おきよどころ》（台所）に、いったい何の用なの」

林丘寺の食事は、一日二回。それに加えて、御供御《おくご》と称する軽い昼餉《ひるげ》を取るのが習わしで、北の畑で穫れる野菜を調理し、総勢二十人近い尼たちの膳を拵《こしら》えるのは、若い見習い尼の大切な仕事であった。

「聞きたいことがあるんだ。ちょっと話ができないか」

若い頃、上京《かみぎょう》・大聖寺付きの青侍をしていた養父・梶江源左衛門《げんざえもん》に言わせれば、他の比丘尼御所では、「表」の侍が「奥」の尼と親しく口を利くことはありえないという。寺の奥に踏み入れるのは御家司一人であり、寺侍は御清所の敷居すらまたげぬ定めだとも聞かされていた。

だがその歴史の浅さと、洛中から遠く隔たった土地柄ゆえであろう。林丘寺では見習い尼はもちろん、必要となれば公家の出である尼公《あまぎみ》までもが、侍に直に言葉をかける。庭掃除に勤しむ静馬や与五郎に、元秀が手ずから菓子を与える折すら稀にあった。

「ふうん、聞きたいことねえ」

浄訓は青々と剃りこぼちた頭を、わざとらしく傾げた。そうしながらも傍らに積み上げた膳を次々と布巾で拭い、塗りの皿を手早くその上に並べている。

「ひょっとしてさっきの御前のご様子から、元瑶さまの御身を案じているのかしら。まったく静馬の頭の中は、いっつも元瑶さまのことばかりなんだから」

どうやら先ほどの元秀の声は、御清所まで響いていたらしい。図星を指されて渋々うなずいた静馬に、浄訓は呆れたと言わんばかりに目を見開いた。

「だったら案じる必要なんてないじゃない。御前の癇癪《かんしゃく》ぐらい、元瑶さまは何ともお思いにならられないわよ。一言も言い返されなかったのだって、要は聞き流されただけだわ」

浄訓の父は、林丘寺付き侍法師の碇監物《いかりけんもつ》。法体ながら帯刀妻帯を許される侍法師は、比丘尼御所の警固役であるとともに、林丘寺領を管理する代官の任も兼ねていた。

その一粒種の浄訓は、ゆくゆくは還俗《げんぞく》して婿を取ると決まっている。とはいえ浄訓の男勝りの気性やへらず口は寺侍の間でも評判で、御家司・松浦織部なぞは、「あの娘に婿の来手があるならば、我が家の行かず後家の末娘にも望みがあるわなあ」と、事あるごとに周囲に漏らしていた。

「いや、それはわかっているが」

ともに寺内で育った幼馴染だけに、浄訓は静馬に対して容赦がない。立て板に水の口舌にもごもごと言い訳していると、もう一人の見習い尼である円照《えんしょう》が奥から顔をのぞかせ、ちょっと、と相役を制した。

「浄訓ったらまた、静馬さまを困らせて」

各部屋の花を替えていたのか、小脇に抱えた花籠にはしおれた菊や椿が無造作に投げ入れられている。土間の端に控えたお清に籠を渡すと、円照は桶の水で手を清めてから、浄訓の隣に端坐した。鷺《さぎ》が池端に舞い降りるにも似た、静かな挙措《きょそ》であった。

「静馬さまがどれほど普明院さまを案じておいでかは、浄訓だって知っているでしょう。それぐらいの心配は当然じゃない」

円照は浄訓と同い年とは思えぬほど落ち着いた気性で、肉づきの薄い頬がその印象を一層寂しげなものにしている。それでいて、嫌なことには一歩も譲らず、時には上臈《じょうろう》（貴人に仕える高位の女性）やお次（奥向きの雑事を職掌とする女性）にもきっぱり抗弁する頑固さから、入寺から一年余りで、「いりいり（炒り豆）さん」との仇名《あだな》が付けられていた。

相役にたしなめられたのが悔しいのか、浄訓はしばらくの間、口をへの字に引き結んで、細い眼を宙に据えていた。だがやがて土間に立ちつくしたままの静馬をじろりと睨み、小さく溜息をついた。

「――元瑶さまは今日の御供御を、龍田の間で召しあがられるそうよ。そんなに気になるんだったら、庭先にでも控えていたらどう」

林丘寺の構えは総じて御所のそれに近く、元瑶や元秀の御座所である上ノ御客殿は元瑶の義母・東福門院和子《とうふくもんいんまさこ》の御化粧殿を移築した殿舎《でんしゃ》。修学院山荘の御茶屋として建てられた楽只軒《らくしけん》や大書院も、入母屋《いりもや》造り栩葺《とちぶき》の屋根に拭板《ぬぐいいた》の濡れ縁を巡らし、およそ山寺と呼ばれるにはふさわしからぬ豪華な堂宇《どうう》である。

御仏堂や庫裏は瓦が葺かれ、かろうじて寺院の趣が強い。それでも御所より賜った総門や数々の蔵が比叡山へと続く小高い丘の中腹に建ち並ぶ様は、田畑が広がる洛北ののどかな風景のただなかにあって、ひときわ異彩を放っていた。

龍田の間は元瑶の隠居場である御客殿西北棟にもほど近く、そんな寺内では、まだ簡素に設《しつら》えられた一間であった。

「本当は今日、元秀さまと元瑶さまがともに龍田の間で御供御をあがられるはずだったの。だけど元秀さまったら、さっきの元瑶さまとのやりとりがまだ腹に据えかねてらっしゃるのでしょうね。先ほど賢昌さまが、御前は仏堂に籠るから御供御は要らないと伝えに来られたわ」

木目込《きめこ》み人形のように目鼻立ちが整った元秀は、その面差し通り、非常に真面目な気性。ただその反面、いったん怒り出すと乳母の賢昌ですら手のつけられぬ荒れかたをする。この分では供御はおろか、夕餉の時刻になっても御堂から出て来られぬやもと思いながら、静馬は小さくうなずいた。

「わかった。助かったぞ、浄訓」

上がり框《かまち》から跳ね立った静馬に、浄訓はふん、と鼻を鳴らした。

「他の青侍だったら、上臈衆に追っ払われるかもしれないけど、静馬なら大丈夫でしょうよ。なにせあんたは――」

静馬は庫裏を飛び出した。折しも吹いた風に紛れ、浄訓の言葉は最後まで聞こえなかったが、そこに何が続いたのかは考えるまでもなかった。

――元瑶さまの養い子なんだからさ。

二

乳呑児だった静馬が林丘寺に引き取られたのは、二十四年前の師走。あと数日で年も暮れようという日の夕刻だったという。

「それはそれは風の強い、寒い夕もじ（夕べ）でのう。まだ赤子《わかご》のそもじ（そなた）を青蓮院《しょうれんいん》さんに引き取りに行かしゃった梶江源左衛門なぞ、おかげで元旦を咳気《がいき》け（風邪っ引き）で過ごすはめにならしゃったほどじゃ」

静馬の両親は洛東・青蓮院門跡で働く下男下女。青蓮院の里坊《さとぼう》から出た火事に巻き込まれ、たまたま近郷の知人に預けられていた乳呑児を残して、夫妻共に亡くなったのであった。

「当時の青蓮院ご門主の尊証《そんしょう》さんはこなたの異母弟《おとうと》じゃが、生まれ付きのやまいよわい（病弱な）お方でのう。間近で起きた火事におおどろきさん（驚き）になられ、そのまお床について（寝ついて）あらしゃったのじゃ」

無論、青蓮院は類焼した家々に手厚い詫びを入れたが、孤児になった子どもの処遇については寺内でも意見が割れた。それを知った元瑶はその赤子を林丘寺で養育しようと、名乗りを上げたのであった。

もともと元瑶は四十代の頃、林丘寺で数名の孤児を養っていた。彼らはとうの昔に育ち、しかるべき家の養子となっているが、六十の坂を目前にしながら久々に男児を引き取ったのは、それだけ病弱な異母弟を案じればこそであった。

静吉《せいきち》という名を与えられ、やんちゃで活発に育った少年に、元瑶は優しくも厳しい教育を施した。そしてそれまで扶育した子どもたち同様、出入りの商人を通じて養子先を探し、静吉が七歳の夏、上賀茂村の鍛冶屋に彼を託したのであった。

まだ頑是《がんぜ》ないうちに静吉を寺から出したのは、少しでも早く養父母に慣れさせねばとの元瑶の計らいだったに違いない。さりながら当の本人からすれば、それまでの尼公に囲まれての静かな日々が、突然、ごうごうという炉音の響き渡る鍛冶屋の寝起きに変わったのだ。大書院や庫裏とは似ても似つかぬ田舎家、尼たちとは異なる荒気《あらけ》ない口調の養父母にも、なかなか馴染めなかった。

「お寺に帰してよ。元瑶さま、元瑶さまはどこなの」

泣き喚《わめ》く子どもの機嫌を懸命に取り続けた養父母の優しさは、この年になればよく分かる。だが当時の静吉には遠慮がちに自分に接する二人も、林丘寺とはまるで異なる川沿いの農村も、なにもかもが嫌でならなかった。

与えられた飯をひっくり返し、頭を撫でようとする養父母の手を振り払い……とうとう家を飛び出し、林丘寺に逃げ帰ったのは、里子に出されて三月後。数日来の長雨がいっそう冷たさを増す、秋の夜半であった。

「開けて、開けてよ、元瑶さま。監物さまァ、源左衛門さま——」

篠突く雨の中、総門を叩きながらの子どもの喚きを最初に聞きつけたのは、不寝番《ねずばん》をしていた梶江源左衛門だった。

上賀茂村から林丘寺までは、一里余り。道中を濡れ鼠で駆けてきた静吉の小さな身体は火照《ほて》り、くぐり戸を開いた途端に倒れ込んできたその両の眼は潤んで虚ろに泳いでいた。

「これはいかん。誰ぞ、藤林《ふじばやし》さまをお呼びして来い」

林丘寺出入りのご典医・藤林道寿《どうじゅ》がすぐさま呼びつけられたものの、静吉の熱はなかなか下がらなかった。そうこうする間にも降り続く雨は激しさを増し、門前を流れる音羽川はごうごうとうねりを立てる濁流に変じた。

「藤林さま、かような荒天の中、無理にお帰りになられては危のうございます。今宵は寺にお泊まりくだされ」

「ううむ、そうじゃな。ではお言葉に甘えさせてもらおう」

上賀茂村の養父母は今頃、姿の見えぬ養い子を血眼で探していよう。とはいえこの荒天の中、危険を承知で下部《しもべ》（小者）を使いに出すわけにもいかない。源左衛門は松浦織部と相談の上、夫婦の元には雨が上がってから、事情を説明に行こうと決めた。彼らが雨を突いて林丘寺を訪ねてきたなら、その時に事情を話せばよいとの思いもあった。

それだけに元瑶を始めとする寺の人々は、静吉が家を飛び出した半日後、養父母の住まう上賀茂村の川堤が切れた事実を知るよしもなかった。

川近くの十数戸が荒れ狂う濁流に飲み込まれたこと、静吉の養家もそこに含まれていたことを彼らが知ったのは、それから三日後。昼夜を問わず降り続いた雨がようやく止み、池も築山も見分けがつかぬほど水浸しとなった庭に、薄日が差し始めた昼過ぎであった。

その日の夕刻、庫裏の一室に寝かされていた静吉は、ことり、と小さな音が聞こえた気がして、薄く眼を開けた。

まだ熱があると見えて頭の中には霞《かすみ》がかかり、こめかみがじんじんと音を立てている。以前であればこんな時は、元瑶が大丈夫ですよと笑って手を握ってくれた。だが静吉が寺に戻って以来、あの穏やかな老尼は一度も顔を見せてくれない。

上賀茂村に遣《や》られる朝、元瑶はいい子にするのですよと笑って、自分を送り出した。その言いつけを破って寺に逃げ帰ったことに、御前は怒っているのだろうか。やっぱり自分はもう二度と、ここに帰ってきてはならなかったのか。

堪《こら》えていた涙は、いったん堰《せき》を切るととめどなく溢れてきた。寝返りを打って、拳で目元を拭った静吉は、いつの間にか床の脇に元瑶尼が座っていることに気付き、思わず布団を蹴飛ばして起き直った。

「元瑶さま――」

小さくうなずいた元瑶の顔がひどく悲しげに見え、静吉は身体を堅くした。

「ごめんなさい、元瑶さま。でも、おいら、おいら、どうしても」

言い訳は途中で、嗚咽に遮られて途絶えた。しかし元瑶は身じろぎもせぬまま、ただじっとこちらを見下ろすばかりである。

その挙措が自分を責めているゆえだと思い込み、静吉は更に激しくしゃくりあげた。

この寺にはもう、自分の居場所はなかったのだ。その事実を承知しながら、それでも自分はもう一度、元瑶に会いたかった。あの丸々とした手で頭を撫でてもらいたかった。

決して、養父母が嫌いだったわけではない。ただあの二人よりも元瑶のことが好きだった、それだけだったのだ。

「そもじはそないにこの寺に留まりたかったのか」

長い沈黙の果ての元瑶の問いに、静吉は泣きじゃくりながらこくこくとうなずいた。

軽い溜息が聞こえ、やがてひどく温かな手がためらいがちに頭の上に置かれた。

「わかった。ではそもじはいまこの時から、梶江のお子たち（子ども）にならしゃれ。そして長じた後は青侍として、こなたのお側さん（側仕え）として働くのじゃ。よいな」

「梶江さまの――」

「そうじゃ。幸か不幸か、あれは男やもめ。そもじは梶江をうつうつしゅう（うっとうしく）思うておらぬじゃろう？」

静かな問いかけに、静吉はぶんぶんと首を振った。

侍法師の碇監物は怖いし、その娘のお訓《くん》はちょっといじめるとすぐにわんわんと泣いて可愛げがない。だが三十半ばの源左衛門は口数こそ少ないものの、暇があると静吉を招き寄せ、小刀で紙鳶《いかのぼり》を作ってくれもした。

あの源左衛門の息子になる。その意味がまだよく分からぬ静吉をうながして横にならせせ、元瑶は胸元に布団をかけた。その裾を二度、軽く叩いてから、静吉の顔をのぞき込む。それは静吉を寝かしつける時の、元瑶のいつもの癖であった。

「これで決まりじゃ。明日にはおじょう払いをし（床を払い）、侍長屋にすべ（下がらしゃれ。今度《こたび》は養い親を嫌うて、逃げ出したりせぬようになあ」

こうして静吉は梶江源左衛門の養子となり、名を静馬と改めた。

まだ幼い少年の胸裏を慮ってか、元瑶や源左衛門は上賀茂の養父母について、静馬に皆目語ろうとしなかった。だが年を重ね、寺内の者たちの言葉の端々から、あの長雨の日、上賀茂村で何が起きたかを知ると、静馬は時折、自分が養父母の家を抜け出さなかったなら彼らは死なずに済んだのではと思うようになった。

無論、自分があの家に留まっていようが、激しい雨に川堤は切れ、濁流は村に押し寄せたであろう。とはいえ養家に馴染めず、暇さえあれば障子の隙間から比叡の御山の方角を眺めていた自分なら、迫り来る濁流に一番に気付けたのではないか。足の悪かった養母の手を引き、二人を高台に導けたのではないか。

梶江源左衛門は静馬が御長屋に移ったその日から、身の周りの世話から手習い、果ては剣術の稽古まで、実の親でもこうはいかぬというほど親身に面倒を見てくれた。そんな新たな養い親の優しさが身に沁みるにつけ、静馬は己のわがままが上賀茂の養父母を死なせたとの呵責《かしやく》に身を苛《さいな》まれた。

元瑶はあの日以来、たった一度だけ見せた哀しげな顔が嘘のように、にこやかな態度を崩さない。それが嬉しければ嬉しいほど、胸の底にはもはや顔も思い出せぬ養父母の姿が重い石の如くわだかまり続けた。

やがて青年と呼ぶにふさわしい年齢に至った頃には、静馬は幼い頃の朗らかさを失い口数の少ない、臆病な気性に育っていた。元瑶を慕い、育ての親の源左衛門を敬愛していることに変わりはない。しかし彼らが少しでも体調を崩したり、浮かない顔をしたりしていれば、浄訓や監物の嘲《あざけ》りの目も憚《はばか》らずに狼狽《ろうばい》する。そのくせ林丘寺の平穏のためには身を粉にして働き、松浦織部に感心されもした。幾ら他人に後ろ指差されようとも、御寺の――元瑶尼のために尽くすことこそが、静馬の生きる意味となっていた。

生まれながら寺暮らしを許され、実の親の愛情を一身に受けてきた浄訓には、この恐怖は分かるまい。そう思うと幼馴染に対してすら、心の裡《うち》を明かさぬ癖が自ずとついた。

先ほど網で芥《あくた》をすくったばかりの池には、早くも数枚の落葉が浮かんでいる。面を伏せたまま池端の小道を歩み、静馬は楽只軒の広縁の脇に膝をついた。

すでに元瑶が出御《しゅつぎょ》していると見え、上臈衆ののんびりした御所言葉が室内から小波《さざなみ》の如く響いてきた。

「普明院さん、ごきげんよう。今日もじのお汁《つけ》は椎茸《はつみ》。それに小豆《あか》の餅《おかちん》であらしゃります」

林丘寺の食事は暦によって定められており、たとえば本尊・聖観世音菩薩の縁日である毎月十八日は小豆餅を、また元瑶の実父・後水尾帝の忌日にあたる毎月十九日は、亡き上皇の好物であった葱《ひともじ》の汁を供御に供する決まりであった。

「ありがとう」

しゃがれた元瑶の応《いら》えに、尼たちが平伏する気配がする。常と変わらぬその声に胸を撫で下ろし、静馬は更に耳を澄ませた。

「ご機嫌よう、お上がりあそばしてくださいませ」

「ありがとう。——おや」

小さな呟きとともに、箸を置く音がかたりと聞こえた。柔らかな衣ずれの音がして、ついで頭上にぬっと人影が差した。

「なんや、静馬。そんなところに侍《さぶろ》うてあらしゃったのか」

いくらかつての養い子とはいえ、今の静馬は一介の青侍に過ぎない。上臈衆の前ではさすがに直答もならず、静馬はいっそう深く頭を下げた。

「ちょうどよい。そもじに用事があったのじゃ。面を上げっしゃれ」

「普明院さん、御用やったらこなたがたが」

直に命じられては拒みもできずに顔を上げれば、尼たちが口々に元瑶を押しとどめている。だが元瑶はそれを無視し、広縁の際によいしょと腰を下ろした。慌てて運ばれてきた敷物を敷き、「実はのう」と続けた。

「用とは他でもない。先《せん》もじ（先ほど）お次がおすす（掃除）をしてあらしゃったところ、こなたの枕屏風が破られてしもうての」

静馬は部屋の奥からこちらに険しい眼を向ける上臈やお次の尼を、横目でうかがった。

元瑶のお乳の人は十数年前に亡くなり、いま彼女に近侍《きんじ》している上臈は小上臈の諄仙《じゅんせん》のみ。すでに七十を超えた諄仙は、かつて後水尾上皇より直々に林丘寺付きを命じられたのが自慢で、元秀に従って入寺した大上臈・慈薫《じくん》や小上臈の珍雲《ちんうん》とは仲が悪い。身分の上下にもうるさく、静馬はもちろん、ことによっては御家司・松浦織部にすら高慢な口を利くこともあった。

「あの屏風は、法橋光琳《ほっきょうこうりん》とやら申す絵師が手がけたもの。織部に仰せて、同じような屏風を光琳からこしらえて（買って）はくれぬか」

元瑶は多芸な質《たち》で立花《りっか》や絵画、更には作詩を得意としている。ことに絵画は御用絵師・狩野安信《かのうやすのぶ》や黄檗《おうばく》の画僧・卓峰道秀《たくほうどうしゅう》の手ほどきを受け、手ずから描いた観音図を近しい者に与えるほど堪能であった。

そんな元瑶愛用の枕屏風は七、八年ほど前、新町二条の町絵師である尾形《おがた》光琳に描かせたもの。金泥《きんでい》地に濃彩で大小の蓮花を表した、繊細で華やかな作であった。

「おそれいります、元瑶さま。それはご無理な仰せでございます」

「それはまた、何故《なにゆえ》じゃ」

「法橋光琳は確か、この夏の半ばにおかくれにならしゃった（お亡くなりになった）と御家司さまよりうかがっております。枕屛風は何卒《なにとぞ》、他の絵師にお申し付けくださいー」

静馬たち青侍は、普段はほとんど御所言葉を用いない。それでも人の病臥《びょうが》や死などを住持や普明院に告げる折だけは、どうしても忌み言葉を使わねばならなかった。

「ほう、法橋はおかくれにならしゃったのか。確か、こなたより随分年下と覚えておるが」

「さようでございます。六十になるやならずだったと存じます」

「六十か。自分より若いお方がおかくれにならしゃるのは、おさびさびの事（さみしい）じゃのう」

後水尾天皇は東福門院和子を始めとする数々の女性に、男児十三人女児十七人を産ませたが、そのうち現在も存命なのは元瑶と霊元上皇の二人のみ。それだけに息子ほど年の離れた尾形光琳の死に、思うところがあるのだろう。元瑶は軽く瞑目して、西方に手を合わせた。

ゆっくり向き直ってから、中啓《ちゅうけい》の要で軽く広縁を叩き、「ならば」と妙に悪戯っぽい顔になった。

「もう一つ、頼まれてくれぬか。実は御前が先もじから、意地を張って御仏堂にお籠りあそばされてな。ただ今日もじの御供御の小豆の餅《あかのおかちん》は、御前の好物《おすきさん》。供御を要らぬと仰せにならしゃったことを、今ごろさぞ悔やんであらしゃろう。ついては、この餅、御前にこっそり届けてはくれぬか。人間、お腹《なか》さえくちくなれば、少しは気も落ち着こうというものや」

その声音には、先ほどまでの翳《かげ》りはない。膝先に運ばれてきた己の膳部《ぜんぶ》を中啓で示す元瑶に、静馬は深々と頭を下げた。

「かしこまりましてございます」

二人のやりとりを聞いていたお次が、小豆餅を載せた朱塗りの高坏《たかつき》を運んでくる。それを押しいただく静馬を眺めながら、元瑶は「それにしても」と呟いた。

「御前があれほどのひんねし（むくれ）をお起こしあそばされるとは、こなたもおつねも思わなんだ。まあ少し落ち着かれれば、仙洞さんもお好きさんで八十宮さんを寡婦として扱われるわけではないと、すぐお気付きにならしゃるやろけどなあ」

「八十宮さまが寡婦に――」

元瑶はそうじゃと頤《おとがい》を引いた。

「一旦、大樹さん（将軍）と縁組整うた者を、他に嫁がせられへんとの叡慮や。すでに江戸方より五百石の合力米があげまっしゃれ（奉《たてまつ》られ）、どこぞに御殿を拵えることもお定《さだま》り（決まっている）なのやと」

八十宮吉子の縁談が立ち消えになったことは知っていたが、まさか数え三歳の幼女に、終生の後家暮らしが強いられるとは。

窮屈な御所を離れ、のびのびと日々を過ごせる門跡寺院や比丘尼御所は、行き場のない天皇の子女の格好の受け皿とされていた。さりながら皇女の場合、比丘尼御所への入寺は未婚が第一の条件。それだけに寡婦と見なされた吉子は今後、長い人生を宮城《きゅうじょう》内の御殿で籠の鳥の如く過ごすこととなる。

元瑶が静馬相手に独言したのは、八十宮の境涯を不憫と思えばこそだろう。だがいくら上皇の妹でも、いったん決まった朝廷の措置に口出しできるわけもない。その内奥《ないおう》に渦巻いていよう悲しみに心を痛めながら、静馬は改めて深々と低頭した。

「ではこの餅、確かに御前にお届けいたします」

「ありがとう」

小さくうなずく元瑶の肩越しに、苦虫をかみつぶしたような諄仙の顔がのぞいている。元瑶が自分を可愛がってくれるのは嬉しいが、それで養父や御家司が尼たちに怒られてはならない。静馬は高坏を眼の高さに捧げ持ち、そそくさと御前を退《しりぞ》いた。

林丘寺本堂である御仏堂は、楽只軒や御客殿より一段高い山際に建てられている。庭を大きく回り込むと、静馬は境内東南の石段へと向かった。

御仏堂の南に構えられた南御門の前に目をやれば、与五郎が箒で落ち葉を集めている。

ついでに、門の外も掃き清めておこうと思ったのだろう。静馬が見ているのにも気づかぬ様子で、普段は堅く閉ざされている冠木門《かぶきもん》をほんの少しだけ開け、箒と叺を外へと運び出し始めた。

いささか口数が多いきらいがあるものの、与五郎は案外、勤めには忠実である。その真面目さに、この餅を奉り終えたなら、すぐに戻って手伝わねばと我が身を省みながら、静馬が石段を上がり始めた時である。

「お助けくださいッ。何卒、何卒お助けくださいッ」

「何だ、お前はッ」

聞きなれぬ女の絶叫と与五郎の怒声が、背後で交錯した。

ぎょっとして振り返れば、裾をからげた若い俗体の女が一人、南御門の内側で与五郎ともみ合っている。女から力任せに突き飛ばされ、与五郎がたたらを踏む。だがかろうじてその場に踏ん張ると、石段を駆け上がろうとした女の腕を後ろから摑んだ。

「無礼者ッ。ここは亀宮《かめのみや》元秀女王さまが預られる比丘尼御所だ。おぬしのような者が来るところではない。さあ、とくとく帰れッ」

しかし女はそれに従うどころか、かえって両手足をばたばたともがかせ、絞められる鶏そっくりの悲鳴を上げた。

「どうか、どうかお助けくださいッ。誰かッ」

「やめろッ。ここをどこだと思っているんだ」

大声を上げる女の口元を、与五郎が掌で塞ごうとする。女はその手からも必死に逃れんと、髷《まげ》が乱れるのも構わず、激しく首を振った。ゆるんだ髷の根方から平打ちの笄《こうがい》が落ち、音を立てて石段を叩く。およそ寺内とは思えぬ騒動に、静馬は高坏を捧げ持ったまま立ちすくんだ。

静馬が知る限り、林丘寺に闖入者《ちんにゅうしゃ》が押し入った例はない。まずは胡乱《うろん》な輩を取り押さえねばなるまいが、かといって元瑶から元秀への授け物をそのあたりに置きっ放しにもしがたい。

ええい、と歯がみして、静馬は残る石段を一足飛びに駆け上がった。蔀戸《しとみど》が降ろされた仏堂に駆け寄り、広縁に高坏を置く。

「賢昌尼さま、梶江静馬でございます」

と、階《きざはし》の下から不作法を承知で叫んだ。

「御前に小豆の餅をご進上奉るよう、普明院さまから仰せつかりました。何卒、御前にお申し入れくださいませ」

静馬の声が終わらぬうちに、ぎぎ、と仏堂の板戸が開いた。意外にも隙間から顔を覗かせたのは、お乳の人である賢昌尼ではなく、水晶の数珠を片手にかけた元秀であった。

「静馬か。なんや、先ほどからのあの騒ぎは」

元秀は眉間に皺《しわ》を寄せ、切れ長の眼で石段の下を癇性《かんしょう》に睨みつけた。その背後では賢昌が、静馬と元秀をおろおろと交互に見比べている。

「は、はあ。それが」

事情が分からぬのは自分も同じである。返答に詰まる静馬に、元秀が焦《じ》れた様子で顔をしかめた。その姿が石段の下からも見えたのか、「ご住持さまッ、お助けくださいッ」という絶叫が再び辺りに響く。こちらに駆け寄ろうとした女の後ろ襟を与五郎が慌てて引っ摑むのが、ちらりと視界の隅をよぎった。

林丘寺の門は総門である唐門と、本堂に近い南御門の二つだが、常は堅く閉ざされている南御門には見張り番が置かれていない。侍小屋に詰める松浦織部や須賀沼重蔵《じゅうぞう》は、いまだこの闖入者に気付いていないのだろう。それだけにまずは何としても、自分と与五郎で騒ぎを収拾せねばならなかった。

「お――おそらくは、ここがどこかも弁《わきま》えぬ不心得者かと存じます。すぐにひっ捕らえますゆえ、何卒御前は御仏堂にお戻りくださいませ」

「不心得者とな。それにしてはしきりに、お助けくださいと叫《おた》けておるえ。しかも、こなたとさして年の変わらぬ女子《おごりょう》のようや」

応えに窮した静馬を一瞥し、元秀は色の薄い唇をまっすぐ引き結んだ。そして大きく息を吸い込むや、「そこな者、見参を許す。ここに近うまいれ」と、読経で鍛えられた声を女に投げた。

「ご、御前。いま、何と」

「なんとお軽はずみなことを仰せあそばされます」

仰天する静馬と賢昌尼を無視して、元秀は中啓でまっすぐに女を指した。

「ことの次第はわからぬが、あの女子は先もじからしきりに救いを求めておる。悩める衆生《しゅじょう》を救うは、仏弟子の務め。ならば寺に駆け込んで参った者を見捨てて、なんといたしょう」

「それは世に数ある並の寺の務めでございます。御前はかような寺々のお方の真似など、あそばされずともよろしゅうございます」

顔を真っ赤にして言い募る賢昌に、元秀はふんと横を向いた。

石段の下では、女が聞いたかと言わんばかりの顔で、与五郎の手を振り払っている。

争う間に、草履が脱げ飛んだのだろう。乱れた裾や髪も整えぬまま、石段を上がって来た女の足が、参道でぺたぺたと音を立てた。

「これはどういうことです、静馬さま」

女の背を睨みつけながらその後を追ってきた与五郎が、広縁の下に膝をついた静馬のかたわらで声をひそめた。

「わからん。まったく御前にも困ったものだ」

　この泰平の世、御前に危害を加える者がいるとは思い難いが、市井《しせい》の女子を山内に入れるなど、比丘尼御所の沽券《こけん》に係わる一大事。朝廷から林丘寺の世話を任されている御《お》世話卿《せわきょう》・櫛笥《くしげ》隆賀《たかよし》の耳にこのことが入れば、寺侍一同、どんな叱責を受けるか知れたものではない。

　ひそひそと囁《ささや》き合う二人にはお構いなしに、元秀は縁先の下にかしこまった女子を妙に真剣な眼差しで眺めまわした。

「こなたはこの寺の住持、松嶺《しょうれい》元秀や。そもじはいったい何用あって、此地《こち》へまいった」

　耳慣れぬ御所言葉が理解できなかったらしく、女子は一瞬、戸惑い顔となった。しかしすぐに強く唇を引き結ぶや、「お助けくださいい、尼公さま」と額を地面にこすりつけた。

「う、うちは連れ合いと、どうしても離縁しとうおすのや。お願いどす、尼公さま。どうかうちの人に、三行半《みくだりはん》を書くようお申し付けとくれやす」

「み、三行半だと。おぬし、いったいご住持さまを何と心得る」

　思わず静馬は、元秀の存在も忘れて女を怒鳴りつけた。

「夫と離縁したいのなら、その旨、親元か町役に相談すればいいだろう。この林丘寺は駆込寺ではないのだぞ。不心得もたいがいに致せ」

駆込寺とは離婚を求める女が、寺役人の調停や、尼見習いとしての一定期間の奉公によって願いを果たす尼寺。ことに相州鎌倉の東慶寺《とうけいじ》と上州新田郡の満徳寺《まんとくじ》は、幕府の公認の元、広く関東一円からの駆け込みを受け入れていることで、諸国に名を知られていた。

古来、寺とは世俗の権力の立ち入れぬ聖地であり、多くの失脚者・犯罪者を受け入れる治外の場。それだけに徳川の御世においても、寺院はことあるごとに赦罪や謹慎を求める人々をかばい、時には住持自ら調停に乗り出しもしているが、それはあくまで世間一般の寺院での話。賢昌の言葉通り、由緒正しい比丘尼御所が市井の女子の離縁に首を突っ込む必要なぞない。

「そ、それは百も承知しております。そやけど、そやけどお寺に駆け入りでもせな、うち——」

元秀を仰ぐ双眸《そうぼう》が潤みかかる。それを拳でぐいと拭い、女は一語一語絞り出すように言葉を続けた。

「うちは修学院村の百姓の娘で、里《さと》と申します。二年前、奉公先で一緒やった吉介《きちすけ》さんいう人と好き合うて、所帯を持ったんどす」

「おい、待てと言っているだろう。先ほどから申しておる通り、ここは畏《おそ》れ多くも緋宮さま、亀宮さまがお住まいになられる比丘尼御所だ。かような訴えを、御前はお取り上げにはなられぬ」

「――やめよ」

凛とした制止に、静馬は元秀の顔を顧《かえり》みた。

いや、静馬だけではない。賢昌尼や与五郎までもが、およそ信じられぬという表情で主を見つめている。

しかし元秀はそんな彼らにはお構いなしにお里を見下ろし、「話をお続けあれ」とうながした。

その横顔はきりりと引き締まり、近寄りがたい威すら備えている。静馬は息を詰めて、傍らの与五郎と顔を見合わせた。

寒風にさらされ、広縁に置きっ放しの小豆餅には、早くもうっすら皮が張り始めていた。

三

傾きかけた西日が、侍部屋の障子を赤々と染めている。どこからともなく吹き込む隙間風にぶるっと身を震わせ、御家司・松浦織部は火鉢にかざしていた手をせわしなくこすり合わせた。

「――それで結局、そのお里とやらを寺に置いてやることになったのか」

御近習や青侍の詰所は、庫裏の北方の侍小屋。二間続きの六畳間のうち一方は、不寝番の宿直所《とのいどころ》も兼ねている。

静馬の養父である御近習・梶江源左衛門は、昨日から元秀の異母妹が住持を務める大和国山村の円照寺《えんしょうじ》に使いに出ている。その相役である須賀沼重蔵が色の悪い顔をひきつらせ、うなだれる静馬と与五郎を「ええい、まったく」と叱りつけた。

「おぬしたちがその場におりながら、なぜお諫《いさ》め出来なかったのだ。不甲斐ないにもほどがあろう」

「お言葉、ごもっともでございます。ですが御前が許すと仰せになられては、無理にお止めすることも叶わず――」

「まあまあ、重蔵。さよう、がみがみと叱るでない。こ奴たちとて己の失態は、言われずとも承知しておるのじゃ」

今年六十二歳の松浦織部は、尼公はもちろん、お清や下男たちの動向にも常に気を配るこまめな男。その彼から穏やかに制され、重蔵は不承不承、口をつぐんだ。

「御前はご禁裏《きんり》におわす八十宮さまの代わりに、せめてそのお里とやらを救ってやりたいと思われたのであろう。それでお気が済むのであれば、さよう許ろうて差し上げようぞ」

「なるほど、八十宮さまの代わりでございますか」

ふうむと唸《うな》った重蔵は、元は備中新見藩京屋敷詰の武士。五年前、ゆえあってお暇申し付けられたところをかねて存知寄りの松浦織部に見込まれ、この寺に召し抱えられた人物であった。

武芸十八般に優れた重蔵はいまだ、御所であって御所にあらず、寺であって寺にあらざる林丘寺にも、万事波風立てぬようにと計らう織部のやり方にも馴染めぬところがあるらしい。それでいて恩人である織部や、一回り年上の源左衛門を常に立てようとする、気ぶっせいながらも実直な男であった。

「人は誰しも一度や二度、世の不条理に立ち向かわねばならぬもの。とはいえ御前が仙洞さまに物申し上げるわけにもいかぬ。そこでせめては、折しも駆け込んできたお里の難儀を救おうと思いつかれたのであろうよ」

言われてみれば、お里に向けられた元秀の眼は、時折、何かを追うかの如くふっと揺らいだ。なるほどあれは、顔も知らぬ幼い異母妹の姿を追い求めてかと、静馬は内心大きくうなずいた。

半刻前、お里から事の一部始終を聞いた元秀は、賢昌が止めるのも聞かず、「しばらくこの者を寺においてやれ」と命じた。そして静馬と与五郎には、明朝、お里の夫の元に人を遣わし、離縁を承知するよう説き伏せよと指示したのであった。

東国の駆込寺では、離縁を求めて飛び込んできた女には、まず寺侍が事情を聞き、双方の話し合いで決着がつくよう計らわせると聞く。そして寺役人や両人の親、立会いの元での交渉が決裂した場合のみ、女を足かけ三年寺に留め、強制的に離縁を成立させるのであった。

「ふむ、つまり我々に縁切り寺の寺役人の務めをせよとの仰せか」

重蔵はもう一度なるほどとうなずいたが、不意に何かに気づいたように静馬を振り返った。

「待て待て。念のため聞くが、この件は上臈衆や普明院さまには内密であろうな」

「もちろんでございます。元秀さまも先ほど、他の尼たちには決して口外ならぬと仰せられました」

いかに住持の意向とはいえ、口うるさい上臈たちが駆込寺の真似事なぞ許すわけがない。そしていまだ不機嫌な元秀が、元瑶に相談を持ちかけるはずもなかった。

「あいわかった。心しておかねばならぬな」

重蔵が自らに言い聞かせるように、幾度も小さくうなずいている。織部はそれを横目で見やってから、静馬と与五郎の方に向き直った。

「それにしても、お里とやらはなぜ当寺に駆け入ってまで離縁を求めておるのだ。その夫がよほど性悪で、どうしても三行半を書いてくれぬのか」

「はあ、それが――」

お里の訴えによると、夫の吉介はもとは下京《しもぎょう》の小間物屋・佐野屋の番頭。三年前、主家の許しを受けて三条新町に店を構え、同じ奉公人であったお里と夫婦となったのである。

店といってもそれは、佐野屋の商品を預かって売り、利益の一部を受け取る商い。要は暖簾《のれん》分けを許されたのではなく、出店を一軒、預けられただけであった。

「吉介は佐野屋にいた当時も、時々、賭場に出入りしていたらしゅうございます。ですが店を任されたことで、気が大きくなったのでございましょう。所帯を構えた後から賭場通いがしげくなり、一年ほどで五十両もの借金を拵えてしまったとか」

この不始末に佐野屋の主は怒り、吉介に預けていた小間物類をすべて引き上げてしまった。慌てて他の仕入れ先を探しても、手元に金がなければ、卸してもらえるのは流行遅れの品ばかり。かくして吉介の商いは坂を転げ落ちるように左前となり、昨年の冬、とうとう三条新町の店を手放すところまで追い込まれたのであった。

「そうなってようやく目が覚めたのでしょう。吉介はこの正月、お里に心根を入れ替えると告げ、まずは行商からやり直したいと佐野屋に詫びを入れたそうでございます」

「ふうむ。人間、落ちるところまで落ちれば、浮かぶ瀬も見つかるものじゃなあ」

佐野屋の主は当初、吉介の改心を疑い、店の敷居すらまたがせなかった。しかしお里と二人で幾度も詫びに赴くうち、とうとう櫛簪《くしかんざし》二箱だけならと再度商品を預け、それまで店の手代が足を運んでいた数軒の得意先を、吉介に任せてくれたのである。

とはいうものの、京は狭い。一度店を潰した吉介の悪評が簡単に消えるはずもなく、佐野屋から紹介された得意先はみな、彼の訪《おとな》いに渋い顔を隠さなかった。

不思議なもので、周囲からそんな扱いを受けていると、真人間に戻ろうという誓いも段々鈍って来る。ごくたまに商品が売れても、帰り道にそれを酒に替え、真っ赤な顔で家に戻って来る日も増えた。

店を畳んでからこの方、お里は木屋町の料理屋で仲居をして暮らしを助けていたが、吉介はそんな女房に罵声を浴びせ付け、八つ当たりをする。近所の者が割って入る大喧嘩になる日も珍しくなかった。

「あんなお人に連れ添うのは、もうごめんどす。そやけどうちがいくら離縁したい言うたかて、吉介はんはへらへら笑うばかりで、いっこうに三行半をくれしまへん。そやからうち、こうなったらどこかのお寺さんにすがるしかないと思うたんどす」

そんな最中、病の父を見舞って実家のある修学院村に来たお里は、わずかに開いた林丘寺の南御門に、これは神さん仏さんがあそこに駆け込めと言っているのだと思った。

もちろんそこが、天子さまのお姫さまが住持を務める寺とは承知していた。だが今を逃してはこんな機会は二度とないと腹を決め、与五郎を突き飛ばして門内に飛び込んだという。

静馬と与五郎の説明に、織部はふうむ、と呟いて長い顎を撫でた。

「いまの話を聞いた限りでは、そのお里とやらにもう少し辛抱してはどうじゃと言いたくなるのう。酒を飲むと言ったとて、吉介はいまだ行商を続けているのであろう。その心根は嘉《よみ》すべきではないか」

「はい。御前もさように仰せられました。ですがお里は何としても離縁したいの一点張りでございまして」

「まあ、しかたがない。当人がそう望むのであれば、我らは御前の御下命のもと、おとなしくその手伝いをいたそうぞ」

ただ、と続けながら、織部は静馬たちを見廻した。

「間の悪いことに、明日は後水尾帝さまの月命日。お客人もあろうゆえ、わしは御寺を離れられぬ。重蔵、すまぬがおぬし、静馬か与五郎を連れて、吉介とやらに会ってきてくれるか」

「かしこまりました。――では静馬、おぬしが供をせい。寅《とら》ノ刻《こく》には御寺を発つゆえ、今日のうちにしっかり身拵えをしておくのだぞ」

温厚な織部や源左衛門とは異なり、重蔵は年下の青侍にも容赦がない。万一、明朝、寝坊でもすればまたどれだけ叱られることか、と静馬は首をすくめた。早々に長屋に下がるなり、そのまま床を延べて横になった。

　眼を閉じれば、「このことは奥向きの侍以外には一切他言無用」と命じた元秀の白い顔が、脳裏にぽっかり浮かんでくる。

　どこか遠くで、梟《ふくろう》が哀しげに啼《な》いている。床の中にまで沁みとおる寒さに、静馬は両足を強くこすり合わせた。

　与五郎を突き飛ばして南御門に駆け込んできたお里の必死な顔が――元秀の言葉を聞くなり、堰を切った如く頬を伝った涙の輝きが、次々と思い出されてくる。

　私も、という声にならぬ吐息が唇をついた。

（上賀茂村からこの寺に逃げ帰った時、あんな顔をしていたのだろうか）

　源左衛門の養子となり、長じた後は青侍に取り立てられた静馬を、人は要領のいい奴と言うであろう。もちろん、己の境遇に不満はない。しかし養父母に別辞も言えぬまま死に別れた事実を思えば、現在の暮らしに罪の意識を持たぬわけにはいかなかった。

　戦い、立ち向かった末に得た現実であれば、後悔はしない。だが自らが逃げた末に迎えた現実を前にすれば、苦い悔いが胸を苛む。何かから逃げることは容易《たやす》くとも、そこで捨てた過去にはそう簡単にたち戻れぬのだ。

　昼間見かけた脚の足りぬ蟷螂の姿が、唐突に脳裏をよぎる。

　あの虫は何かと戦って、脚を失ったのか。それとも生きるために脚を捨てて、逃げてきたのか。

今夜はきっと霜が降りるに違いない。今頃あの蟷螂はしんしんと冷えた庭のどこで、夜を過ごしているのだろう。

梟がそんな静馬を宥《なだ》めるかのごとく、遠くでまた幽《かす》かに啼いた。

四

「洛中には行かぬだと。それはいったいどういうことだ」

翌日の払暁《ふつぎょう》、侍部屋で静馬を待っていた重蔵は、太い眉を跳ね上げて腰を浮かせた。その大音声に及び腰になりつつも、静馬は「一晩考えたのでございますが」と言い返した。

「私は重蔵さまが吉介の元に行ってらっしゃる間に、お里と離縁について相談したいと思うております。何卒、お許しくださいませ」

一睡もせずにあれこれ思い巡らしたせいで、静馬の双の瞼《まぶた》は腫れあがっている。それをじろりと睨み付け、重蔵はわざとらしく吐息をついた。

「静馬。おぬし、普明院さまのお気に入りなのを良いことに、さような気儘《きまま》を致すつもりか」

「いいえ、気儘を申しているわけではありませぬ。ただ――」

静馬は喉の奥からせり上がってきた言葉を、奥歯で嚙みつぶした。目の前の苦から逃げ出す術があるならば、それを選び取ればよい。ただその結果与えられるものは、必ずしも幸せばかりではないことを静馬は知っている。

夫から逃げることばかり考えているあのお里も、いつかは必ず、自らの行いを悔いる日が来よう。静馬の如く過去に囚われ、後悔を続けぬためにも、もう一度、吉介と向き合う必要があるのではと、静馬はお里に告げたかった。

昨日お里は、元秀から「その程度であれば、もう少し辛抱してはどうじゃ」と言われたとき、驚くほど大きな泣き声を上げた。

「いやどすッ。うちは何としても、あの人と一緒にいとうありまへんのやッ」

と切れ切れに言い、しきりにしゃくり上げた。

あの言葉は、紛うことなき真意なのか。お里は最早、小指の先ほども夫のことを思ってはいないのか。

人は他人を憎もうとしても憎み切れず、愛そうとしても愛しきれぬもの。吉介への思いがわずかなりとも残ったまま離縁を遂げれば、お里はこの先必ずや、自分の行為への後悔に囚われ続けよう。――そう、まさに今の静馬の如く。

とはいうものの、どれだけ言葉を尽くしても、知よりも武が勝る重蔵がそれを理解してくれるとは思えない。唇を嚙みしめてうつむいた静馬に、重蔵はふんと鼻を鳴らした。

「まあ、わし一人で行けばよいのなら、こちらはかえって楽というものだ。さっさと行って、早めに戻らせてもらうわい」

重蔵は大小を腰に帯び、壁際に置いていた草鞋《わらじ》を摑み上げた。静馬の内奥を思いやったというより、押し問答を続けるのが面倒になったと覚しき態度であった。

「されどお里と相談をするのであれば、わしが戻ってくるまでに話をまとめておけ。わしは織部さまとは違って、気が短いぞ」

「は、はい」

重蔵であれば、吉介を脅し付けてでも三行半を書かせるに違いない。総門へ下ってゆく彼を見送ると、静馬はそのまま庫裏へ向かった。

居合わせた浄訓から、お里は御清所を手伝って北の畑へ大根を取りに行ったと聞くと、その足でまだ薄暗い畑へと飛び出した。

すぐ東に御茶屋山、さらにその向こうに比叡の御山がそびえているせいで、林丘寺の日の出は遅い。青い霧が垂れ込める畑のどこにお里がいるのかも分からず、広い野面を闇雲に歩き回るうち、どこからともなくぼそぼそと話し声が聞こえてきた。

静馬が四囲《しい》を見回したのを待っていたかのように、比叡の山嶺から強い風が吹き下ろした。霧が坂の下に向かって流れ、幕が切って落ちるが如く視界が開けた。

半町ほど先、長く続く畝《うね》の端に、肩を並べて座る二つの影がある。近づく静馬の足音にそろってこちらを顧みたのは、お里と元瑶であった。

「なんじゃ、静馬。かような時刻になぜ畑なぞに来やった」

あまりに思いがけない人の姿に、静馬は慌ててその場に平伏し、周りをうかがった。元瑶付きの尼たちがすぐ側にいるのではと思ったのだ。

「ああ、諄仙どもなら今ごろ、御仏堂の守りをしてあらしゃろう。こなたは一人でお籠りをするふりをして、こっそり此地《こち》にまいったでなあ」

絶句した静馬ににこにこと笑いかけ、元瑶は「賢昌じゃよ」と続けた。

「昨夜遅う、賢昌が内々に話があると来やってな。まあ、聞いて驚《きょう》がった（驚いた）、驚がった。あの元秀がいつのまに、かような真似をならしゃるほどお育ちあそばされたのやらと、嬉しゅうなったわい」

賢昌は世間知らずの元秀が市井の騒動に首を突っ込んだのを案じ、元瑶に相談を持ちかけたと言う。また同時に、それが表の侍たちを振り回すのではないかとも懸念していた、と元瑶は付け加えた。

「じゃが、織部どもとて愚かではない。それぐらいの騒ぎに困らされはすまいと告げたのじゃが、賢昌はそれでもなお心配《しんもじ》と見えてなあ。ならば一度こなたがそのお里とやらと語ろうてみるかと、こうしてまいったのじゃ」

簡素な身形のせいか、お里は元瑶のことを寺尼の一人としか思っていなかったらしい。土の冷たさも厭《いと》わず平伏した静馬と笑顔のままの元瑶を、お里は戸惑い顔で見比べた。だがやがて目の前の老婆が昨日の住持にも比肩する高位の人物と気付いたらしく、顔を真っ青にして畑の中に膝をついた。

元瑶はそんなお里をちらりと見てから、「ところでな、静馬」と続けた。

「いまお里から聞いたが、お里の殿御《とのご》（夫）は若い頃は佐野屋なる店にその人ありと言われたほど切れ者であらしゃったそうじゃぞ」

なあ、と笑いかける元瑶とは正反対に、お里の表情は堅く強張っている。は、はい、と小刻みに頤《おとがい》を引き、すぐに怯《おび》えた様子で首をすくめた。

「されどかような男ほど、一度、過ちを犯すとなかなか元には戻れぬものじゃ。それを思えば、売れぬ売れぬと文句をのたまいつつも行商を続けているとは、吉介はなかなか見込みのある男ではあらしゃらぬか」

元瑶の言葉につれて、お里の顔がくしゃくしゃと歪んでいった。下唇が酢を含んだように震えたと思う間もなく、うわあッとその場に泣き崩れた。

「のう、お里」

元瑶は、小さな手をお里に伸ばした。赤子をあやすように、その背をぽんぽんと軽く叩いた。

ものじゃ」

「真実《まこと》人を憎んであらしゃる者は、ことあるごとにその者の悪口を言わずにはいられぬ

されど、と続ける元瑶の口調は、ひどく優しげであった。

「こなたが何も知らぬと思うてか、そもじは先ほど問われるがまま、吉介がいかによきお人かを語らしゃった。しかもこなたが少し殿御を悪《あ》しうのたまうと、ふたふたと（すぐに）それに言い返しゃったな。のう、お里。そもじは本当は、その吉介とやらと離縁したいとは思うておらぬのではないか」

「いま――いま何と仰せられました」

あまりに思いがけぬ言葉に、静馬は元瑶を振り仰いだ。まさか、と呟いて半ば四つん這いでお里に近づくや、泣きじゃくる顎を摑み、強引に顔を自分の方に向かせた。

「もしやおぬし、この寺に偽りの駆け込みをしたのかッ」

「ち、違います。吉介はんが酒を飲み、うちに好き放題言うんはほんまどす。ただうちは、うちは吉介はんに、うちがどれだけ真剣なのかを思い知らせて、昔みたいな真人間になってもらいたかっただけどす」

しきりにしゃくり上げながら、お里は涙で汚れた顔を両手で覆った。

「これで吉介はんが自分の非を認め、うちを追って来てくれはらへんのやったら、あの人と離縁してもええと思うてましたんや。ほんまどす」

「追ってきてくれなかったらだと。それを偽りの駆け込みだと言うのだッ」

お里の顎を摑む手に、我知らず力が籠る。痛ッ、という悲鳴に慌てて手を離し、元瑶の御前であることも忘れて舌打ちをした。

つまりお里は林丘寺に駆け込むことで夫を間接的に脅し、かつてのように誠実なお店《たな》者《もの》に戻らせようとしただけ。三行半とて最初から、吉介に求めてはいなかったのに違いない。つまりは何がなんでも離縁を果たそうという覚悟なぞ、全く持ち合わせていないのだ。

怒りのあまり大きく肩を上下させる静馬の前に両手をつき、お里は「申し訳ありまへん」と声を上ずらせた。

「お侍さまや尼公さまが必死になって下さるのを見たら、うち、どうにも言い出せへんようになってしもうて。けど、皆さまをたばかるつもりなんて、あらへんかったんどす」

「たばかったではないか。御前や我々を利用しよって」

「利用ではありまへん。うち——うち、本当にありがたかったんどす。うちみたいな者の悩みに、あれほど真面目に耳を傾けていただいて。ほんまにありがとうございます」

そう言って静馬を仰いだ双眸は涙に濡れながらも、揺るぎのない光を湛《たた》えている。この女は嘘の駆け込みの不埒さなど、全て承知の上で、この寺に来たのだ。そのために自分たちが利用されたのは、何とも腹立たしい。さりながらよくよく考えれば、人生の岐路など最初から定めず、林丘寺を利用してでも己の道を突き進もうとする潔さは、いっそ羨ましくもある。

そのひたむきさは女ならではの強さか、それとも誰かを信じた者の図太さか。いずれにしてもお里が駆け込みによって傷を負うのではという危惧なぞ、無用であった。この女はもとより逃げるつもりなぞなく、自分がいま手にしているものの大きさをよく知った上で、それを再度確かめるために林丘寺に駆け込んだのだ。

人間、駆け込みなぞせずにすめば、その方がいいに決まっている。それが最後まで果たされずに済んだことに、静馬は温かい湯のようなものがひたひたと全身を満たす思いがした。

ふと気がつけば、なだらかに連なる畑の畝の果てで、誰かがしきりに手を振っている。おおい、おおい、と呼ばわる声に己の名が混じった気がして、静馬は目を眇《すが》めた。

「おおい、静馬、どこにいる。総門を出たところに、お里の夫が座り込んでおったぞ。実家から戻らぬ女房を案じ、昨日から修学院村を訪ね歩いていたのだと」

ああ、あれは重蔵だ。あんな大声では上臈衆にまで話が筒抜けになってしまう——と考えかけ、それもいいか、と静馬は思い直した。

生きて行く限り、人は様々の苦しみに遭う。何かを捨てて、新たな人生を生き直したいと思う折もあるだろう。だが目の前にある現実を捨てたところで、過去は必ずやその身に付きまとってくる。ならば今いる場所から逃げるのではなく、それに正面から向き合ってこそ、人は初めて違う生き方を摑み取れるのだ。

自分は逃げ込む場所があったがゆえにここに駆け込み、そして未だ消えぬ過去に囚われ続けている。そう、本当は駆込寺なぞ、この世にはあってはならぬのだ。

先ほどまでとは別人のように顔を明るませたお里が、重蔵の呼ばわる方角へと駆けてゆく。その背をようやく照らし付け始めた朝日に、静馬は目を細めた。

「やれやれ、およしよしに（円満に）済んでよかったのう」

同じようにお里の背を見送っていた元瑶が、よいしょと声に出してその場から立ち上がった。

「思えばこれまでこの寺に一件の駆け入りもなかったのは、不思議な話じゃ。何やらこなたがたが尼僧の務めを怠けていたかのように思われてならしゃるなあ」

「何を仰せられます。とんでもない」

「いいや、少しこなたも我が身を省みねば。そもじもこれからは誰がこの寺に駆け入ろうとしても、決して追い返したりしてはならぬぞ」

えっと声を上げそうになり、静馬は慌ててそれを呑み込んだ。元瑶の優しさはよくよく承知している。だからといって、それとこれとは別物だ。

（駆込寺なぞ――駆込寺なぞ、なかったほうがよいのに）

広い畑はいつしか眩《まばゆ》い朝陽に照らされ、遥か西山に連なる稜線だけが黒々としたわだかまりを見せている。その澄んだ輝きの中に溶け入りそうなお里の背を見送るふりで、静馬は唇を強くかみ締めた。

柴折垣に止まらせた蟷螂は、昨日の寒さを無事に生き抜いただろうか、とふと思った。

一

不釣狐
つられずのきつね

一

早春の淡い陽が、なだらかな斜《なぞえ》に広がる畑を温めている。吹く風はまだ肌身に沁みるほど冷たいが、どこからともなく漂ってくる梅の香が洛北・林丘寺《りんきゅうじ》に確実な春の訪れを告げていた。

霜に当たってもなお鮮やかな緑色を失わぬ壬生菜《みぶな》を刈り取りながら、梶江《かじえ》静馬《しずま》は隣の畝で鍬《くわ》を振るう小尼の浄訓《じょうくん》を顧みた。

「おおい、浄訓。壬生菜はいったいどれほど入り用なんだ」

「夕餉に使うだけだから、五株もあれば十分よ。だけどそろそろこの畑も春支度を始めなきゃねえ。残りの壬生菜も全部採って、後で漬物《おこうこ》にしようかしら」

浄訓は引き抜いたばかりの大根を足元の籠に無造作に放り込み、両手の泥を払い落とした。洗いざらした尼頭巾が翻り、その肩に薄い影を刻んだ。

もともと日当たりも地味もいいところにもってきて、寺内の尼たちが精魂込めて耕しているせいだろう。折々の蔬菜《そさい》のみならず、仏に奉る四季の花まで育てられている寺内の畑は、近隣の修学院村の百姓が舌を巻くほど実り豊かであった。

籠に投げ込まれた大根もまた例に漏れず、むっくりと太く瑞々しい。まだそこここに土がこびりついているものの、その眩いまでの白さは、静馬の目に搗《つ》きたての餅を思わせた。

畑仕事は本来、寺の「奥」を預かる尼の仕事。静馬のように朝廷から遣わされた「表」の御内《みうち》（家来）は、先代住持《じゅうじ》・元瑶《げんよう》やその姪の現住持・元秀《げんしゅう》を守り、寺内の雑務に当たるのが務めである。

とはいえ幼い頃からこの比丘尼御所《びくにごしょ》で育った静馬に対しては、奥の尼たちも遠慮がない。七草を祝ったばかりの睦月八日、御家司《ごけいし》の松浦織部《まつうらおりべ》を筆頭に、静馬の養父・梶江源《げん》左衛門《ざえもん》や須賀沼重蔵《すがぬまじゅうぞう》が年賀の客の応対に奔走している中、こうして静馬だけが畑の手伝いに駆り出されているのもやむをえぬ話であった。

「おいおい、待てよ。畑のどこに何を植えるかを決めるのは、嶺雲尼《れいうんに》さまのお役目だろう。お前が勝手に差配していいのか」

「しかたないじゃない。中通《なかとおり》さまのお腰が治るまで、あとどれぐらいかかるか分からないんだもの。それに壬生菜の漬物は尼公《あまぎみ》がたの好物《おすきさん》だから、たくさん漬けておいたって誰も怒りはなさらないわよ」

御所言葉交じりに言い返し、浄訓は二本目の大根を抜きにかかった。

中通とは比丘尼御所以外の寺で得度《とくど》し、寺の経理や雑務を預かる尼。浄訓のような見習い尼を差配し、寺の食事や掃除を監督するこの役職は、寺務にも仏事にも精通したやり手でなければ務まらない。上臈《じょうろう》やお次など上位の尼も、中通には一目置くのが慣例であった。

次の春で七十歳になる中通の嶺雲は、かれこれ三十年近くも林丘寺に勤める老尼。しかし日々の献立から広大な畑の経営までを任されている彼女は師走の半ばに腰を痛め、この元旦も床に臥せったままで春を寿《ことほ》いだ。

林丘寺出入りのご典医・藤林道寿《ふじばやしどうじゅ》によれば、嶺雲が痛めたのは腰の筋。当分の間は、厠《かわや》に行くのも湯を使うのも、濡れ紙の上を這うに似た心持ちで動かねばならぬという。無論、畑仕事なぞ、望むべくもなかった。

林丘寺に限らず、皇女を住持としていただく比丘尼御所の生活は、宮中とよく似ている。四季折々の年中行事や歴代天皇の忌日法要を欠かさず行い、出家の身でありながら、詩歌管絃、琴棋書画《きんきしょが》をたしなむ奥の尼の暮らしは、道俗の差にさえ目を瞑《つむ》れば、御所におわす皇女のそれと同一と言ってもよい。

それだけに中通の体調がどうあれ、本尊・聖観世音菩薩立像の前には寺の畑で育てられた花を奉らねばならないし、元瑶の実父・後水尾帝《ごみずのお》の忌日には亡き上皇の好物であった葱《ひともじ》の汁を位牌に供えると決まっている。嶺雲が寝込んでいるのであればなおさら、誰かが代わって畑を切り盛りする必要があった。

「そりゃ本当なら、嶺雲さまに直に畑を見ていただいて、お指図を頂戴したいわよ。でも厠にも杖にすがって行かれるのがやっとの有様じゃ、そんなことお願いできないもの」

言いながら建ち並ぶ堂宇を振り返った浄訓の目が、大きく見開かれた。不審に思ってその眼差しの先を追えば、むっくりと太った人影が誰かに支えられながら、よたよたこちらにやってくる。

一歩歩いては立ち止まり、二歩歩いては苦しげに天を仰ぐ姿に、静馬は浄訓と顔を見合わせた。だがすぐに手にしていた蔬菜を放り出し、二人して畦道《あぜみち》を駆け出した。

「なにをしてらっしゃるのですか、嶺雲さま。寝ておられねば駄目でしょう」

「お、おお、静馬か。わしが身動きできぬばかりに、おぬしにまで手伝いをさせて済まぬのう」

軽く頭を下げようとして、また腰が痛んだのだろう。嶺雲はううむ、と低い呻きを漏らして身体を堅くした。大きなほくろの目立つ肉付きのいい顎が、ぷるぷると揺れた。

「ちょっと、円照《えんしょう》。こんな寒空に嶺雲さまをお連れするなんて、なにを考えているのよ」

遅れて駆け付けた浄訓が、嶺雲の身体を支える同輩に噛みつく。そうしながらも円照を手伝って、反対側から老尼の脇に手を差し入れた。

「わたくしが強引にお連れしたんじゃないわ。嶺雲さまがどうしても畑を見たいと仰ったのよ」

「そうじゃ、円照は悪うない。わしが無理を言うて、連れて来させたのじゃ」

言いながら嶺雲は更に一、二歩足を動かし、皺に埋もれた目で慌ただしく畑を見廻した。

「うむ、大根《からもの》も葱《ひともじ》もよう育ったな。じきに牛蒡《ごん》や蒿苣《おはびろ》の種を蒔《ま》かねばならぬゆえ、あちらの畑はそろそろ片付けたほうがよかろう」

嶺雲はどの野菜を出入りの八百屋に注文し、何を寺の畑で作らせるべきか、逐一目を光らせている。この様子ではひと通り畑を改めねば、どうなだめすかしても部屋に戻ってくれまい。

内心小さく溜息をつきながら、静馬は先ほどまで自分たちが立ち働いていた畝を指した。

「嶺雲さま、壬生菜はいかがいたしましょう。そろそろ漬物にした方がいいだろうかと、浄訓と話していたのです」

「うむ。常であればあと十日ほどは畑に置いておくのじゃが、なにせ今年はわしが役に立たぬからなあ。そろそろすべて刈り取り、漬物の仕込みを始めるがよかろう」

「承知いたしました。では後で与五郎《よごろう》に手伝わせて、漬物蔵に運びましょう」

「おお、そうしてくれるか。すまぬのう」

嶺雲は大振りな目鼻立ちとでっぷりと太った体軀のせいで、一見、居丈高《いたけだか》な人物とも映る。しかしその気性は穏やかで、表の侍たちの繕《つくろ》いものを引き受けたり、時には洗濯まで買って出てくれる気さくな尼であった。

相役の滝山《たきやま》与五郎はそんな嶺雲を実の祖母の如く慕い、庭仕事で破いた袴の繕いをしばしば頼んでいる。それだけに彼女の頼みといえば、思わぬ畑仕事にも否やは言わぬはずであった。

危なっかしい足取りでそのまま畑に踏み入った嶺雲は、立て続けにそろそろ収穫すべき野菜や今後植えるべき野菜の指示を出した。土を舐め、畑の実りを改め、ようやく満足したように「では帰るか」と呟いた。

腰が悪いだけで、五臓六腑は健やかなのだろう。その肉付きは、かれこれ一月近くも床に就いていたようには見えない。踵《きびす》を返そうとするその身体を支えた浄訓と円照のほうが、かえって足をよろめかせた。

本来なら静馬が手助けすべきだが、いくら老婆とはいえ尼に手を触れるのは躊躇《ためら》われる。

「大丈夫ですか、浄訓も円照どのも。もしお待ちいただけるのであれば、侍小屋から誰ぞ呼び、戸板で嶺雲さまをお運びしますが」

「ありがとうございます。でも、平気です。どうぞお気遣いなさらないでください」

きっと眉根を寄せた円照が、軽く頭を下げる。尼たちから「いりいり（炒り豆）さん」と陰口を叩かれる頑固さにふさわしい、きっぱりした返事であった。

「ところで、浄訓。さっき、下男の伊平太《いへいた》があなたを探していたわよ。今日の罠の見回りはもう済まれたのだろうかと、首を傾げていたわ」

浄訓があっと声を筒抜かせる。そんな朋輩に、円照はやれやれと眉を寄せた。

「まったく、浄訓は忘れっぽいんだから。嶺雲さまを御寝間にお運びしたら、すぐに見回りに行ってきなさいな。万一、獣がかかっていたら、急いで捨てに行かなきゃならないのよ」

「なんじゃ。例の獣がまだ、本堂に出入りしておるのか。わしが床に就く前からじゃから、かれこれ一月は経とうになあ」

「そうなのですよ、嶺雲さま」

今更急いでもしかたがないと開き直ったのか、浄訓は嶺雲の脇に更に深々と腕を差し込んだ。

「暮れには大工を呼び、御堂の隙間という隙間を塞がせもしたんですよ。けどそれでも毎日毎晩、御供御《おくご》が食い荒らされているんです。いったいどこから忍び込んでいるんでしょうねえ」

「獣は一度味を占めると、何度でも同じことを繰り返すでなあ」

嶺雲が顔をしかめたのも無理はない。林丘寺では最近、本堂の供え物が獣に食い荒らされる騒動が続いていたのである。

ことの起こりは、師走の初め。暮れの慌ただしさから、誰かがうっかり本堂の板戸を開けっ放しにしておいたのが悪かったのだろう。狸か鼬《いたち》と覚しき獣は、夜陰に紛れて本堂に忍び入り、供御の菓子や餅ばかりか、ご仏前の供花、果ては元秀が朝晩のお勤めの際に座る座布団まで嚙みちぎって姿を消した。

しかも、被害はその一度だけでは済まなかった。獣はいい餌場を見付けたとばかり、翌日からどれだけ扉が厳重に閉ざされていても隙間を探し、堂内を荒らすようになったのだ。

ただ供御が食い散らかされるだけならいいが、本堂安置の聖観世音菩薩立像は宇多《うだ》天皇の御世に作られたと伝えられる古仏。大津の池田屋なる宿屋から買い受けた道具屋が、そのあまりの美しさから宮中に献上し、先代住持・元瑶の出家の際、天皇手ずから林丘寺に下賜《かし》された重宝である。

それだけに獣が誤って常灯明《じょうとうみょう》を倒し、火を出しでもしたら一大事。しかし大工に穴を塞がせても修学院村の猟師から犬を借りても獣の害は止まず、やむなく一昨日、元秀は元瑶とも相談し、罠を寺内に仕掛けさせたのであった。

とはいえ不殺生戒《ふせっしょうかい》は仏弟子が守るべき戒律の一つであるため、罠は獣を捕えるのを目的とした簡易なもの。日に一度、尼が交替で寺内を回り、見つかり次第、下男の伊平太に頼んで、岩倉《いわくら》の奥山に捨てると決まっていた。

「なにせ相手は、御仏の教えも届かぬ畜生じゃからなあ。わしが息災であれば本堂に泊まり込み、不届き者を捕えてやるのじゃが」

「なにをおっしゃるのです。まだ朝晩は冷える最中にそんな真似をなさっては、あっという間に風邪を引いてしまいますよ」

「そうよ、嶺雲さま。もしそこまでするのなら、静馬にでも任せればいい話ですもの」

勝手なことを言いながら、円照と浄訓が二人がかりで嶺雲尼を連れて行く。それを見送った静馬が野菜を片付けていると、今度は侍法師《さむらいほうし》の碇監物《いかりけんもつ》が荒い息をつきながら坂を上がって来た。

「おおい、静馬。中通どのを見なかったか」

「嶺雲さまでしたらついさっきまで、畑を見回っておられましたよ。たった今、浄訓と円照どのが御寝間にお連れしたところです」

「ああ、まったく。入れ違いになってしもうたか」

荒々しく舌打ちをすると、監物は法衣の裾をがばとまくり上げ、畔《あぜ》の石に座り込んだ。太い襟首を乱暴に掻いて、実はな、と続けた。

「嶺雲どのに会いたいという老婆が、ご門前にきておってな。されど中通どのは相変わらず腰の具合が悪く、厠に行くのもひと苦労と聞いておる。客人をお通ししてよいかどうか、まずうかがわねばと思い、最前からお探ししておったのじゃ」

「お客人ですか」

林丘寺の尼は年に一度、交替で宿下がりを許される。しかし嶺雲はこれまで一度も寺を離れたことがなく、寺の人々には天涯孤独の境涯と話していた。誰かが嶺雲を訪ねて来たことも皆無だっただけに、静馬は意外の念に打たれた。

「おお、そうじゃ。わしらも嶺雲どのに存知寄りがいるとは、全く知らなんだでなあ。卒爾《そつじ》ながらどのような関わりか、と問い質《ただ》したわい。すると老婆は、嶺雲どのが大津の宿屋の女主であった頃の知人と名乗り、四十年ぶりにお目にかかりたいとまくし立ててな」

「それはなにかの間違いではありませんか」

京からほど近い大津宿は、東海道屈指の宿場町にして伏見街道・奈良街道への分岐点。更には琵琶湖の水運を用いて北陸の諸産物を西国へと運び込む、物資の一大集散地でもある。

静馬は湖東に使いに出た折、大津宿の繁栄ぶりにも接している。百軒とも二百軒とも言われる宿屋が街道の両側に建ち並び、小女《こおんな》たちが道行く人々の袖を引く様は、洛中一の目抜き通りである三条通にも劣らぬ賑やかさ。また一本裏の路地には、色を商う女たちの店が櫛比《しっぴ》しているのだろう。どこからともなく漂ってくる脂粉の匂いがひどく生々しかった。

嶺雲がそんな宿場で宿屋を営んでいたなぞ、およそ考え難い。その老婆の勘違いとしか思えなかった。

「いやいや、わしも御家司さまもそう思うたゆえ、人違いではあるまいかと念押ししたのだ。されどお栄《えい》と名乗った老婆は、しつこくてなあ。決して間違いではないと言い張り、頑として帰ろうとせぬのじゃ」

鰓《えら》の張った顔と雲を突くほどの長身に似合わず、監物は女子どもに優しい。老婆相手に手荒も出来ず、とりあえず当人に尋ねてみようと駆けてきた様子であった。

「なるほど、そういう次第でしたか。ただ嶺雲さまは無理を押して畑に来られ、ようやく御寝間に戻られたばかりです。とりあえず私がもう一度そのお婆さまから話を聞き、その上で嶺雲さまにお尋ねしてみるのは如何でしょう」

「おお、それがよい。なにせ今、ご門前は年賀に訪れた商人たちで大賑わいでな。正直、口やかましい老婆に手を割いている暇はないのじゃ」

「かしこまりました。ではすぐに」

静馬は汚れた掌を、腰の手拭いでごしごしと拭った。

籠の大根や壬生菜に付いた泥はすでに乾き、白い土が四囲にこぼれている。今頃嶺雲尼は床に臥しながらなお、浄訓たちに今後の畑の方途を指図しているだろう。桂か壬生の農家の出と言われればまだ得心も出来るが、よりにもよって宿屋の女房とは勘違いにも程がある。唇に浮かびかかる苦笑を噛み殺し、静馬は籠を背負って立ちあがった。

青臭い菜の匂いが、鼻先に濃く漂ってきた。

二

火の気のない御清所《おきよどころ》（台所）の入口に蔬菜の籠を投げ出すと、静馬は小走りに総門へと向かった。

林丘寺の総門は、寺域の南西。比叡山へと至る街道から、音羽川と呼ばれる小川を隔てた北にある。

普段、堅く閉ざされている豪壮な門は、松の内だけは大きく開かれ、元旦は宮中よりの年賀の使い、二日以降は五摂家以下諸公卿家からの使者を迎え入れる。さすがに七草過ぎともなれば公家からの客は落ち着いたが、それでも出入りの商人や畿内各領地の庄屋など、年賀に訪れる者はひきも切らない。

誰もが紋付袴に威儀を正し、顔見知り同士寄り集まりながら近習の呼び込みを待つ中、たった一人、粗末な河内木綿の袷《あわせ》に白髪頭の老婆の姿は否応なしに目立つ。あれか、と目星をつけて近づくにつれ、甲高い金切り声が静馬の耳をついた。

「そやから、勘違いやないと言うてるやろ。その嶺雲とかいう尼さんが、うちの知ってる池田屋のお美喜《みき》はんなんや」

「まあまあ、お婆どの。いま、その嶺雲どのの元に人をやったゆえ、もう少し待て」

見れば手甲脚絆《てっこうきゃはん》に身を固めた老婆の隣には、静馬の養父である梶江源左衛門がたたずんでいる。

しかしお栄は源左衛門のとりなしにも聞く耳持たぬとばかり、

「なんでお美喜はんのところに人をやるんや。そないに回りくどいことをせんかて、ただうちを会わせてくれたらええやないか」

と、更に声を高ぶらせた。ちらちらと二人のやりとりをうかがう周囲の商人たちの姿なぞ、ついぞ念頭になさげな挙動であった。

「先ほども申した通り、嶺雲どのはいま臥せっておられる。まずは人に会えるかどうかをお聞きしてからでなければ、引き合わせられぬのだ」

「ふん。そない塩梅《あんばい》よう床に就くとはな。うちの訪れを聞きつけ、あわてて仮病を言い立ててるんと違うんかいな」

どうもおかしい。静馬は嶺雲の古い知人が彼女を懐かしんで寺を訪れたと思っていたが、これではまるで金貸しが昔の掛け取りにやってきたかのようだ。静馬は「養父上《ちちうえ》」と呼びながら、足を急がせた。

「監物さまからことの次第をうかがいました。それがしが話をお聞きしましょう」

「おお、静馬」

よほど長い間、お栄に捕まっていたのか、源左衛門はうらなりの瓜そっくりの長い顔に、露骨な安堵の表情を浮かべた。静馬の肩を軽く叩き、「では任せたぞ」と言い置いて、御客殿へと続く広い石段をそそくさと上がって行った。

「何やあんたは。さっきから次々とお侍が入れ替わって、何とも落ち着かへん寺やなあ」

「それは申し訳ありません。ただお婆さま、嶺雲尼さまのご不調は昨年の冬からでございます。決してお婆さまを追い返さんがための偽りではございませんので、どうぞお心を安んじてくださいませ」

下手《したて》に出た静馬に、お栄はふんと鼻を鳴らしてそっぽを向いた。

「それにしてもここは冷えましょう。よろしければ、この坂の下に庵がございます。しばらくの間、そちらでお休みになられませんか」

洛北の林丘寺は、風が冷たい。女性の年はよく分からないが、目の前の老婆は嶺雲尼とさして年が違わぬようだ。下手《へた》に風邪でも引かせては、後味が悪い気がした。

「そないな場所があるんやったら、早う案内するもんや。ほんまに要領の悪い寺やで」

すでに身体が冷え切っていたのか、お栄は悪態を吐きながらも案外おとなしく、静馬に従って歩き始めた。

総門の西には、林丘寺の末寺である別院が建てられている。丈一尺六寸の馬頭観音像が安置されていることから、葉山観音堂とも一燈庵とも呼ばれる茅葺きの小さな庵に、静馬はお栄を導いた。

簡素な前庭を通り過ぎ、つや拭きのかけられた広縁に座らせる。お栄は足に結わえつけた草鞋を手早く脱ぎ、遠慮のない目で辺りを見回した。

「なんや粗末な庵やなあ」

元瑶は杉木立に囲まれたこの庵がお気に入りで、時には小上臈の諄仙《じゅんせん》だけを供に、数日、ここに寝起きもする。それだけに自分の大事な場所がけなされた気がして、静馬は口を引き結んだ。

「そやけどまあ考えたら、時がかかるのもしかたがないわい。わしもお美喜はんもとうに、悪いところがなかったらおかしい年になったんやものなあ」

「そのお美喜さまとやらが当寺の嶺雲さまだと、お婆さまはお考えなのですね」

わずかに口調を和ませていたお栄は、白いものが混じった眉を強く寄せた。「ああ、そうや。それに決まってるわい」とまたも声を尖らせた。

「失礼ながら、そうお考えになる理由は奈辺にあるのですか」

「理由やと。この寺の本尊は、大津の池田屋にあった観音像らしいやないか。あえて言うたらそれが、ここの尼さんが御像の元の持ち主、池田屋のお美喜はんと思う理由やわ」

確かに林丘寺の本尊は、大津の池田屋旧蔵との伝承がある。それを知っているとなれば、お栄があながち口からでまかせを言っているとも考えがたい。しかしその言葉が真実であれば、そもそも嶺雲がこれまで、本尊との関わりを黙しているわけがない。

無言になった静馬の顔をしげしげと覗きこみ、お栄は大きな溜息をついた。

「あんた、気の毒なぐらい何もわかってへんのやなあ。それやったら、この寺のご本尊がほんまはうちの店のものになるはずやったことも知らへんのやろな」

静馬はお栄の眼差しを避けるように身を引いた。次々に飛び出してくる思いがけぬ話に、これはまともに取り合うだけ無駄と感じたのである。

落飾した皇女が住まう尼御所という存在に、好奇心をかき立てられるのだろう。洛中洛外の比丘尼御所には時々、物見高い見物人がやってくる。しかもただの野次馬であればともかく、中には稀に自分は後水尾天皇の落とし胤《だね》と名乗る老人や、元秀の思い人を自称する男まで含まれているから厄介だ。

お栄の年恰好に目を晦《くら》まされたが、もしかしたらこの老婆もまたそういった手合いかもしれない。本尊の由来とて、少し人に問えば知れる話だ。とんだ面倒に嶺雲を巻き込むところだった、と静馬は居住まいを正した。

「お婆さま、お話はよう分かりました。しかしそうなりますと、私だけでは判じかねます。後日使いをやりますゆえ、今日はお引き取りいただけませぬか」

「なんやて。うちはわざわざ大津から出てきたんやで。それをお美喜はんに引き合わせもせず、帰れというんか」

お栄がさっと血相を変える。努めて無表情を装い、静馬が「ですから、私だけで決めるわけには」と繰り返した時である。

「何やおにぎにぎ（賑やか）やと思うたら、お客人がおわしゃった（おいでだった）んかいな」

のんびりとした声がして、杉木立の中から小柄な影が現れた。厚い瞼の被った目を更に細くして笑ったのは、この寺の前住持、普明院《ふみょういん》元瑶であった。

年賀客の応対は姪の元秀に任せ、床の間に飾る花でも摘んでいたと見え、手にした小籠にはひょろりと痩せた野菊が数本投げ入れられていた。

「なんや、この尼さんは」

練絹《ねりぎぬ》とはいえ地味な衲衣《のうえ》に身を包んだ元瑶は、一見しただけでは他の尼と区別がつかない。突然話に割り込んできた元瑶に、お栄は顔をしかめた。

しかしすぐにもぞもぞと尻を動かすと、

「まあええわ。ほら、ここが空いてるえ。見たところ、うちより年を食うたはるみたいやし、遠慮のうお座り」

と、元瑶に向かって呼びかけた。

あまりに無礼な物言いに、静馬の頭にかっと血が上る。だが元瑶は血色のいい顔に笑みを浮かべ、お栄が空けたばかりの縁側に止める間もなく腰かけた。

「ありがとう。およしよしの（人のいい）お方やなあ。それにしてもそもじ、なんや驚《きよう》がる（驚く）話をしておわしゃりましたな。この寺の観世音菩薩さまは、まことであればそもじのものにならしゃるはずやったとか」

静馬はこの庵までお栄を案内した迂闊《うかつ》を悔いた。

普明院元瑶の人のよさは、よくわかっている。時としてそれが、人を救い、その悩みを取り払うことがあるのも承知だ。さりながらこんな訳の分からぬ話ばかりする老婆を刺激しては、どんな厄介が降りかかるか知れたものではない。

しかし顔を青ざめさせた静馬を、元瑶はにこにこと笑いながら片手で制した。

「なんやあんた、立ち聞きしたはったんかいな。まあええわ。あんたはんらはなにも知らんようやから、聞かせてあげよ」

あのな、と続けながら、お栄は元瑶に向かって身を乗り出した。額に乱れかかった白髪が、お栄の頰に淡い影を落とした。

「このお寺にいてる嶺雲とかいう尼さんは、えらく悪知恵の回るお人やで。なにせ先祖代々の重宝の観世音菩薩像をかたにうちらに借金を申し込んでおきながら、いざとなればそれをよそに売り飛ばすんや。その上、自分はこうしてその御像の側でのうのうと暮らしてはるんやからなあ」

へえ、と元瑶が目を見張る。それに気を良くしたのか、お栄は「かれこれもう四十年も昔の話やけどな」と続けた。

三

「うちの連れ合いと池田屋はんはともに、大津宿の問屋場近くで宿屋を営んでたんや。その上、うちとお美喜はんは、それぞれの店に嫁いだんがよく似た時期でな。それが縁で一時期はまるで実の姉妹みたいに仲良うしてたんやで」

池田屋はお栄の婚家・小栗屋より規模は小さいが、居心地のよさから馴染み客が多い宿屋だった。お美喜とその夫・幸助《こうすけ》は店に代々伝わる観世音菩薩像を厚く信奉し、近隣の家々とともに観音講を開きもしていた。

ところがお栄たちが両店に嫁いで三年目、古株の番頭が店の金を使い込んだ末に逐電したのがきっかけで、池田屋の商売は一度に左前になった。夫婦はほうぼうに頭を下げ、必死に穴埋めを図ったが、懐具合が苦しくなれば客に出す膳の皿数は自ずと減り、それはすぐに客足に響く。一旦傾いた商いは、そう簡単に持ち直せはしなかった。

「あれはえらく北風の冷たい日やった。幸助はんとお美喜はんが堅い顔でうちの店に来て、少しでもええから用立てて欲しいと頭を下げはったんや。その頃には池田屋の店はとうに形《かた》（抵当）に取られていて、質草になるものなぞあらへん。それやったら、とうちの人が預らせてもらうことにしたのが、池田屋に伝わる観世音菩薩像やったんや」

もともと池田屋は三代前まで、比叡山の里坊《さとぼう》が林立する坂本で酒屋を営んでいた。丈一尺六寸の観音立像は、その頃から同家に伝わる家宝であった。

このまま更に商いが左前になれば、池田屋は累代の重宝たる御像を売らねばならなくなる。だが少なくとも隣人である小栗屋がそれを預っていれば、いずれ店を立て直した際、仏像を取り戻すことも出来るだろう。かねて観音講に加わっていた小栗屋にとって、それは精一杯の厚意からの申し出であった。

池田屋夫妻もまた、そんな小栗屋の心遣いを察したと見え、「ありがとうございます」

と揃って声を上ずらせた。二、三日のうちに観音像を運んでくると請け合い、二十両の金を手に店に戻っていった。

「ところがその翌々日の明け方や。幸助はんとお美喜はんが、そろって琵琶湖に身を投げはったんは」

身投げを目撃した堅田《かたた》の漁師によれば、小舟で沖に漕ぎ出した二人は、奇妙に感じた他の船が近づく間もあらばこそ、手に手を取って真冬の琵琶湖に入水したのであった。

無論、漁師は懸命に二人を助けようとしたが、琵琶湖の沖は意外に水が深い。かろうじて引き上げた幸助は舷《ふなばた》で息を引き取り、お美喜の亡骸《なきがら》はその後、どれだけ探しても見つからなかった。

しかたなく近隣の者たちは銭を出し合って、お美喜の形見とともに幸助を埋葬した。さりながらその直後、お栄たちが知ったのは、池田屋夫妻が死の前日、菩薩像を他の家財もろとも京の道具屋に売り飛ばしていた事実であった。

「もう驚いたやら呆れたやら。うちらが池田屋はんのために心を砕いたのは何やったんや。そやからうちらは大急ぎでその店に駆け付け、御像はうちの店のものやと訴えたんや。そやけど道具屋の主は訴えにはまったく耳を貸さへんばかりか、町役やお役人を呼んでうちらを力ずくで追い出しにかかってな」

「それはまあ、なんと苦々しいこと」

「ほんまにそうや。あんた、分かってくれはるんやなあ。おおきに」

元瑤の嘆息はお栄の怒りに賛同してではなく、役人が市井《しせい》の者の訴えに公平に耳を貸さなかった事実に胸を痛めてだろう。しかしお栄はそれには気付かぬ様子で、更に熱弁を揮《ふる》った。

「うちらは何も人の困窮に付け込んで、無理やり御像を買い取ったわけやあらへん。それやのにまるで小栗屋に渡すのはご免とばかり、あてつけがましく道具屋に売り飛ばすなんて、池田屋はんはいったいどういう了見やったんやろ」

一時の驚愕が去った後、お栄の胸を襲ったのは深い穴を覗き込むに似た寂しさだった。

お美喜はもともと高島の富農の娘。お栄が小栗屋の庭の隅で見よう見まねで始めた畑を熱心に手伝い、野良仕事に慣れぬお栄に種播きから収穫まで手ほどきしてくれたこともある。あれだけ仲のよかった自分たちを裏切らねばならぬほど、夫婦は追い詰められていたのか。詐欺まがいに金をだまし取り、それでもなお死を選ばねばならぬほど、彼らの絶望は深かったのか。

二人の位牌を預けた近所の寺に通い、お栄は幾度もそう自問した。しかし去る者日々に疎《うと》しの言葉通り、それから長い年月が経つ中で、お栄たちは次第に池田屋夫婦のことを忘れて行った。

幸い商いは順調で、お栄の連れ合いは還暦を機に隠居。息子に家督を譲り、店裏に建てた隠居所で夫婦してのんびり余生を過ごす日々が始まった。

「そやけど昨年末、うちの人が隠居所の前を通りかかった旅のお人と妙に気が合うてな。一局、碁の相手をしてもろうたんや。そのお人は洛中洛外の比丘尼御所に出入りする大工の弟子で、その日は病の兄を見舞うため、長浜まで行く途中やったとか」

ぽつぽつと世間話をするうちに、男は最近、修学院村の比丘尼御所で修繕した古い仏堂について語った。獣に荒らされ、穴という穴を塞ぐ羽目になった御堂には、大津の池田屋旧蔵なる観音像が安置されていたとの話に、お栄の連れ合いは大声を上げて庭仕事をしていた女房を呼んだのであった。

「世の中に仏像が山ほどあるんは、もちろん分かってる。そやけど大津の池田屋旧蔵の観音像は、世間にそうそうありまへんやろ」

お栄と夫はすぐさま、かつて池田屋が仏像を売り払った道具屋に駆け付けた。だが、店は代替わりし、四十年も昔の出来事を知る奉公人は一人もいなかった。「大津の池田屋から出た観音像について知りたい」と頼み込むと、まだ三十がらみの店の主はああとあっさりうなずいた。我が事ではないせいか、先代の頑なさが嘘のような物腰であった。

「その話なら聞いてます。御所にご献上した聖観世音菩薩さまどっしゃろ」

「ご献上やと」

「へえ、当時この店の主をしてたんは、わたくしの祖父。祖父《じい》さんは買い付けた仏像があまりにお美しかったんで、縁を伝ってご禁裏に献上させていただいたそうどす。そしたら直後にご上皇さまがお亡くなりになり、御像はその菩提を弔うべくご出家なされた内親王さまの御所のご本尊に納まらはったとか」

「やっぱりそうなんか。やっぱり修学院の尼御所にある御像は、池田屋はんの仏像なんか」

　お栄は思わず夫を押しのけ、道具屋の主に怒鳴り声を浴びせつけていた。

　今更、仏像を取り戻したいわけではない。ただあの観音像の記憶はそのまま、池田屋夫婦を助けられなかった後ろめたさにつながっている。せめてもう一度あの像を拝めば、胸の奥底にわだかまり続けている夫妻への思いを拭い去れる気がした。

　それからというもの、お栄の脳裏からは寝ても覚めても池田屋の仏像のことが離れなくなった。そして遂には、せめて松が取れてからにすべきと止める夫を振り切り、単身、林丘寺までやって来たのであった。

「ところがどうやってご本尊を拝ませてもらおうかと、ご門前をうろうろしていたついさっきや。ご山内の尼さんたちの噂をしている商人どもがいよってなあ」

　年始の挨拶の順を待っていると覚しき彼らは、最初は住持やその側付きの尼について取沙汰していた。しかしその話題がやがて、御清所を預かる中通への愚痴に代わったとき、お栄は息を呑んだ。畑仕事が上手く、出入りの商人相手に一歩も引かぬ嶺雲なる尼の人品骨柄が、琵琶湖で死んだはずのお美喜とあまりに似ている気がしたからだ。

「わしはその商人衆に詰め寄り、嶺雲はんいうのは小太りで、顎先に大きなほくろがある七十前後のお人やないかと問いただした。そしたら商人どもめ、ああ、そうどす、ようご存じどすな、とあっさりうなずくやないか」

お栄の目はいつしか釣りあがり、頬には朱の色が差している。握った拳をぶるぶると震わせ、「あんたらにわかるか」とお栄はうめいた。

「わしらはお美喜はんは琵琶湖の奥深くに沈んだんやと信じ、幸助はんともどもその菩提を弔うてきたんや。人間、死ねばみな仏。二十両の銭をだまし取られたんも、二人が死んでしまえばそれまでやと思うたからな。そやけどふざけたことにお美喜はんは命長らえ、このお寺でのうのうと暮らしてる。うちは——うちらは一度ならず二度までも、あの女子《おなご》に欺《あざむ》かれたんや」

お美喜が生きているかも、との妄念に囚われた瞬間、これまでの池田屋夫婦に対する憐れみが憎しみに取って代わったのに違いない。お栄の唇の端に溜まった唾の泡から目を背け、静馬はこっそり息をついた。

馬鹿馬鹿しい。ほくろの位置や年頃の一致は気になるが、あの嶺雲尼が親しい人々を二度にわたって騙すものか。

これ以上、話を聞くだけ無駄。ましてや病の嶺雲を煩《わずら》わせるまでもない。すぐさまこの老婆を追い出そうと、静馬はゆっくりその場に立ちあがった。

その衣ずれの音に、お栄は怯えた顔で尻を浮かせた。「な、なんや、あんた」と喚きながら、助けを求めるように四囲を見回した。

「うちにしゃべらせるだけしゃべらせて、ここから叩き出そうというんか。そうはさせへんで。うちはお美喜はんに会うまでは、決してここを動かへんで」

「——おやめならしゃれ（やめなさい）、静馬」

それまで黙っていた元瑶が、静馬を毅然と見据えた。

「ですが、普明院さま」

「こちの人の申沙汰（言い分）がまことであらしゃるかは、こなたがたが決めることではありはせん。とにもかくにも、嶺雲さんの話も聞いてみなあかぬやろ」

それに、と元瑶は続けた。

「最前から話に出て来るお美喜なるお人が嶺雲さんかどうかも、直におめもじならしゃれば（対面なされば）知れることや」

「それは確かにごもっともでございますが」

口ごもった静馬に背を向け、元瑶はお栄の手を取るようにして広縁から立ち上がった。殿舎へと続く長い坂道を、そのますたすたと歩き出した。

静馬の慇懃な態度から、傍らの老尼がしかるべき身分の女性だと気づいたのだろう。お栄はおっかなびっくりの様子で、「あ、あんたさんはどなたどす」と問いかけた。

「凡庸なるただの尼や。こういうことはちゃっと（簡単に）話を片付けたほうがおよしよし（いい）やから、おはやばやに（早く）確かめにまいらしょうぞ」

こうなっては最早、仕方がない。静馬は元瑶の傍らに駆け寄った。「では、先に嶺雲さまにお知らせして参ります」と言い置き、二人を追い越して走り出した。

直接嶺雲と対峙し、彼女がお美喜とやらでないと理解すれば、お栄とてそれ以上因縁を付けはすまい。体調の優れぬ老尼に妙な話を聞かせるのも申し訳ないが、元瑶の言う通り、それがもっとも手っ取り早い手立てであるのも事実だ。

そろそろ正午近くにもかかわらず年賀の客はまだ引きも切らぬと見え、御客殿からは明るい笑い声が聞こえてくる。その賑やかさに背を叩かれながら、静馬は本堂へと至る石段の下をすり抜けた。

中通の私室は経典類が収められる御蔵の南。ずらりと並んだ六畳間のうち、もっとも御清所に近い北の間と定められている。とはいえ青侍《あおざむらい》に過ぎぬ静馬は、御殿に上がることは許されていない。広縁の下に膝をつき、堅く閉め切られた板戸の向こうの気配をうかがった。

すでに浄訓と円照は部屋を退いたと見え、室内は静まり返っている。静馬はごほんと小さく、咳払いをした。

「嶺雲さま、静馬でございます」

答えはない。すでに眠っているのかもと考えながら、静馬は板戸の向こうに更に言葉を投げた。

「元瑶さまがただいま、こちらに向かっておられます。大津の小栗屋お栄どのなるお婆さまもご一緒でございます」

その途端、室内で何かががたりと倒れた。ついで畳を這いずる物音がそれに続く。板戸が忙《せわ》しく鳴り、二尺ほど開いた戸の隙間から血の気を失った嶺雲の顔がのぞいた。

「——小栗屋のお栄どのじゃと」

つい先程まではまるで別人のような形相に、静馬の背に冷たいものが走った。もつれそうな舌を励まし、はい、と静馬は小さくうなずいた。

「お栄どのは、池田屋のお美喜さまなるお人を訪ねて当寺にお越しでございます。嶺雲さまがそのお美喜さまではないかと仰せでございます」

静馬の言葉に、嶺雲は厚い肩が揺れるほど大きな溜息をついた。両手で這うようにして広縁に出て来ると、柱にすがってよろよろと立ち上がった。

「普明院さまもご一緒となれば、この部屋で会うわけには参らぬなあ。小板の間ででもお目にかかろう」

「かしこまりました。その旨、お伝えして参ります」

「こうなれば、逃げも隠れも致さぬ。ただ腰が痛むので、一人でゆるゆると参らせてくれ」

「――わかりました」

静馬は嶺雲から顔を背け、踵を返して走り出した。そうでもしなければ、胸いっぱいに膨らんだ疑念が喉をついて飛び出しそうだった。

どういうことだ。嶺雲は明らかに小栗屋お栄を知っている。ではお栄が言う通り、嶺雲の前身は琵琶湖で死んだはずの池田屋お美喜なのか。旧知の夫妻を騙して金を奪うばかりか、そ知らぬ顔で先祖代々の観世音菩薩像を売り飛ばした悪人なのか。

青々と茂る庭の前栽が、よく手入れされた広い畑を思い出させる。女手のない静馬たちを案じ、時に身の周りの世話を焼いてくれた嶺雲。あの親切はかつて犯した罪を悔いての行いだったのか。哀しみとも悔しさともつかぬなにかが腹の底で暴れ出し、大声で何か叫びたい気がした。

(そんな――そんな馬鹿な)

とはいえ静馬は、逃げだした過去に責め苛まれる苦しみを知っている。血の気を失い、唇を震わせたあの顔は、いまだ養父母を見捨てた過去に囚われる自分の顔そのものだ。

青ざめながら仏堂に続く廊下脇の小板の間へと案内に立った静馬を見ても、のんびりと坂を登って来た元瑶は表情を変えなかった。ただ静かな口振りで、「嶺雲さんはすぐにごあしゃる（やってくる）のか」と問うた。

「はい、逃げも隠れも致しません、ただ腰が痛むので少しお待ちくださいとの仰せでした」

如何にも御所風の入母屋造りの堂宇に面食らったのだろう。お栄は先ほどまでの饒舌が嘘のように口をつぐみ、目だけをきょろきょろと忙しく動かしている。

元瑶が当然のように上座に座る。お栄は居心地悪げに周りを見廻していたが、やがて小板の間の裾に、こそこそと腰を下ろした。

年賀の客が楽人でも伴ってきたのか、御座所の方角から笙や笛の音が響いてきた。かっと火照った頭に、甲高い笛の音がひどく煩わしい。轟々と鳴る水の音、天が破れたかと思うほど激しい雨音がその中に混じった気がした。いや、違う。あれは自分の胸底に鳴る罪の音だ。

ぎい、という軋みに顔を上げれば、勾欄《こうらん》にすがった嶺雲がゆっくりと広縁をこちらにやってくる。血の気の乏しい唇を引き結び、広縁の真下に控えた静馬に目もくれぬのは、腰の痛みゆえとも他の思いに囚われてとも映る。

一歩一歩、足を引きずるように進む嶺雲の横顔を、静馬は無言で見上げた。むっくりと太ったその身体が角を曲がり、そのまま突き当りの小板の間に入る。

お栄が弾かれるように跳ね立ったのが、はっきりと見えた。

「や、やっぱりそうや。あんた、お美喜はんやないかッ」

こちらに背を向けた嶺雲の表情は見えない。ただ二人を見守る元瑶の白く小さな顔が、薄暗い室内にひどくくっきりと浮かび上がっていた。

「うちを忘れたとは言わせへんで。池田屋はんのためならと思うた親切を、ことごとく踏みにじりよってッ」

お栄が拳を握りしめてそう叫んだとき、山際へと続く回廊の先でごとんという物音がした。

震動すら伴った鈍く重い響きに、小板の間の三人が身動きを止めた。

急な斜面に設《しつら》えられた回廊の先は、本尊たる観世音菩薩像を安置する御仏堂だ。しかしこの時刻、尼たちはそれぞれの勤めに忙しく、御堂は無人のはずである。

静馬が立ち上がりざま頭を巡らせたのと、長く続く回廊の真ん中を黒い影が横切ったのはほぼ同時。ほんの一瞬ではあったが、太く長い尾とぴんと立った両耳を備えた狐の姿が眼裏《まなうら》に焼きついた。

「静馬、いまの物音は何であらしゃろう」

「はい。いま、回廊を狐が逃げて行きました。先だってから皆が追いかけている不届きものがあ奴とすれば、御仏堂で何か覆したのやもしれませぬ」

元瑶の問いに応じながら、静馬は鼻を突く匂いを感じて眉をひそめた。

御清所で誰かが鍋でも焦がしたのか。いいや、違う。匂いは本堂の方から流れてくる。一瞬にして、静馬の背に粟の粒が浮いた。

小板の間ではお栄が気を取り直したとばかり、再度嶺雲に詰め寄っている。その喚き声を背に聞きながら、静馬は草履を脱ぎ捨てて袴の股立ちを取ると、

「ご免下されッ」

と一声叫び、仏堂に至る回廊に飛び上がった。

斜《なぞえ》の石段を駆け上がるにつれ、きな臭い匂いはますます強くなってゆく。矢の勢いで御仏堂にたどり着いた静馬は、そのまま御堂の板戸に肩からぶち当った。けたたましい音とともに堂内に転がり込んだ途端、真っ黒な煙がむっと全身を押し包む。息詰まるような熱気が、顔を叩いた。

「誰かッ。火事でございますッ」

早くも痛み始めた目をしばたたきながら見回せば、仏前に供えられていた一対の灯明のうち片方が倒れている。その真下に設えられた座布団から、真っ黒な煙がもうもうと吹き上がっていた。

静馬はちろちろと赤い舌を縫目から覗かせる座布団を、両手で引っ摑んだ。火の粉が四囲に飛び散るのも構わず、そのまま御堂の外に放り出す。広縁に落ちたそれを更に蹴

り飛ばし、回廊の下を流れる遣水《やりみず》に叩きこんだ。

元は目にも鮮やかな金襴《きんらん》であった座布団が、ぶすぶすと煤《すす》を上げながら流れて行く。それを睨みつけてはあはあと荒い息を吐いていると、ようやく「火事ですとッ」という絶叫とともに尼が二人、回廊を駆け上がって来た。

「御像は、御像はおさわりさんのあらしゃりませんか」

大上臈の慈薫《じくん》が静馬を突き飛ばすようにして、御堂に飛び込む。堂内に満ちた煙に咳き込みながらも、ああ、と安堵の声を上げて、その場に座り込んだ。

「よ――よかった。もし御堂や御像が焼けてあらしゃったら、えらいことにならしゃるところやった」

よほど慌てて飛び出してきたのだろう。慈薫は片手にしっかり中啓を握りしめたままである。

御堂の戸口から恐々と中を窺っている小上臈の珍雲《ちんうん》を振り返り、「まったく、いつまでも狐狸《こり》盗人をお好きさんに（好きに）させてあらしゃったせいや」と吐き捨てた。

「くもじながら（恐れながら）、慈薫さん。大工はとうに御堂の穴という穴を塞いであらしゃりますのえ」

「それにもかかわらずこないな火事が起きたんや。修繕かたがたもう一度大工を呼んで、獣の通り道を改めてしかと塞がせるべきであらしゃりましょう」

「御像は無事かッ」

今度は御堂の南側の石段の下から、野太い声が響いた。両手に水桶を下げた源左衛門が、下男の伊平太ともども駆け付けてきたのだ。

「はい。幸い、仏前の座布団を焼いただけで消し止められました」

静馬の言葉に、伊平太がほっと胸を撫で下ろす。しかしそれでも源左衛門は用心深く御堂の四方の扉を開け放ち、

「飛び散った火の粉が、いつ焔になるかわからん。しばらくの間、御堂から眼を離すではないぞ」

と、水桶を足下に据えた。

眼の高さに作られた須弥《しゅみ》壇《だん》の裾は焼け焦げ、花入《はないれ》や経机《きょうづくえ》が煤まみれになっている。無論、壇上の観音像とて無事ではなく、柔和なそのお顔から左半身にかけては真っ黒に煤けていた。

源左衛門はしばらくの間、そんな観音像をためつすがめつしていた。だがやがて、堂の真ん中に立ちつくしている慈薫に小走りに近づいた。

「卒爾ながら、念のため御像を客殿にお移し致してはいかがでしょう。御堂を清めて煤を拭うには、しばし時間もかかりましょうゆえ」

「お、おお。源左の言わしゃる通りや。これ、珍雲さん。急ぎ御前に具申して、ご本尊

を御書院か楽只軒《らくしけん》へ移徙《おわたまし》（移動）申し上げましょうぞ」

今年三十歳の慈薫は、清華家《せいがけ》である大炊御門《おおいみかど》家の出身。身体が大きく、竹を割ったようにきっぱりした気性の彼女は決断が早く、元秀から厚い信頼を寄せられていた。

「では、源左。こなたたちは御前の元に参り、ご本尊に移徙《おわたまし》いただく部屋を整えてきやる。そもじらはここで火の番を頼むなあ」

「承知いたしました」

まだ顔を強張らせた二人が、回廊を転がるように降りて行く。元瑶がそれと入れ違いに坂を上がって来るなり、「お骨折りやったなあ」と静馬に呼びかけた。

「そもじがおはやばやに気付いてあらしゃらなんだら、今頃、ご本尊は真っ黒焦げにならしゃっていたかもしれへん。静馬のおかげや、ありがとう」

「おそれおおいことでございます」

恐縮しきって頭を下げながらも、静馬の胸はまだ大きく高鳴っていた。

林丘寺ではこれまでも、幾度となく小火《ぼや》が起きている。しかしそれはあくまで御清所や尼公たちの居間で起きたもので、寺の中核たる仏堂での火事など前代未聞だ。もしあの時、物音と匂いに気づかなかったらと思うと、それだけでまた心の臓が不穏な音を立てる。元瑶や源左衛門がいなければその場にしゃがみ込みたいほどの疲労が、全身を重く押し包んでいた。

そんな静馬の背中をどやすように、「な、なんや、この御像は」という大声が轟いた。

見れば元瑶の後について来たのだろう、お栄が広縁の端に手をかけ、仏堂内を覗き込んでいる。ぎょろりとした目を更に大きく見開いてご本尊を仰ぎ、「どういうこっちゃ」ともう一度叫んだ。

「どういうことや、お美喜はん。この仏像は池田屋はんにあった観音像とは別物やないか。あの御像はもっとお顔が厳《いか》めしく、お身体の鍍金《ときん》かてようけ残っていたはずやで」

お栄が髪を乱して振り返った先では、嶺雲が柱にすがって、はあはあと荒い息を吐いている。お栄はその傍らに駆け寄るや、嶺雲の襟元を両手で摑んだ。

「あんたの家の観音様は、いったいどこに行った。あんたはうちや宿場の衆だけやのうて、このお寺の方々まで騙していたんか」

「ち、違います。そういうことやあらしまへん」

林丘寺では聞きなれぬ市井の訛《なま》りが、突然嶺雲の口から飛び出した。

「幸助はんもうちも、誰も騙すつもりやなかったんどす。そやけど、どういうわけかこんなことになってしもうて――」

透明なものが、日焼けした頰をぽろぽろと流れる。一瞬遅れて、うわあッという激しい慟哭が嶺雲の喉を塞いだ。

「許して、許しておくれやす、お栄はん。ほんまはうちは、小栗屋はんに一番に謝らなあかんかったのに」

　嗚咽を堪えながら、嶺雲がしゃくり上げる。いつの間にかその傍らに歩み寄った元瑶が、肉づきのいい背中をゆっくりと撫でた。

「これはいったいどういうことだ、静馬」

「わ、私にもまったく、何が何やら」

　戸惑い顔の養父に早口で答え、静馬は泣き伏す嶺雲とお栄を交互に見比べた。

　丸々と羽を膨らませた目白が縁側に降り立ち、嶺雲の慟哭に怯えたようにすぐにどこかに飛び去った。

四

　少しずつ嶺雲の歔欷《きょき》が治まると、お栄は一つ大きな溜息をつき、どすんと回廊の端に尻を下ろした。

「ほな、どういうわけや。うちにも得心が行くように説明をしてもらおうか」

「は、はい。そやけど」

　嶺雲が傍らの元瑶の顔を、ちらりと仰ぐ。すると元瑶は万事承知とばかり、にっこりと笑った。

「こなたの寺のことやったら、心もじ（案じる）には及びませぬ。それにしても嶺雲さん、あなた、長い間、処々（色々と）おもうもうで（悩みが多くて）あらしゃったんやなあ」

嶺雲の双眸が再び水を孕《はら》んで潤みかかる。それを法衣の袖で拭い、「いいえ」と嶺雲は首を横に振った。

「元はと言えば、すべてうちらが悪かったんどす。それをごまかしごまかししてきたために、色々な方々にご迷惑をかけてしまいましたんや」

自分を取り囲む者たちの顔を、嶺雲は上目遣いにゆっくりと見回した。いつもの鷹揚《おうよう》な中通の姿は、そこにはない。静馬は目の前の嶺雲が急に別人になってしまったような心持ちを覚えた。

「この寺の御身内衆にも、それに何より元瑶さまや御前にも、うちは長年嘘をついておりました。うちが出家してこの寺に来たのは、うちと幸助はんの罪ゆえのこと。うちらは初めに小さな嘘をついたばっかりに、数えきれへんほどようけの方々を偽ってしもうたんどす」

「それはどないなわけや、お美喜はん。そもそもうちの店に売るはずやった御像はどこに行った」

「あの御像は小栗屋はんからおあしをいただいた日の夕刻、かねてより銭を借りていた遠縁がやって来て、返済の足しにと無理やり持って行ってしまいました」

「なんやて。ほな、今ここにある御像は何なんや」

嶺雲は唇を真一文字に結び、一瞬、目を伏せた。だがすぐに顔を上げ、案外しっかりした声でぽつりぽつりと話を始めた。

嶺雲によれば、池田屋幸助は身代が傾き始めた頃、ほうぼうの親族から借金を重ね、どうにか店を立て直そうと腐心していた。しかし親族たちは半年一年が過ぎても利息すら返さぬ幸助に焦《じ》れていたと見え、池田屋夫妻が小栗屋から二十両を受け取った直後、そのうちの一人がいきなり店に押しかけてきた。

「これはもう近隣の小栗屋はんにお譲りすると決まりましたんや」

と哀訴する二人にもお構いなしに、観音像を含め、少しでも金になりそうな品を根こそぎ持ち帰っていったのであった。

「ど、どないしよう、お美喜」

空っぽになった厨子《ずし》を前に、幸助は真っ青な顔で座り込んだ。

そうでなくとも気の弱い幸助は、相次ぐ金策に疲れ果てていた。そこに追い打ちをかけるが如き親族の仕打ちに、もはや立ち上がる気力もない面持ちであった。

小栗屋から受け取った金子は、すでにつけを溜めていた酒屋や米屋への支払いに充ててしまった。仮にも宿屋の暖簾を掲げている以上、何を後回しにしても客に迷惑をかけるわけにはいかない。そう考えて早々に店々への支払いを行ったのが、仇になっていた。

うちひしがれた夫を何とか励まさねばと、お美喜はとにかく幸助の肩を強く揺さぶった。男にしては元々薄かったその肩が、今日ばかりは更に肉が乏しく感じられた。

「な、嘆いててもどうにもならしまへん。小栗屋はんに頭を下げ、観音さまを引き渡すまで数日待ってくれと頼みまひょ」

「数日待ってもろうてどないするんや。その間に観音さまがとことこ歩いて、家まで戻ってきてくれるんか」

お美喜の慰めが癇に障ったのか、幸助はいきなり声を荒げた。追い詰められた獣が牙を剝くにも似た豹変ぶりに、お美喜の身体が小さく震えた。

「そないなことは言うてしまへん。ただ少し落ち着いて考えたら、なにかええ方策が見つかるかもしれへんやないですか」

池田屋の先代は好事家で、一時は蔵いっぱいに書画骨董の類を集めていた。それらはとっくの昔に金に替えてしまったが、天井裏なり蔵の隅なりを丁寧に探せば、宋明の書画の一、二本出て来るかもしれない。ひとまずは小栗屋にそれを渡し、なんとか猶予をもらってはどうだ、とお美喜は必死に言葉を続けた。

「骨董、骨董の類か――」

幸助はゆらりと立ち上がった。雲を踏むに似たその足取りに、お美喜の胸にひやりとした風が吹いた。

「それやったら、心当たりがないわけやあらへん。小栗屋はんもその方が喜ばはるかもしれへんわ」

かすれた声とともに、幸助は古びた下駄を突っかけた。

「あんたはん、どこに行かはるおつもりどす」

「その心当たりのところや。心配いらん。明日の朝までには戻るわい」

見送った連れ合いの盆の窪から血の気が引いていたことに、不安を覚えなかったわけではない。とはいえ他の手立てを考えるには、お美喜もまた疲れすぎていた。まんじりともせずに夜を過ごし、ただただ幸助の帰りを待ち続けた。

そして翌日の払暁、幸助が人目を忍んで持ち帰ってきた風呂敷包みを解くや、お美喜は自分の予感の的中を思い知らずにはいられなかった。包みの中には古色を帯びた観世音菩薩像が一軀、ひどく無造作に収められていたのである。

「わしが幼い頃よく遊んでいた坂本の荒れ寺から借りてきた御像や。どうや、うちの観音さんに負けず劣らず、ええお顔をしたはるやろ。誰も拝んでくれへん破《や》れ寺にぽつねんと置かれているより、こうやってわしらのところに来た方が、この御像も人助けになってええはずや」

比叡山東麓の坂本は、延暦寺の寺領。叡山僧の里坊が林立し、日吉大社の門前町としても栄える町であった。

一方で坂本には廃寺廃院も多く、中には荒れるに任されている御堂もある。しかしながらそれらの堂舎を漁り、金目の御像を奪ってくるとは、盗っ人の行い以外の何物でもない。

「あ、あんたはんは、何を考えたはりますのや」

お美喜は思わず拳を握りしめ、幸助の胸を強く叩いた。頭の中が真っ赤に染まり、声を低める分別もなくなっていた。

「こないな真似が世間さまに知れたら、うちらばかりか小栗屋はんにまでご迷惑がかかるんどっせ。あんたはんはそないな道理もわからへんのどすか」

「しゃあないやないか。こうでもせな、あの御像の代わりは見つからへんのやから」

疲労に淀んでいた幸助の顔が、叱られた子どものようにくしゃっと歪んだ。

「それやったら、お美喜。お前は死んで小栗屋はんに詫びるだけの覚悟があるんかいな。こうなってしもうたら、わしにはもう死んで詫びをするか、盗っ人にでもなるかしかあらへんのや」

声を上ずらせた幸助に、お美喜は力いっぱいしがみついた。気が弱く、それゆえにここまで追い詰められてしまった夫が哀れでならなかった。

「この御像、どこから盗んで来はったんどす。うちも一緒に行きますさかい、今からお返しにまいりまひょ」

「真っ暗な中、破れ寺を何軒も歩き回った末に見つけたもんや。どこのどの寺やなんて、わしにはもう分からへん」

後ろ襟に滴った熱い幸助の涙が、背中に流れてゆく。その温《ぬく》もりだけが、今のお美喜にはたった一つのよりどころの如く感じられた。

「なんでや、なんでこないなことになってしもうたんや。わしはただ、どうにか借金を返そうとしていただけやのに」

もういやや、と叫びながら、幸助はお美喜の身体にすがりついた。

「店はとっくに形に入り、この上観音さままで取られたら、わしにはもう何も残ってへん。なあ、お美喜。わしはいつまで、辛抱せねばあかんのや。なにもかも捨て去って、もう琵琶湖に飛び込んでしもうたらあかんのかいな」

「なにを言うたはりますのや」

咄嗟《とっさ》に幸助の言葉を遮りながらも、お美喜は頭のどこかで「そうするよりほかないのかもしれへん」とひどく醒めた思いで考えていた。

幸助は心の弱い男だ。そんな彼をここまで追い詰めてしまった責任の一端は、女房たる自分にもある。そして目の前の夫を励まして支えてゆくには、お美喜もまたあまりに疲れ果て過ぎていた。

重い沈黙が二人の間に流れた。その静けさにお美喜は、もはや夫婦の前にはたった一本の道しか残されていないのだと腹を括らずにはいられなかった。

その日の午後、二人は無言のまま家内を片付けた。京からわざわざ道具屋を呼び、わずかに残った家財を引き取らせた。

半白《はんぱく》の道具屋は幸助が盗んできた御像にちらりと目を走らせるや、「これもついでに引き取らせていただきまひょか」と言い、止める暇もなくそれを風呂敷に包んだ。

小栗屋夫婦は幸助が自分たちのために仏像を盗んできたと知れば、まず怒り、そして哀しむだろう。あの二人にそんな思いをさせぬためには、御像は残してゆくべきではない。ならば、いっそ道具屋の手で世に出し、多くの人々から手を合わせてもらう方がよいはずだ。そう思えば幸助の愚かな所業にも何らかの意味があるようで、お美喜の胸はほんの少しだけ晴れた。

道具屋が恵比須顔で引き上げると、お美喜は家財や仏像の代金であるわずかな銭を仏壇の前に置いた。そして幸助ともども、日暮れを待って湖岸に出、浜に引き上げられていた小舟に勝手に乗り込んだ。薄明のにじむ比叡の山を背に、そのまま沖へと漕ぎ出した。

「そやけど幸助はんと手に手を取って入水したにもかかわらず、気が付けばうちはたった一人、浜辺に打ち上げられておりました。後から知ったのですが、そこは大津の対岸の志那《しな》村。もしかしたらうちはあまりの苦しさに、ついつい水から浮き上がってしもうたのかもしれまへん。そして泣きながら幸助はんの名を呼んでいたうちを助けてくりゃはったんが、ちょうど通りがかられた近くの尼寺の庵主《あんじゅ》さまだったんどす」

　泣きじゃくるお美喜から事の次第を聞き取ると、庵主はすぐさま大津に下女を走らせた。そして幸助は水死したこと、女房も共に亡くなったと考えた宿場の人々によって、すでに夫婦の弔いが済まされたことなどを、包み隠さずお美喜に告げたのであった。

「宿場の方々にそれほどのご迷惑をかけてしもうては、もはやおめおめと大津に帰れはしまへん。うちは庵主さまにお願いし、夫の菩提を弔うべく出家剃髪しました。そして庵主さまのお口利きで洛西のある小寺へ移り、そこで修行を積むことになったんどす」

「確かそもじが林丘寺に来たのは、その洛西のお寺さんからやったなあ。御清所の仕事にも寺務にも長けた中通が欲しいとこぼしていたら、ご住持がそもじをお勧めにならしゃったんや」

　元瑶ののんびりした相槌に、嶺雲は小さくうなずいた。

「ご推挙を受けて初めてこのお寺のご本堂に参ったとき、うちは息が止まるほど驚きました。なにせ幸助はんが盗み、そのせいでうちらが死ぬ覚悟を決めた御像がここにあったんどすさかい。それはもしかしたら、御仏のお導きやったんかもしれまへん。そう思うてうちはこのお寺に、骨を埋める覚悟をしたんどす」

　ここであの御像に仕えることが、と続けながら、嶺雲は両の目を軽く閉じた。

「それだけが色んなお人にご迷惑をかけたうちがしなあかん、たった一つの償いなんやとも思いました」

腰の痛みに耐えながら懸命に畑を見回る嶺雲の姿が、静馬の脳裏に明滅した。

林丘寺のため身を粉にして働き、寺侍たちにも温かな心配りを絶やさなかった嶺雲。あれはすべてかつて犯した罪の償いであると同時に、計らずも坂本の廃寺からこの寺に動座した観世音菩薩像への償いだったのだ。

池田屋旧蔵の観音像がどこにあるのかは、今となっては知る由もない。しかし嶺雲という新たな名を得た池田屋お美喜は、自分たち夫婦の愚行ゆえに林丘寺に納まった御像に寄り添うことで、新たな生を歩み出そうとしたのだろう。

「そ――そんな出鱈目《でたらめ》、信じられるかいな」

しゃがれた喚きとともに、お栄が細い脛も露わに立ち上がった。嶺雲に指を突き付け、ぎりぎりと奥歯を鳴らした。

「あんたはまた、嘘をついてるんとちゃうんか。どれだけ巧みな嘘をついたかて、うちはもう騙されへんで」

「ええい、落ち着かんか」

悪態をつくお栄の襟首を、源左衛門が引っ摑む。その手から逃れんと両手両脚をもがかせながら、お栄はなおも甲高い声を上げた。

「あんたはうちらが御像を二十両もの大金で買ったのに味を占めて、他の御像まで盗んで来たんやろ。それがお上に露見しそうになったんで、お人良しの幸助はんだけ水死させ、自分はのうのうと生き延びたんやないんか」

「ち、違います。うちは本当に——」

「不届き者、なんということを申す」

源左衛門がお栄をその場に押さえつける。そんなお栄に走りより、嶺雲はその傍らに両手をついた。

「うちは本当に誰にも嘘をつく気はなかったんどす。そやけど気が付いたら、こないに多くの方々を騙してしもうて——」

嶺雲の目から再び涙が滴る。それを仰ぐお栄の双眸までもが、何故かゆらゆらと潤み始めた。

「ほんまなんか。ほんまに幸助はんはうちらが渡した二十両に見合う品を探そうとして、あの御像を盗んできはったんか」

「へえ、へえ。ほんまどす」

幾度もうなずく嶺雲を、煤に汚れた御像が基壇の上から見下ろしている。涙に濡れた目でそれを仰ぎ、「あほな真似を」とお栄は吐き捨てた。

「なんでや。なんですぐにうちらに、それを打ち明けてくれなんだ。うちとお美喜はんは、姉妹同様やったやないか。あんたをそないに思うてたんは、うちだけやったんか」

「お栄はん――」

嶺雲の双眸が大きく見開かれる。お栄は筋張った手で、その両腕を強く摑んだ。

「うちはな、お美喜はん。あんたらがそないに追い詰められたはると知ってたら、御像なんかどうでもよかった。あんたらの命に比べたら、二十両の金も大したことあらへん。そんなうちらの思いが分かってもらえてへんかったんが、返す返すも悔しゅうてならへんわ」

その言葉に嘘はあるまい。お栄は池田屋夫婦の形見でもある林丘寺のご本尊を一目見たいと願い、老いの身を押してわざわざこの寺にやってきた。自分たちを欺いた夫婦に対する激しい怒りも哀しみも、それらはすべて二人に対する思いが根底にあればこそだ。

命を捨てねばと思い定めるほどの罪に立ち合ったお美喜は、かつての己から逃げることで新たなる生を与えられ、今こうして、旧知のお栄の優しさに触れている。ならばお美喜にとってこの林丘寺は、またとない安らぎどころだったのではあるまいか。

いつしか嶺雲はお栄と手を取り合い、おいおいと泣いている。嶺雲にはかつての過ちを怒り、共に泣いてくれる人がいる。逃げた者を追いかけ、それに取りすがってくれる者がいる。過去の己を自ら責め続けるしか出来ぬ静馬には、それがひどく羨ましかった。

「さあところで、そろそろ御堂の片付けを始めねばならぬぞ。静馬は雑巾を御清所から借りて来い。お栄とやら、ついでに手伝ってもらっても構わぬか」

源左衛門の指示に、お栄が老いた目元を拭って、「は、はい」と顔を上げる。名残惜しげに嶺雲の手を放し、互いの絆を改めるように小さくうなずき合った。

「それにしても源左。お灯明をひっくり返したお狐さんは、どこに行かしゃったのじゃろうなあ。出来ればこのまま山にすべり（逃げ込み）、二度と降りてならしゃらなければよろしいのやけど」

「さようでございますなあ。いくら罠が簡素とはいえ、下手に傷を負えば命を落とすやもしれませぬ。拙者たちとて無用な殺生はしとうございませぬ」

元瑶と源左衛門のやりとりを聞きながら、静馬はゆっくりと踵を返した。

あの狐は今ごろ寺の裏山で、御供御でくちくなった身を休めているのか。それとも伊平太が仕掛けた罠に迂闊にも釣られ、哀しげに啼いているのか。

いずれにせよ狐は罪を犯して逃げたとて、心に責めなぞ負わぬはず。その潔さを羨ましくも腹立たしくも感じながら、静馬は石段を降りる足を速めた。

嶺雲は己の過去に釣られ、その末にようやく今、心の平安を得た。ならば、逃げた自分を許せぬ己はどうなのだ。

いま、あの狐が目の前に現れたならば懸命にその後を追い、何者にも釣られぬよう冬枯れの山深くに追い立てそうな気がしてならなかった。

一　春告げの筆

一

鼻をつく樟脳《しょうのう》の香りが、薄暗い納戸《なんど》に垂れ込めている。

折に触れて尼公《あまぎみ》たちが掃除をしているにもかかわらず、六畳をゆうに超えるお納戸は湿っぽく、足袋《たび》の裏までがざらついているかのようだ。

「それ、あの桐の箱が御前《ごぜん》のお雛《ひな》さんや」

納戸のもっとも奥の棚に載せられている木箱を、大上臈《だいじょうろう》の慈薫《じくん》が中啓《ちゅうけい》で指す。梶江静馬《かじえしずま》は相役の滝山与五郎《たきやまよごろう》とうなずき合い、一抱えもある巨大な箱を下ろしにかかった。

「それとお隣の少し小さな箱は、お雛さんのお道具類や。そうろと（静かに）お下《くだ》っしゃれ」

「はい、かしこまりました」

明後日三月三日は、上巳《じょうし》の節句。皇女を住持《じゅうじ》としていただく比丘尼御所《びくにごしょ》（尼門跡《あまもんぜき》）では、四季折々の行事もすべて宮中に倣《なら》うのが慣例で、ことに雛の節句とも俗称される上巳の節句は、盂蘭盆会《うらぼんえ》にも劣らぬ重要な儀式とされていた。

このため林丘寺《りんきゅうじ》でも節句の数日前から、現住持である元秀《げんしゅう》と先代住持・普明院元瑶《ふみょういんげんよう》がそれぞれ入寺の際に持参した雛を飾り、桃の花を活ける。その一方で宮中の行事同様、寺内の遣水《やりみず》に人形《ひとがた》を流し、邪気や穢《けが》れを祓《はら》うのであった。

普明院の雛は数日前、小上臈の諄仙《じゅんせん》がお末《すえ》の尼とともに納戸から出し、書院に飾り付けた。ただ、今から五十年も前に拵《こしら》えられた普明院の雛に比べると、まだ真新しい元秀の雛は大きく、調度もお供の人形も数多い。それゆえ普段は奥向きへの立ち入りが許されぬ青侍《あおざむらい》も、このときばかりは御殿に上がり、雛の出し入れを手伝うのが近年の林丘寺の慣例であった。

「ひ、雛とは、随分重いものなのですね」

昨年、出仕を始めたばかりの与五郎が、足をよろめかせながら目を丸くする。

納戸の入口から二人を指図していた慈薫が、ふふと含み笑った。

「そういえば、そもじは雛を出すのは初めてでおわしゃったなあ。本来、雛は男には縁なき遊びであらしゃいますが、御前のお雛はお出入りの人形司が数年がかりで拵えた、それはそれはおおはれな（豪華な）品。あとで表の侍衆ともども庭からこそと（こっそりと）拝見ならしゃれば、御前もさぞご満足さんのお事であらしゃりましょう」

「ありがとうございます。この地は春の訪れが遅いだけに、御前や普明院さまのお雛を拝見すると、ようやく季節が変わったと感じられます」

「確かにそれは静馬の申す通りや。洛中ではとうに啼《な》いている鶯《うぐいす》も、この界隈で初音が聞けるのは当分先であらしゃるものなあ」

「それで、慈薫さま。お雛さまは今年も、御客殿にお運びすればよろしゅうございますか」

運びやすいよう箱に晒《さらし》をかけながら問う静馬に、慈薫は鷹揚《おうよう》に首肯した。

「本当なら書院の間で普明院さんのお雛と並べて飾るべきであらしゃろうけど、御前の雛はあまりにお供が仰山《ぎょうさん》でおわしゃるしな。すでに御客殿の一の間で、見習いの尼衆が支度を始めておわしゃるはずや。そちらに運んでくりゃれ」

それと、と慈薫は思い出したようにつけ加えた。

「あと一刻ほどしたら、御世話卿《おせわきょう》の櫛笥《くしげ》隆賀《たかよし》さんがこちにごあしゃい（おいでになり）ます。御世話卿さんにご覧いただけるよう、おはやばやと（急いで）あそばっしゃれ」

「なんと。それは急がねばなりませぬな」

御世話卿とは、宮廷と比丘尼御所の連絡役を果たす公卿の意。代々、林丘寺の御世話卿を仰せつかる櫛笥家は藤原北家の末流ではあるものの、家格は中流公家たる羽林《うりん》家に過ぎない。だが十六年前、当主・隆賀の娘が先帝の寵愛を受けて皇子を産み、その子が遂に帝位を踏んだことから、わずかな間に目覚しい栄達を果たした一家であった。

このため櫛笥隆賀は日々多忙を極めており、京の外れ、比叡の御山を間近に仰ぐ林丘寺にやってくることは滅多にない。御家司《ごけいし》である松浦織部《まつうらおりべ》もそれはよく承知しており、よほどのことがない限り、隆賀の判断を仰ぎはしなかった。

「いいか、与五郎。決してお廊下を傷つけるなよ」

「は、はい」

林丘寺の御客殿は、普明院元瑶の義母・東福門院和子《とうふくもんいんまさこ》の女院御所から移築された建物。それだけに青侍の身で廊下を損なっては、どれほど詫びても許されるものではない。静馬は木箱に巻いた晒を強く結び、用意していた樫棒を通した。よし、と声を掛け合い、足を踏ん張って前後を担ぎ上げた。

池を望む廊下を注意深く歩み、一の間に踏み入る。そこではすでに見習い尼の浄訓《じょうくん》と円照《えんしょう》が毛氈《もうせん》を広げ、雛を飾る用意を整えていた。

「では、そもじたち。後は頼みました」

大上臈は、寺内の尼を束ねる総取締。それだけに御世話卿を迎えるとあれば、様々仕事があるのだろう。調度の箱が運び込まれるのを待たず、慈薫は珍雲《ちんうん》を従えてあわただしく客殿を出て行った。

その途端、待っていたとばかり、浄訓が静馬を振り返る。

「ちょっと。早く、お調度の箱を持って来てよ」

と口早にせかした。

「私たち、一刻足らずで雛を飾れと命じられているのよ。ぐずぐずしていると間に合わないわ」

よほど気が急いていると見え、その傍らでは普段おとなしい円照までががたがたと音を立てて雛の箱を開け始めている。

見習い尼は本来、台子《だいす》（茶の間）から奥に入れぬものだが、雛を飾るこの日だけは、青侍同様、その戒めが破られる。なにせ真綿と絹でくるまれた雛や調度類を取り出し、埃を払って飾り付けるのは、体力と根気が要る作業である。初めて元秀がこの寺に来た十年前、名だたる堂上《どうじよう》家の出身である慈薫たちはそんな作業を厭《いと》い、当時の見習い尼に雛の出し入れを申し付けた。以来、林丘寺では住持の雛の飾り付けと片付けは、低位の尼の仕事と決まってしまっていた。

先代住持・普明院付きの諄仙は、そんな慈薫たちのやり方を忠義心がないと陰口を叩く。しかしながらどれだけ謗《そし》られてもなお、慈薫たちが雛の出し入れを手伝わぬのは、それだけ元秀の雛支度が大仰であればこそだった。

廊下を急いで戻り、納戸から調度の箱を運び出せば、浄訓たちはすでに箱から取り出した雛や人形を一の間いっぱいに広げている。

その中でひときわ目立つ高さ一尺ほどの絹の包みは、上巳の節句の中心たる男雛と女雛。外覆いと真綿を慎重な手つきで外す浄訓に、「おい。今日は嶺雲《れいうん》さまはどうなさったんだ」と、静馬は問うた。

「中通《なかとおり》さまならまた腰が痛いと仰って、昨日から寝込んでおられるわ。あのご様子じゃ、お雛を片付けるときもお手伝いいただくのは無理ね」

「なんだって。手際のよい嶺雲さまがおられればこそ、毎年、あんなに素速く飾り付けが出来るんじゃないか。それを二人だけでとは、大丈夫なのか」

「そんなこと、やってみないと分からないわよ。それよりもどうせなら、調度箱は座敷の真ん中に置いてちょうだい。後で調度を出すとき、わざわざ隅まで行くのは面倒じゃない」

顎で使われるのは業腹《ごうはら》だが、浄訓の指示は筋が通っている。改めて静馬と与五郎が部屋の中央に調度箱を置き直すと、浄訓は何か思いついたように膝を打った。

「ちょうどいいわ。静馬、あなたが元秀さまのお雛の台を組み立ててよ。私たちはその間に、お調度や雛の支度をするから」

「なんだと。勝手を言うな。こちらだって暇なわけじゃないんだ」

なあ、与五郎、と同輩を顧みれば、ややこしい雛飾りの手伝いなぞまっぴらと思ったのだろう。相役の姿は、すでに書院にない。あいつ、と静馬は胸の中で舌打ちした。

「大丈夫よ。御前の雛を飾っていたと申し上げれば、御家司さまだって怠けていたとは仰らないわ。それに私と円照だけじゃ、到底、御世話卿さまのお越しまでに間に合わないもの。ねえ、人助けと思って手伝ってよ」

浄訓は押し付けがましいところが目に余るが、決して無能な尼ではない。やかましくしゃべり続ける間にもその手は目まぐるしく動き、練絹《ねりぎぬ》と真綿で拵えられた包みを次々ほどいていく。

金泥《きんでい》で彩られた雛屏風、丸々と肥えた這子《ほうこ》、赤い衣を着せられた天児《あまがつ》……色とりどりの人形が次々と毛氈の上に並べられていくさまは、爛漫の春を迎えた山が無数の花で彩られてゆく光景に似ていた。

「だいたい私は以前から、雛台の組み立ては侍衆がすべきと思っていたのよ。か弱い尼より、力のある静馬たちがしてくれた方が、出来上がりだって早いに違いないもの」

「本当に勘弁してくれ。今日は御家司さまに命じられ、夕刻までに詰所の障子を張り替えなきゃならないんだ」

「障子ぐらい、こちらが終わったら手伝ってあげるわよ。三人でやればあっという間だもの。ねえ、円照」

浄訓がそう笑って、同輩を振り返る。しかし筆で男雛の埃を払っていた円照はその言葉に、青々と剃りこぼちた頭をうつむけた。

「ごめんなさい。今日はわたくし、この後は――」

「ああ、そうだった。円照は午後から、宿下がりをするんだったわね。気にしないで。障子の張り替えぐらい、本当は静馬一人でも十分間に合うはずなんだから」

しかしそうなると雛の飾りつけに手間取れば手間取るほど、円照の宿下がりが遅くなる道理である。しかたがないな、と静馬は自分に言い聞かせるように呟いた。

「わかった。こうなったら雛壇でも御座所でも、組み立ててやろう。その代わり、本当に障子の張り替えは手伝ってくれよ」

「そんな、静馬さま。わたくしのためでしたら、どうかお気になさらないでください」

円照が困ったように眉を寄せる。それに「大丈夫です」と笑いかけながら、静馬は緩みかけていた襷《たすき》を一旦解き、再度、きりりと袖をたくし上げた。

浄訓に命じられるまま調度箱の蓋を払い、大小の包みを片端から外に出す。まだ申し訳なさそうな面持ちの円照の気を逸らすべく、「しかし、この時期に宿下がりとは、お身内に何かございましたか」と問うた。

「いえ、おかげさまで身内は息災にしております。ただ今日は、亡き母の命日でして。一乗寺村の曼殊院《まんしゆいん》で法要が行われるため、その参列も兼ねて明日までお暇をいただいたのです」

「さようでしたか。それはどうぞお気をつけてお出かけください」

数ある比丘尼御所の中でも、林丘寺は身分の高下の決まりがゆるやかで、寺内には中通の嶺雲を始め、町方出身の尼が幾人もいる。円照もその一人で、俗世での身の上はほとんど語ろうとしないが、もとは御用絵師・狩野《かのう》家の類縁だと静馬は仄聞《そくぶん》していた。

今から約百年前、京を中心に一大画派を形成した狩野家は、江戸に幕府が置かれるのに従って、大半が東に下った。京に残った一党は、内裏や東西本願寺の庇護を受けてその血脈を守り続けているが、残念ながら豊臣家の御用絵師であった狩野山楽《さんらく》以降、一派の作品は徐々に形骸化の傾向が見られる。それだけに昨今の市井ではお堅い狩野派の絵よりも、狩野探幽《たんゆう》の高弟であった鶴沢探山《つるさわたんざん》や、平戸藩御用絵師である片山尚景《かたやましょうけい》といった画人の作品の方が好んでもてはやされている。もしかしたら円照の出家もそんな一派の趨勢《すうせい》に理由があるのかもしれない、と静馬は唐突に思った。

江戸では男雛女雛を台の上に飾ると聞くが、上方のそれは紫宸殿を模した殿舎の中に雛を飾る御殿飾り。檜《ひのき》で拵えられ、高欄に階、御簾まで備えた巨大な御殿を静馬が組み立てる間に、浄訓と円照は箱から出した人形や調度の埃を払った。

元秀の雛は、丈約一尺あまりの次郎左衛門雛。銀製の女雛の天冠、男雛が手にする象牙の笏《しゃく》や腰に佩《お》びた太刀などの細工一つ一つまでもが精緻に拵えられた、豪奢な雛である。幾重にも重ねられた雛の衣は、ずっしり重い唐錦。その鮮やかさは細かな花弁が重なり合った牡丹の花に似ていた。

一の間に風が吹き込むたび、細い銀の鎖が連ねられた女雛の天冠がしゃらしゃらと微かな音を立てる。そこここに籠っていた樟脳の匂いがあっという間に吹き払われ、無数の調度が鮮やかな輝きを取り戻して行く。

御殿が組み上がると、浄訓たちは髪を梳《す》き、衣を調えた対の雛を中央に、その他の人形たちを高欄に並べた。螺鈿《らでん》があしらわれた調度を殿宇《でんう》の前に配し、背後に雛屏風を立てまわす。紙で作られた桃の花を錫《すず》の花生《はないけ》に差し、御殿の端に飾り付けた。

「ねえ、浄訓。この雛はどこに置けばいいのかしら」

最後に円照が、背の丈三寸ほどの小さな一対の立ち雛を手にして首をひねった。

相当古い品と見え、紙製の衣はそこここが破れ、ほっそりと涼しげな顔立ちもどこかうら寂しい。男雛女雛の頭上に結わえられた冠のくすんだ金が、あざやかな金泥の屏風の前で鈍く光った。

「ああ、それねえ。どこかから紛れ込んだお雛なのでしょうけど、毎年、どこに飾ればいいのか悩むのよね。ほら、紙の衣なんて、人形司が作ったものとは思えないほど不格好だから」

なるほど浄訓の言葉通り、煤《すす》けた一対の立ち雛は華やかな雛と調度類の中で異彩を放っている。

だが幾ら来歴が分からぬとはいえ、住持の雛箱に納められている雛を勝手に捨てられもしない。円照はしばらく唇を尖らせて考え込んでいたが、やがて御殿の階の脇に対の立ち雛を置いた。なるべく人目につかぬよう、その前に這子や天児を並べ直し、「これでどうかしら」と浄訓を振り返った。

「いいんじゃないの。だいたい御前はもちろん上臈衆も、このお雛のことをご存じか怪しいものよ」

空を覆っていた雲が切れ、薄い陽射しが一の間に斜めに射し込んだ。胡粉《ごふん》を塗り重ねられた女雛の顔が客殿に敷き詰められた毛氈の色を映じ、朱を刷いたようにほんのり赤らんだ。

「それにしてもやっぱり綺麗ねえ。御前もどれだけお喜びになることかしら」

誰に対しても遠慮のない口を叩くとはいえ、やはり年頃の娘である。浄訓がほおっと溜息をついて、雛を見つめた。

比叡の御山の裾野に位置する林丘寺は春の訪れが遅く、広縁から望む庭ではようやくちらほらと若葉が萌え出したばかりである。それだけに爛漫の春が舞い降りるに似た雛飾りのあでやかさは、射し込む陽射しにすら華やいだ温《ぬく》みを与えているかのようであった。

このとき総門の方角が不意に騒がしくなり、「開門、開門じゃ」という警蹕《けいひつ》の声が風に乗って響いてきた。先ほど慈薫が話していた通り、御世話卿がやってきたのだろう。

侍小屋からばたばたと誰かが走り出、総門を開けにかかった気配がした。

「大変。急いで片付けなきゃ」

浄訓は飛び上がるように立ち上がり、手近な綿や練絹を手当たり次第、空の箱に詰め込み始めた。しかしながら三人がかりで室内を整え終わったときには、すでに式台の方が人声でがやがやとやかましい。このまま外に飛び出しては、廊下で客人と鉢合わせしてしまうに違いない。

「しかたがない。お庭に控えていよう」

静馬は空の雛箱を抱え、庭へと降りた。山から流れてくる澄明な遣水をまたぎ越え、なるべく目障りにならぬよう、植え込みの陰にしゃがみ込む。浄訓と円照がそれぞれ調度箱を持ってそれに続いた刹那、「おお、これは見事な雛でございますなあ」という大声が弾け、案内のお次に導かれた櫛笥隆賀が広縁から一の間に入っていった。

「最近は市井の者の中にも雛を飾る者が増えておるようですが、さすがは元秀尼さまがご住持を務められる林丘寺。御殿も衣も、地下《じげ》の雛とは比べものになりませぬ。――のう、そもじもそう思うであろう」

手放しの褒詞《ほうし》に、静馬は植え込みから顔を突き出した。見れば隆賀の背後には、軽衫《かるさん》を穿いた半白《はんぱく》の男が従っている。慎み深く広縁に膝をつき、男は世慣れた口調で「まったくでございます」と追従《ついしょう》した。

「それにしても、隆賀さま。修学院村の奥深くにこのように美々しき御所があるとは、恥ずかしながらそれがしは存じませなんだ」

「おお、そうであろう。比丘尼御所は洛中洛外に十五か寺あるが、この林丘寺の如く、離宮に接して建てられた寺は二つとない。いま、我らがおる客殿は東福門院さまの御化粧殿を移築したものじゃし、先ほど通り抜けた楽只軒《らくしけん》の扁額は後水尾《ごみずのお》帝さまのご宸筆《しんぴつ》。まさにこの地は、洛北におわすもう一つの御所なのじゃ」

「これまでほうぼうの御寺やお屋敷に出入りさせていただきましたが、かように華やかな御殿に上がるのは初めてでございます。なにせ絵を描くより能のない男でございますれば、万一、粗相を致しました折には、何卒お許しくだされ」

「なに、おぬしが絵をご教示差し上げる普明院さまは、それはそれは優しいお方。少しぐらいの粗相で、目くじらなぞ立てられぬわい」

意外な言葉に声を上げそうになり、静馬はあわてて口を押さえた。

先代住持の普明院元瑶は、父・後水尾天皇によく似て、多芸な人物。特に絵は、黄檗《おうばく》の画僧・卓峰道秀《たくほうどうしゅう》や江戸の狩野家の当主・狩野安信《やすのぶ》から教えを受けるほど熱心で、すでに貴人の余技の域を超えている。林丘寺と交誼《こうぎ》のある寺から「ぜひわが寺のために仏画を」と頼まれることも頻繁であった。

しかしながら狩野安信は今から三十余年前、卓峰道秀は三年前にそれぞれ病没。このため近年の元瑶は両人から生前に与えられた無数の画巻を手本にして、絵の修練を重ねている。

絵の手ほどきといっても元瑶のような貴人の場合は、師と直に向き合って教えを受けはしない。絵師は画帖や画巻に様々な手本を描いて弟子に送り、弟子はそれを臨模して画技を磨き、師匠の添削を受ける。いわば師の手になる粉本《ふんぽん》さえあれば、弟子はいつかなるときも絵を学べるわけである。

それだけに二人の師が亡くなった後も、新たな粉本が届かなくなったくらいで、元瑶の修練にさしたる変化はない。しかし櫛笥隆賀はそれでは元瑶が不如意ではと思い立ち、新しい師匠を推輓《すいばん》するつもりになったのだろう。そう考えれば隆賀が突然、林丘寺を訪ねてきた理由も分かるが、そもそも元瑶が新たな絵の師匠を必要としているかも分からぬのに、勝手に絵師を伴うとは差し出がましい。

元瑶がこれまでに描いた絵の中には、現在、江戸の千代田のお城に所蔵されている作もある。それほどの腕前を持つ元瑶に、新たな師匠など必要だろうか。

(狩野安信さまも卓峰道秀さまも、その人ありと名を知られたお絵師。お二方より腕の立つ御仁でなければ、元瑶さまも教えを受ける気にはなられまいに)

心優しい元瑶は亡き師の粉本に学ぶことで、二人の絵師をしのび続けているはず。そんな気遣いを微塵も斟酌《しんしゃく》しない櫛笥隆賀に、静馬が苛立ちを覚えたとき「——伯父上」

という微かなうめきが、傍らで上がった。

振り返れば顔を蒼白にした円照が大きな眼をますます見開いて、広縁の男を凝視している。膝の上に重ねた小さな手が、よそ目にも明らかに震えていた。

二

「伯父上でございますと」

静馬のささやきに、円照はびくっと身をすくめた。もう一度、広縁に眼をやってから、「は、はい」と忙《せわ》しくうなずいた。

「あのお方は、わたくしの伯父の狩野松之丞《まつのじょう》でございます。最近、ほうぼうのお屋敷御用を仰せつかっているとは聞いていましたが、まさか林丘寺にお越しとは」

とはいえ先ほどからのやりとりより推すに、松之丞は姪がこの寺にいると知らないらしい。血の繋がった係累とはいえ、その程度の浅い付き合いの様子であった。

「ふうん。つまり御世話卿さまは円照のことを知らずに、あの方を普明院さまに推挙しようとなさっているわけね。どうせ林丘寺出入りを仰せ付けるんだったら、円照の兄上にしてくだされぱいいのに」

浄訓が植え込みの陰に潜めた身体を、窮屈そうに動かしながら呟いた。

「縫殿助《ぬいのすけ》さまと仰られるんだっけ。まだ十六やそこらで京の狩野家の家督を立派に継がれたお方なんでしょう。まったく、御世話卿さまも気が利かないわよねえ」

「なんと。円照どのの兄上は、京の狩野家の当主でらっしゃるのですか」

静馬は心底驚いた。つまり、円照は寺の見習い尼として働くよりも、狩野屋敷で多くの門人を差配する方がふさわしい女子《おなご》というわけだ。

「え、ええ。確かにそうなのですが」

静馬を上目使いに見上げ、円照がためらいがちに首肯する。しかし次の瞬間、その眸《ひとみ》が急に揺れ、ぽろりと澄明なものが頬を伝った。

「ど、どうしたの。円照」

普段は物静かな癖に頑固な円照の涙に、浄訓は自分たちがいま植え込みの陰に身を潜めていることなぞ忘れた面持ちで声を筒抜かせた。

「ご、ごめんなさい。浄訓」

堰を切ったように溢れる涙を拭い、円照がかすれ声で謝る。浄訓は狼狽を露わにしつつも、そんな朋輩の手を強く握り締めた。

「大丈夫よ、こちらこそごめんなさい。私が兄上さまの話など持ち出したのが悪かったわ。家を思い出して、寂しくなったんでしょう。許してちょうだい」

「いいえ。浄訓も静馬さまも悪くないの。ただ、こうして林丘寺出入りに推挙される伯父上を見、兄上のことを考えたら、急にいたたまれなくなって――」

円照が更に激しくしゃくり上げたとき、植え込みがさりと音を立てた。見上げればわずかに実を残した南天の植え込み越しに、小柄な人影がこちらを覗きこんでいる。静馬は「ふ、普明院さま――」と腰を浮かした。

「なんとまあ、大にぎにぎや（にぎやかだ）と思えば、そもじたちであらしゃったか。これ、円照。かようなところで、何をむつこうて（泣いて）おわしゃる」

しまった、と眼をやれば、客殿では隆賀と向かい合って座した元秀や、広縁に居並んだ上臈衆が呆れ顔でこちらを眺めている。円照の取り乱しようにすっかり失念していたが、声高な三人のやりとりは一の間まで丸聞こえだったに違いない。

元瑶は一の間に元秀ともども出御したものの、浄訓や円照たちの声に気づき、庭まで出てきたのだろう。不思議そうに首を傾げる前住持に、「申し訳ありません」と静馬は頭を下げた。

「いや、おにつこうて（怒って）いるのではない。ただ、いつも静かないりいり（炒り豆）さんが、なぜむつこうておわしゃるのかと、訝《いぶか》しう思うただけじゃ」

元瑶の言葉に、円照が深く顔を俯ける。それがかえって目を惹《ひ》いたのか、広縁の端に座っていた松之丞が、「お伊予《いよ》、そこにいるのはもしやお伊予か」と片膝立ちになった。

「父母の菩提を弔うために出家したとは聞いたが、まさかこんなところで会うとは。兄者は息災か。最近はほとんど絵を描いておらぬとかで、どこのお屋敷に伺候《しこう》しても顔を合わせぬが――」

松之丞の言葉を遮るように、円照が法衣の裾を乱して立ち上がった。仰天する静馬や浄訓を顧みもせず袂で顔を覆うや、植え込みを飛び出して走り出した。

常の円照からは想像もできぬ行いに、広縁の上臈たちが叱るのも忘れて、呆気に取られた面持ちとなる。

静馬はかたわらの浄訓と顔を見合わせた。どちらからともなく元瑶や一の間の元秀に一礼すると、円照の後を追って駆け出した。

「円照。待って、待ってちょうだい」

円照は白い足首が剥き出しになるのもお構いなしに遣水を飛び越え、そのまま御客殿を回り込むように駆けてゆく。

客殿の北は、上臈を始めとする尼公たちの自室が並ぶ殿舎。御蔵の角で曲がり、御清《おきよ》所《どころ》（台所）の井戸から流れるせせらぎを渡れば、突き当りは見習い尼や下女たちの暮らす長廊《ながろう》だ。

子犬のように敏捷に長廊を走るや、円照はそのうちのもっとも奥の一間に飛び込んだ。しきりに呼び立てる浄訓の声を締め出すように、ばたりと音を立てて板戸を閉ざした。

「ちょっと、どうしたの。ねえ、円照。開けてちょうだい」

いつにない同輩の態度に動転しきっているらしく、浄訓は拳でどんどんと板戸を叩いた。

静馬もまた広縁の下に立ち、「円照どの、出て来られませ」と板戸の向こうに呼びかけた。その音吐《おんと》はなぜか、己でも戸惑うほど険しいものをはらんでいた。

「本日はこの後、宿下がりをなさるはずではありませんか。こんなところに引き込んでおられては、母君のご法要に間に合いませぬぞ」

馬鹿、と舌打ちをして、浄訓が静馬の肩を小突く。それと同時に、板戸の向こうでまたうわっと泣き声がした。

「あんな泣き顔で、女子が出掛けられるわけないじゃない。——円照、今日の宿下がりは、取りやめでいいわよね。お身内が心配なさるでしょうから、これから伊平太《いへいた》を曼殊院に走らせるわ」

一乗寺村の曼殊院は、林丘寺から三町ほどしか離れていない。今から下男の伊平太を遣わせば、法要にも十分間に合うはずだ。

室内からはまだ、激しいすすり泣きが響いてくる。浄訓はその向こうの円照をなだめるかのように板戸に片手を当てながら、「ほら、伊平太に伝えてきてよ」と残る手で庭を指した。

「いいから、行ってってば。女子のことは女子同士に任せなさいよ。だいたい静馬がここにいちゃ、また何を言って円照を泣かせるか分からないわ」

　万事大雑把な浄訓が円照をなだめられるとは思いがたいが、ここで逆らってもしかたがない。

　静馬は小さくうなずくと、寺の北に広がる畑に向かった。しかしながら野良仕事をしているはずと見当をつけたにもかかわらず、伊平太はどこぞで煙管《きせる》でも吸っているのか、四季折々の作物や花を植えた斜《なぞえ》はがらんとして人影はない。

　こうなれば広大な寺内を探し回るより、自分が曼殊院に向かった方が早い。静馬はそのまま、長い畝《うね》に沿って走り出した。

　大きく開かれた総門の内側では、隆賀の従僕たちが手持ち無沙汰な顔で主を待っている。その傍らを小走りに抜けて長い石段を下ろうとし、静馬はおやと足を止めた。見慣れぬ男が一人、石段の下から不安そうにこちらを見上げていたからだ。

　年は静馬より、五つ六つ上だろう。癖のある髪を総髪に結い、羽二重の紋付に袴を着しているが、なぜかその裾は不自然によじれ、よく見るとところどころ黒い染みがついていた。

　林丘寺の敷地は街道から川一本隔てており、よほどのことがない限り迷い込んでくる者はいない。それだけに静馬は一瞬、隆賀の屋敷の者が主を追ってきたのかと思った。

「もしや、櫛笥権大納言さまのお屋敷のお方でございますか」

「いいえ、違います。それより、林丘寺というのはここでよろしゅうございますか」

その口調には、どこか世慣れぬ気配が漂っている。さようでございますと応じながら、静馬は内心、首をひねった。

「こちらに、円照と申す小尼がおるかと存じます。恐れ入りますが、兄の狩野縫殿助が来たとお伝えいただけませぬでしょうか」

「円照どのの――」

言われてみれば、ほっそりとした面差しは円照とよく似ている。静馬は思わず、御客殿の方角を振り仰いだ。それをどう勘違いしたのか、縫殿助は静馬の眼差しの先を心もとなげに追い、一重の眼をしばたたいた。

「母の法会《ほうえ》のため、半年前から宿下がりのお許しを頂戴しているはずですが、何事か不都合がございましたでしょうか。寺の用意が少し早く整いましたもので、迎えに参ったのです」

「は、はい。承っております。しばし、しばし、ここでお待ちください」

早口に縫殿助を制し、静馬は大急ぎで寺内に取って返した。供待ちに控えている男たちの怪訝《けげん》な顔を横目に、あわただしく御清所の脇を走り抜ける。

けたたましい下駄の音を聞きとがめたのだろう。御清所と隣り合う侍小屋の木戸ががらりと開き、御家司の松浦織部が顔を出した。

「こらあ、静馬。なにをしておる。障子戸の張り替えはいかがした」

雷鳴を思わせる怒声に「申し訳ありません。後で必ずや」と叫び返し、静馬はそのまま元の長廊へと駆けた。

円照を引っ張り出すのは諦めたのか、浄訓は長廊に座り込み、口をへの字に引き結んでいる。疲れた顔でこちらを振り返り、首を傾げた。

「どうしたのよ、静馬。伊平太は見つかったの」

「そんな場合じゃないぞ」

長廊の端まで浄訓を呼び寄せ、静馬は板戸の向こうに聞こえぬよう声をひそめた。

「狩野縫殿助さまが、門前にお越しになられている。円照どのを迎えに来られたんだ」

「なんですって」

素っ頓狂に叫んでから、慌てて浄訓は円照の部屋を顧みた。険しい顔をぐいと静馬に近付け、眉根を強く寄せた。

「どうするのよ。あんな泣き顔の円照をお引き合わせするわけにはいかないわ。それに――」

ああ、とうなずき、静馬は堅く閉ざされたままの板戸に眼を走らせた。

もともと円照は口数が少なく、喜怒哀楽を表に出さない。その彼女が兄の話題に触れられるなり、あれほど身も世もなく取り乱したのだ。仔細は分からぬものの、二人を対面させていいものかと迷わずにはいられなかった。

「でもだからと言って、居留守を使うわけにもいかないわよね。ああ、どうしよう」

浄訓がいらいらと爪を嚙んだとき、がたりと音がして板戸がわずかに開いた。円照が泣き腫らした目を瞬かせながら、わずかに顔をのぞかせた。

「兄上のお名前が聞こえたけど……もしかして、わたくしを迎えに来られたのかしら」

その顔はわずかな間にむくみ、五十を超えた老婆の如く老け込んで映る。こうなっては隠しても仕方がないと腹をくくったのか、浄訓はきっと眦《まなじり》を決した。

「そうよ。伊平太を曼殊院に走らせようとしたけど、少し遅かったみたい。どうする、円照。何だったら私も一緒に、ご門前まで行ってあげるわよ」

円照の双眸《そうぼう》がまた、水を滴らせたかの如く潤みかかる。だが今度は気丈にも手の甲で涙を拭い、「それはできない。出ていけないわ」と首を横に振った。

「こんな泣き顔をご覧になったら、兄上は必ずどうしたとお尋ねになるわ。ただでさえご自身のことで大変な兄上に、余計な心配をおかけするわけにはいかないもの」

自らに言い聞かせるが如き口調に、静馬は先ほどの庭先の光景を思い出した。あのとき、円照の伯父である松之丞はなんと言っただろう。

「それはどういうことなの、円照。実家でなにか、騒動でも起こっているわけ」

浄訓の問いに、円照は大きな目を無言で宙に据えた。しかし胸の中のものをすべて吐き出すような深い息をつくと、乱れた法衣を整え、少し背を丸めぎみにその場に端坐した。

実は、とひどく堅い声が、ぽつりとその唇から落ちた。

三

「わたくしの父は狩野永敬《えいけい》と言って、京の狩野家の四代目でね。二条家を始めとする堂上家にもお出入りを許され、京ではそれなりに名の知られた絵師だったわ」

永敬は和歌が得意だったことから、従来の狩野派の絵の枠を超え、古今《ここん》の名歌の光景を描いた「歌意図屏風」を多く手がけた。当代一流の公卿の書と永敬の絵を屏風に貼り交ぜた作を帝にお目にかけたこともある、と円照は語った。

「だけどその父は、わたくしが十二歳の時に急な病を得て亡くなったの。あまりに突然の死に門人衆は散り散りになり、当年十六だった兄は伯父の松之丞や江戸の狩野宗家を頼って、家の名に恥じぬ画人になるべく精進することに決まったわ」

ただ兄妹の母は夫に先立つこと五年前に没しており、親しく頼れる家はない。まずは江戸に上り、狩野宗家から直に教えを受けたいという縫殿助の願いをかなえるためには、一人残される妹の身をどうするかが問題となった。

「それで、円照は出家することにしたのね」

「ええ。だってわたくしさえ俗世を離れれば、兄は心置きなく修業に専念できるもの。父母の菩提を弔いたいという思いも、もちろんあったのだけど」

かくして縫殿助は江戸に赴いたが、御用絵師たる狩野の画風を受け継ぐには、その腕はいまだあまりに未熟であった。加えて江戸は、あまりに遠い。かつて父が出入りしていた諸家は父を失った縫殿助に励ましの文こそ送るものの、さすがに江戸にいる彼に絵の御用までは命じない。各家の画事はいつしか片山尚景や鶴沢探山といった流行の絵師に任せられ、縫殿助の出入りする余地は減る一方となった。

「焦った兄は一年ほどで江戸から戻り、京の狩野家当主となった上で、今度は伯父上のもとで必死に修業を重ねたわ。父や祖父が残した画巻を繰って、毎日、血が滲《にじ》むほどの稽古に打ち込んだらしいの。だけどまだ若造の兄が、鶴沢探山さまのような名だたる絵師をそう簡単に超えられるはずがないわよね」

修業半ばにして父の代からの贔屓を失ったばかりか、どれだけ技を磨いても世に容れられぬ日々に、倦《う》み果てたのだろう。いつしか縫殿助は筆を投げ、父や祖父が残した絵や調度を売って、生計を立てるようになった。

松之丞はたった一人の甥の不甲斐なさに呆れ、幾度となく縫殿助を叱責した。しかしそのたび言を左右にする甥にとうとうあきれ果て、縫殿助に代わって諸家の御用を承ると言い出したのであった。

「おぬしがそのような腹であればやむをえん。これは我が意ではないぞ。狩野の家名を守るために、しかたなくすることじゃ」

松之丞がそう激怒し、精力的に禁裏や諸社寺の仕事を受けるようになったのはつい最近なのだ、と円照は悲しげに付け加えた。

「ちょっと待ってよ、円照。あなた、これまでそんなこと、一度も言わなかったじゃない」

浄訓が困惑した様子で、口をはさむ。そんな朋友に眼をやり、円照はほろ苦い笑みを浮かべた。

「言えるはずないじゃない。だってわたくしには兄上が立派な絵師になってくださることだけが励みだったのだもの」

浄訓にもう一度寂しげに微笑みかけ、円照は言葉を続けた。

「無論、わたくしだって幾度も兄に手紙をしたため、どうにか絵筆を執ってくださいと懇願したわ。さっき浄訓は、兄が普明院さまの絵の師匠になったなら、と言ってくれたわね。本当に兄がそれだけの絵師になれたなら、どれだけ泉下《せんか》の父や母も安堵するかしら」

「だから伯父上の姿に、あれほど円照どのは取り乱されたのですか」

そう問うた静馬を顧み、円照はこくりと頤《おとがい》を引いた。

「静かなこの寺にいれば、狩野家の跡取りがいかに不甲斐ないかとの噂は、滅多に耳に入ってまいりません。元瑶さまも元秀さまも他人の噂はお嫌いですし、御世話卿さまもこちらの御寺には滅多に足を運ばれませんから」

ですから、と続ける円照の声が上ずった。抑えきれぬ思いを飲み下すかのように、幾度か唇を震わせた。

「ですからわたくしは、もはや絵は描けぬとかこつ兄の文を毎月のように受け取りながらも、その事実に目を塞いできたのです。寺から出ることも、兄の手助けもできぬのをいいことに、兄の苦しみから逃げていたのです」

それだけに松之丞が突如現れ、その口から現在の兄の姿を改めて聞かされたとき、円照はあれほどに狼狽したのだ。元瑶や元秀の前であることも忘れ、あの場から——いや、つらい現実から逃げ出そうとしたのだ。

（しかし——）

人の世はつらく、苦しい。とはいえ自らの現実から目を逸らしても、その後には必ずや後悔が待っているだけだ。

静馬は両の手を拳に変え、大きく肩で息をついた。さきほど円照は恥も外聞もなく、伯父たちの前から逃げた。しかしそんな真似をしたとて、円照を取り巻く現実が何一つ変わるわけではない。

「円照どの。それほどに縫殿助さまは、絵が下手でらっしゃるのですか」

「ちょっと、なにを言うのよ。静馬」

浄訓がぎょっとしたように静馬を遮る。そんな幼馴染を「黙っていろ」と睨みつけ、静馬は更に円照に食い下がった。

「仮にも狩野家のご当主たるお人が、見るに堪えぬ絵なぞ描かれますまい。もしかして円照どのの兄上は、ご自分でご自分の絵を下手と決めつけ、己の道を閉ざしてしまっているのではありませんか」

静馬は知っている。怯懦《きょうだ》に駆られた末のひと時の逃避は、後からどうしても取返せぬ激しい悔恨を招くことを。

険しい静馬の表情に、円照は逃げ道を求めるように目を泳がせた。

「し、静馬さまには分からぬのですッ」

と床を叩き、甲高い声を上げる顔つきは、普段の物静かさが嘘のように癇《かん》が立っていた。

「兄は狩野山楽の流れを汲む、京狩野の総領。それが下手な絵を描き、人の嘲笑を受けるぐらいなら、いっそ筆を折ったほうがよいと考えるのは当然ではありませんか」

「いいえ、私はそうは思いません。かような真似をなさっては、後々、縫殿助さまが苦しまれるだけです」

静馬は猿臂《えんぴ》を伸ばして、円照の腕を摑んだ。なにをなさるのです、と叫ぶのを無理やり庭へと引きずり下ろす。人気《ひとけ》のない御清所を突っ切り、御客殿の庭へと回り込んだ。

「は、放してください。誰か、誰かお助けください」

円照の悲鳴に、奥から出てきた尼たちが目を見張る。そんな彼女らにはお構いなしに、静馬は更に殿舎の間を通り抜け、元瑶の居室の庭先にひざまずいた。二人の後を追ってきた浄訓が、戸惑いがちにその隣に膝をついた。

「失礼いたします。静馬でございます」

ただならぬ円照の悲鳴をすでに耳に留めていたのだろう。すぐに障子が開き、練絹の法衣に身を包んだ元瑶が小走りに広縁に出てきた。

「まずは静馬。円照をお放しあれ。女子の腕をそないあらあらしゅう摑ましゃるものやない」

は、と短く応じ、静馬は円照の腕を放した。円照が怯えた小鳥のように静馬の傍らから飛び退き、駆け寄った浄訓が急いでその肩を抱いた。

そんな三人を眺め回し、「さて、なにがおわしゃったのや」と元瑶はわずかに語調をやわらげた。

「はい。この静馬、普明院さまにお願いがございます。円照どのの兄上に絵を描くよう、お命じいただけないでしょうか」

「なんですって」

驚きの声を上げたのは、唇を噛み締めて静馬を見つめていた浄訓だった。

「聞けば円照どのの兄君は、狩野家の跡目を継いだものの、ほうぼうのお屋敷出入りを止められ、絵師として生きる道を擲《なげう》ってしまわれたとか。どうか普明院さまより、もう一度、筆を執るようお命じいただきたいのです」

「なにをおっしゃるのですか、静馬さま」

円照が狼狽しきった顔で、元瑶に向き直った。

「おやめください。わが兄はすでに絵師として生きることを諦めた身。かような仰せを受けたとて、下手な筆をご披露し、かえってお眼を汚すだけです」

「狩野、狩野とな。ああ、四十を出たばかりで身まかった狩野永敬の息子であらしゃるか。そういえば確かにここのところ、狩野当主の絵におめもじする（お目にかかる）折が絶えてならしゃるなあ」

さすがに自身も絵を描くだけに、元瑶はすぐに何やら得心した様子でうなずいた。

「されど、静馬。当の本人が絵師を辞めたいと申しているのに、それに無理《おもやもや》を強いるのはいかがなものであらしゃろうか」

「いいえ。ご無理いただくべきかと存じます」

静馬は先ほど一瞬だけ言葉を交わした縫殿助の姿を、脳裏に思い浮かべた。母の法要を控えていたためだろう。髪も髭も綺麗にあたり、品のいい紋付袴に身を固めていたが、その袴の裾はひきつれ、襞《ひだ》は不自然に歪んでいた。

「あれはおそらく、絵師が岩絵具を溶くのに使う膠《にかわ》がこびりついたもの。そして裾に飛び散っていた染みは、岩絵具ではないかと拝察いたします。確かに絵師として身を立て、ほうぼうのお屋敷にお出入りをなさる道は諦められたのでしょう。ですが法要に出かける直前まで絵を描いておられた縫殿助さまが、真実、絵筆を擲つ覚悟をなさっているとは、私はどうしても信じられません」

円照が大きく目を見開く。それと同時に元瑶が、膝の上で弄んでいた蝙蝠《かわほり》を音を立てて閉じた。

「なるほど、なるほど。それであれば是非一度、絵を描いていただきたいものであらしゃるな」

静馬の返事を待たず、元瑶は二度、両の手を打ち鳴らした。すぐに応《いら》えがして、敷居際にお次の尼が膝をついた。

「御用であらしゃりますか、普明院さん」

「先ほどごあしゃった（やってきた）狩野松之丞とやらは、まだお下がりやないのやろ」

「へえ。いまは御世話卿さんともども、御前のお居間においでであらしゃります」

「ほな、その松之丞にこちに来やるよう伝えてくりゃれ。――さて、静馬。そもじはすぐにご門前に参じ、縫殿助をここまで連れてあらしゃれ」

「お待ちくださらい。伯父までを呼び寄せられるとは、いったいなにをなさるのですか」

円照が恐ろしいものを目にしたように、声を震わせる。元瑶は身軽に立ち上がると、部屋の隅の手文庫を開いた。そこから数枚の画箋紙を取り出しながら、「決まっているやろ。絵を描かすのや」とのんびりと言った。

「で、ですが兄は――」

懸命に食い下がる円照に、元瑶は静かな目を向けた。

「なあ、円照。そもじがお兄さんを案じて、ふたふた（おろおろ）するのは分かる。そやけど如何に血のつながりがあらしゃっても、お兄さんはそもじやない。それを彼我《ひが》の別ものう大事に大事に抱え込もうとするんは、かえってお兄さんを傷つけるだけやあらしゃらへんか」

それに、と元瑶は歌うような口調で続けた。

「もしかしたらお兄さんはこの数年の間にめざましゅう腕を上げ、さすがは狩野家の当主やと褒めそやされるほどになってあらしゃるかもしれぬやろ。それを信じてやらしゃれぬのは、幾ら血のつながった妹やとしても失礼《しちらい》な話や」

激しいめまいを覚えたかのように、円照は両手を地面についた。よく整えられた白砂に爪を立てながら、「ち、違います」と元瑶を仰いだ。

「わたくしはただ、兄が案じられてならないだけです。決して、そういうつもりではありません」

「いいや、円照。それは嘘であらしゃる。そもじはさっき、お兄さんの筆をこなたの眼を汚すあらあらしい（下手な）筆と言わしゃったな。どこの誰がお兄さんの筆を貶《おとし》めしゃっても、またお兄さん自身が己の絵をつたないと仰せても、円照だけはお兄さんを信じてやらなあかぬのやないか」

先ほどの号泣のせいで真っ赤になっていた円照の顔から、見る見る血の気が引く。それを瞬きもせずに見つめ、「なあ、円照」と元瑶は微笑した。

「こなたはなにも、そもじを叱っているんやない。ただ、そもじが兄さんは絵師としてもうあかぬと言わしゃるのは、これ以上、お兄さんを信じて絶望しとうないからや。そないな己の心の弱さに、大事なお人を引きずり込んではあかぬ」

円照の唇が小さくわななないた。自らでも気づいていない思いを言い立てられ、呆然とした表情であった。

「そもじはさだめし（きっと）、お兄さんのことをそれはそれは大事に思うてあらしゃるんやろ。けどそれが本当に当のお人のためになるのか、もう一度考えましゃったらどうや」

わたくしは——と呻いて、円照が絶句する。それを待っていたかのように軽い足音が立ち、お次に案内された松之丞が広縁に姿を現した。庭に控える円照たちに戸惑った眼差しを走らせてから、慎み深く片膝をついた。

「普明院さま、お召しに従い参上いたしました」

「おお、松之丞か。先は御世話卿さんの勧めをすかすかと（さっさと）断り、悪しいお事やった（悪かった）なあ。なにもこなたは、そもじのことがおさわりさんにあらしゃる（気に入らない）のではない。ただ亡き師の画巻からまだまだ多くを学ばなあかんと思うているだけに、そもじを師にすることはできぬ。すまぬなあ」

どうやら静馬が案じるまでもなく、元瑶は櫛笥隆賀の勧めをあっさり断ったらしい。軽く頭を下げる元瑶に、狩野松之丞は「おやめください」と快活に笑った。

「普明院さまがお詫びになることなぞ、なにもありませぬ。亡き師の粉本とは、何十回、何百回写しても学ぶべきところがあることぐらい、それがしも承知しております。むしろそれほど真摯なお心持ちで絵を描いておられると知り、この狩野松之丞、つくづく感嘆いたしました」

「ありがとう。ところで松之丞、かような洛北まできやったついでに、そもじに一枚、絵を所望したい」

「それはありがたい仰せ、謹んで承ります」

「そやけど、ただそもじに一枚描かせるだけやない。これからきやる絵師と、絵合《えあわせ》をさせたいのやけどよいな」

「絵合でございますか。それは珍しい」

絵合とは延喜《えんぎ》・天暦《てんりやく》の御世に、宮城《きゆうじよう》で頻繁に行われた遊び。左右二軍に分かれた人々がそれぞれ特定の主題に基づいた絵を出し合い、その優劣を競うものである。

「では、誰かがそれがしの相手になって、絵を描くのでございますな」

そうや、とうなずきながら、元瑶がこちらを見る。その眼差しに応じて立ち上がろうとした静馬の袖を、円照がつと手を伸ばして摑んだ。

「静馬さま。兄はご門前にいるのでございますね」

「え、ええ。恐らくは」

戸惑いながら応じた静馬に、円照はわずかに唇の両端を引き上げた。その顔はまだ青ざめているが、双眸には落ち着いた光が宿り始めている。

「ではわたくしが、兄を呼んで参ります。静馬さまはどうぞここに」

静馬が問い返す暇もなく、広縁に座した元瑶がにっこりと円照に笑いかける。それに一礼して踵を返す円照の足取りの確かさに、静馬はああ、と息をついた。

円照は兄を信じようと決めたのだ。身寄りのない静馬には、兄弟を思う気持ちはよく分からない。だが縫殿助を大事に思うあまり兄を信じられなくなった過ちも、今こうして自ら彼を迎えに立つ健気な姿も、すべては兄への真心あればこそ。ならば人は人を思うことで、正の道、邪の道どちらも歩み得るのか。

「これは面白い。申しておきますが、それがしは憚《はばか》りながら東本願寺画所に長く務め、二条家さまにもお出入りを許されている男。滅多な画人に負けは致しませぬぞ」

「それは楽しみであらしゃるなあ。ただ絵合をさせる画人は、もしかしたらそもじがあまり他所で接したことがない相手やもしれぬぞ。――おお、きやったなあ」

元瑶の眼差しに誘われたように、松之丞が庭先を顧みる。そこに現れた二つの人影を眼にした途端、信じられぬとばかり、その金壺眼《かなつぼまなこ》が見開かれた。

四

「縫殿助……おぬし、縫殿助ではないか」

伯父上、と呟き、縫殿助が立ちすくむ。円照を振り返り、「どういうことだ」と声を荒げた。

「お伊予、これはなんだ。こんな形で伯父上に引き合わせるとは、おぬしはわたしになにをさせようとしている」

「まあまあ、縫殿助とやら。円照におにつかる（怒りなさる）な。これなる松之丞と絵合をさせるべく、そもじを迎えにやらせたのはこなたや」

「絵合――絵合でございますと」

居並ぶ者たちのたたずまいから、この小柄な老婆が前住持の普明院だと察したのだろう。縫殿助は当惑した顔で、その場に膝をついた。

「そうや。そもじはこの京の絵師がこぞって慕う、狩野家の五代目当主。様々な仔細から絵師として生きる道を諦めたと聞くが、そないな男を市井に埋もれさせるのはおさびさび（残念）や。そこでこなたは今日、これなる狩野松之丞とおぬし、優れた絵を描いた方をこなたの絵の師匠にせんと思うて、絵合を申し付けたのや」

「なんと。普明院さまは先ほどは、当分、絵の師は要らぬと仰せられたばかりではありませぬか」

そう叫ぶ松之丞を、元瑶は澄まし顔で顧みた。

「年寄りは気まぐれなもの。わずかな間に考えが改まることは、珍しゅうあらしゃりませぬやろ」

貴人の気まぐれには慣れているのだろう。松之丞はなんとまあ、と溜息をつきつつも、腹をくくった顔になった。

「画題は明後日の上巳の節句にちなんで、雛ではどうや。ちょうど今、あれなる客殿には御前のお雛さんがお飾りしてあらしゃる。縫殿助もよかったら見てまいらしゃれ」

縫殿助が当惑顔で四囲を見廻す。咄嗟に静馬は立ち上がり、「どうぞ、こちらへ」と縫殿助の先に立って、池の飛び石を渡った。

意外にも、縫殿助はおとなしく後に付いてくる。もしかしたら形ばかりの絵を描いて、この場を乗り切ろうと決めたのかもしれなかった。

「ほお、さすがは二条家出入りの御絵師や。上手なものやなあ」

松之丞が早くも御広間で絵を描き始めたと見え、元瑶の感嘆の声が背中を叩く。その言葉に縫殿助がわずかに顔を強張らせたのが、静馬の視界の端に引っ掛かった。

縫殿助からすれば、二条家御出入り絵師の座は、本来、自分が受け継ぐはずだったもの。それだけに内心では松之丞に対する嫉妬や、二条家から見限られた己に対する諦念がないまぜになっているのだろう。堅く握られた拳が小さく震えていた。

「こちらでございます」

先ほど、浄訓たちと隠れた植え込みの間を抜けた途端、縫殿助は小さく息を飲んで棒立ちになった。

上臈たちが持ち込んだのか、大きく開け放たれた襖の両側には桃の花が大壺に活けられ、一の間の中央に飾られた雛をあでやかに彩っている。茜色を増し始めた西日が金屏風を輝かせ、ただでさえあでやかな雛たちの姿をきらびやかに照らしていた。

「よろしければ、広縁にお上がりください。縫殿助さまは元瑶さまのお客人。誰も文句は申しませぬ」

「いいえ。わたくしはこちらで結構です」

静馬がいくら勧めても、縫殿助は庭に立ちつくし、そこから一歩も動こうとしなかった。

薄雲が日を陰らせる都度《つど》、金屏風は複雑に輝きを変じ、それが雛たちの表情に深い趣きを添えている。床一面に敷き詰められた緋毛氈と桃の花のせいで、あたかもそこに突如、黄金七宝で彩られた極楽浄土が現出したかの如き眩さであった。

「普明院さまはわたくしにこのような華やかなものを描けと、仰せになられるのですか——」

そう呻くなり、縫殿助は突然、その場に膝をついた。両手に顔をうずめ、薄い肩をわななかせた。

「や、やはり、わたくしにはできませぬ。御供の衆もすでにご存じでございましょう。わたくしは狩野家当主でありながら、諸家からお出入りを差し止められた不調法者。かような男がこれほど豪奢な雛なぞ、描けるわけがありますまい」

「さようなことはありますまい。ならばなぜ縫殿助さまは、ひそかに絵を描き続けておられるのです。その袴に散った膠や岩絵具を拝見しますに、わたくしには到底、あなたさまが絵を諦められたようには見えませぬ」

縫殿助は弾かれたように顔を上げた。わななく手で袴の腿《もも》を摑み、円照とよく似た薄い唇をなにか言おうとするようにわずかに開いた。

「描いてごらんなされ。ここから逃げたとて、なにもよきことはありませぬぞ。普明院さまはその事実をそなたさまにお伝えになられるために、絵合をと仰せられたのです」

「逃げて……逃げて、それのどこが悪いのですか」

「何と愚かな。この世には真に逃げおおせられるところなぞ、なかなかないと申しますのに」

縫殿助の目尻が、怒りと苦しみに朱に染まる。それにつられたように自分の口調が高ぶるのが、静馬にはわかった。

「縫殿助さま。私はかつて、とあるところから逃げ、それゆえに養父母と死に別れました。いまこうしてこの比丘尼御所におりながらも、己が逃げた罪に日々追われ続けております」

大きくいかっていた縫殿助の肩が、不意にすぼんだ。そうでございましたか、と呟きながら、縫殿助はまじまじと静馬を見つめた。

「それは……それはさぞ、苦しゅうございましょう」

「はい。だからこそ私は、もはや誰にも逃げてもらいたくないのです」

無論、自分の逃避と縫殿助の逃避は違う。さりながら今と同じ暮らしを続けたとき、彼がどれほどの苦しみに責め苛まれるかはわかる。

縫殿助はしばらくの間、静馬の眼差しを避けるかのように、己の膝に眼を落としていた。だが不意に、「確かに仰せの通りやもしれませぬな」と呟き、目の前の広縁にすがって立ち上がった。

一の間では壮麗な殿舎の奥に鎮座した男雛と女雛が、涼しげな眼をまっすぐ正面に向けている。しかし縫殿助は精緻を尽くした一対の雛から眼を背け、御殿のそこここに配された人形たちに忙しく眼を這わせた。

禿髪《かむろがみ》の這子、子の成長を祈って作られる天児……大小様々な人形や調度に隠れるように置かれているのは、あの貧弱な立ち雛だ。

縫殿助は埃一つなく拭き清められた広縁に手を突いた。天児と這子の背後に配された立ち雛を凝視したまま、懐から矢立《やたて》と懐紙を取り出した。

震える手で筆を握り、まず紙の中央に大きく両手を広げた男雛の輪郭を描く。更にその隣に胴にくるりと紙を巻いただけの女雛を配してから、それぞれの顔に目鼻を描き込んだ。

その筆使いは真摯ではあるがぎこちなく、およそ京一の画家・狩野家の主とは思い難い。目の前の立ち雛を写したにしては、その顔立ちは貧弱であるし、肥瘦《ひそう》の激しすぎる線には滑稽さすら含まれている。しかしだからこそ、薄汚れ、そこここが破れた古い立ち雛の哀れさが際立つかに思われ、静馬は身を乗り出した。

彩色の剝げた男雛の烏帽子《えぼし》、破れた女雛の帯までを丁寧に描き込むと、縫殿助は最後に二体の雛の背後に、今が盛りと咲き誇る桃の枝を描き入れた。

爛漫と咲く花が華やかであればあるほど、主題たる一対の雛のわびしさはいっそう際立つ。そのとき静馬は、花の下に寄り添い合う古びた立ち雛図が、縫殿助と円照兄妹を描いてあるような気がした。

この華やかな一の間を目にしたとき、大半の者は人形司が精魂込めた大雛に惹きつけられるだろう。だが縫殿助は華やかな春告《はるつげ》の雛には眼もくれず、いまだ寒い冬のただなかに立ちつくしているが如き立ち雛を描いた。

なるほど確かに、縫殿助の絵は熟練には程遠い。だが早くに父を亡くし、狩野家の重任に苦しんできた縫殿助だからこそ見えるものが、この世の中にはある。そう思った。

「――できました」

大きく肩を上下させる縫殿助をうながして元瑶の居間に戻れば、どういうわけか松之丞や円照、浄訓の姿はすでにない。その代わりにたった一人、広縁に座す元瑶の膝先に広げられているのは、およそ墨一色で描いたとは思えぬほど陽気な雛図だ。

繧繝縁《うんげんべり》の畳の上で、大きな雛が二体、向かい合うように座っている。女雛の天冠は大輪の菊の花のように華やかで、晴れがましい管絃の音が今にも画面の中から聞こえ出しそうな絵であった。

「どれどれ、縫殿助の作はいかがであらしゃる」

静馬を介して懐紙を受け取り、ほお、と元瑶は感嘆の吐息を漏らした。

「これは驚《きょう》がいた（驚いた）。あの立ち雛さんを描く絵師があらしゃるとはなあ。そもじはもしや、あの雛さんの由来を知っておるのか」

大仰なまでの驚きぶりに、縫殿助は再び顔を強張らせ、いいえ、と首を横に振った。

「さようか。ならば聞かせてやるが、あの立ち雛さんは御前のお姉さんであらしゃる藤《ふじの》宮《みや》さんのお形見じゃよ」

藤宮さま、と訝しげに縫殿助が繰り返す。聞き覚えのない名に、静馬までが我知らず首をひねった。

「さようや。藤宮は御前の三つ上の同母のお姉さんであらしゃってな。十歳の年に大和の比丘尼御所にお入りあそばしたものの、気の毒にほんの一年足らずで病を得て身まかってしまわれた。あのお雛さんは寺にお入りあそばす前の藤宮さんが、人形司が拵えた頭《かしら》に自ら紙衣を着せて作りあそばされたものや」

元禄六年三月三日の生まれである藤宮は、まるで雛の化身の如く、幼い頃から雛人形をこよなく愛する少女だったという。それだけに藤宮が没した二年後、元秀の林丘寺入寺が決まると、二人の皇女の母は「せめて亡き姉の形見も共に」と藤宮の作った立ち雛をこっそり雛の箱に入れた、と元瑶は語った。

「そのお話、御前はご存じでらっしゃるのですか」

「さてなあ。こなたは御前のお母さんにおめもじした際、直にこの話をうかごうたが、人のお形見はなまじ所以《ゆえん》を聞くと、かえって生きている者を縛りつけてしまうものや。おそらく母君は御前には、なにもお伝えしてあらしゃらへんやろ」

それはともかく、と元瑶は縫殿助に笑みかけた。

「これで決まった。縫殿助、今日からそもじがこなたの絵の師じゃ。よろしゅう頼むぞ」

「な、なんでございますと」

縫殿助が狼狽した顔で身を引く。それに追いうちをかけるように、元瑶は矢継ぎ早に言葉を重ねた。

「こなたは、ただきゃもじな（美しい）ものを追わず、こうして藤宮の立ち雛に目を止める。その志を御《おん》めでたく思うた（嬉しく思った）のや。よいか。ではまずはこなたが使う粉本を、数巻あがらせて（献上して）ならしゃれ。わかったな」

縫殿助は何か言おうとするかのように、口を開けたり閉ざしたりを二、三度、繰り返した。しかしやがて元瑶の膝先に置かれた己の絵に目を注ぐと、「――かしこまりました」と深々と頭を下げた。

「この狩野縫殿助、どれほどのお役に立てるかは心もとのうございますが、精一杯務めさせていただきます」

「ありがとう。よろしゅう頼むわなあ」

ただひたすら逃げることだけを考えていた縫殿助はいま、身を転じて世の激流に立ち向かうと決めたのだろう。その面上からは、これまでの心もとなさが拭ったように消えている。

そんな縫殿助を総門まで送ってから引き返せば、広縁では相変わらず元瑶が二枚の雛図を膝前に広げ、ためつすがめつしている。

静馬の姿に顔を上げ、いよいよ輝きを増す西日に目を細めた。

「まあ存外およずけに（おとなしく）、絵を描かしゃったなあ」

自分がなにを縫殿助に告げたのか、元瑶に伝える必要はない。かつて逃げたがゆえに大きな罪を背負った自分は、この寺で生涯、それを悔い続ける。その懊悩《おうのう》をこの小さく優しく、そして時に厳しい老尼に告げ、悲しませる必要はない。

「それにしても普明院さま。先ほどのお雛の逸話、私は初めてうかがいました。かような由来は、我らにはなるべく早くお聞かせいただきませぬと」

「なんや、静馬。お信じにならしゃったんかいな。あれは方便、方便や。藤宮さんのお形見を、あんなあらあらしゅう（乱暴に）雛箱に入れておくわけがあらしゃるかいな」

「なんでございますと。では普明院さまは、偽りをおっしゃったのでございますか」

目を見張った静馬に、元瑶はふふ、と含み笑った。

「ついでに言えば、こればかりは円照の申した通り、縫殿助の絵はほんにあらあらしゅうて（下手で）あらしゃる。このような絵師であれば、こなたの方がよっぽど筆が立つやないか」

「ではなぜ松之丞さまを退け、あえて縫殿助さまを師に定められたのです」

「決まってるやろ、縫殿助のためや。人間、他人に何かを教えるとなれば、懸命に腕を磨き、支度もする。ましてや粉本を拵えるためなら、先祖代々の画巻も開き、必死に模写もならしゃろうて。まあしばらくはこなたが使うと告げて、次々と作らせることにならしゃるやろな」

自分は己のために縫殿助を師としたのではない。縫殿助のために、あえて弟子になってやるのだと言いながら、元瑶が二枚の雛図を見比べる。一枚の桃の花弁が風に乗って吹き込み、そんな元瑶の膝先にふわりと落ちた。

「ところで、静馬。今年はまだ鶯が啼かしゃらぬのう」

丁寧な手つきでつまみ上げた花弁を、元瑶は縫殿助の絵の上に置いた。それが縫殿助の描いた雛たちに色を添えるためと見えたのは、静馬の考えすぎではないだろう。

「当寺では、毎年上巳を過ぎねば初音は聞こえぬと存じます。やはりこの地には、春の訪れは遠いのでございますな」

見渡す庭にまだ若葉は芽吹かず、吹き込む風は冷たい。林丘寺に鶯が啼くまでは、あと十日、いや半月はかかるだろう。しかし自分たちは今、一人の絵師の筆が描くはあれ、春を告げる時節に立ち合ったのだ。

頭上の梢でかさりと物音が立ち、一羽の小鳥が遠くの木に飛び移る。その小さな影を目で追い、「とはいえ」と元瑶は声を明るませた。

「季節は毎年、必ず巡るものであらしゃる。やがて鶯が啼き、土筆《つちふで》（つくし）も出《い》でようなあ」

また風が吹き、桃の花が舞う。その柔らかさは縫殿助の絵を荘厳しようとする尼たちの思いにひどく似ている。静馬は散り入る花弁に、そっと掌を差し伸ばした。

一

朔日氷
<small>ついたちごおり</small>

一

林丘寺《りんきゅうじ》の庭の木々を、澄んだ夏の陽が眩く照らし付けている。

今年は春先から日射しが強く、寺の背後にそびえたつ比叡山の木々もことのほか大きく葉を茂らせていた。それだけに暦が夏に入ってからの暑さは激しく、広い境内に落ちる庭木の影は墨を流したかのように濃い。

しおれた木槿《むくげ》の花を御門脇で摘んでいた梶江《かじえ》静馬《しずま》は、皺《しわ》の寄った花弁をかたわらの籠に放りこんだ。火照った指先に、花びらのわずかな湿りけが快かった。

湿気の多い山間の地勢が性に合うのだろう。この季節、林丘寺内ではそこここで木槿が美しく群咲くが、槿花《きんか》一日《いちじつ》の栄《えい》の言葉通り、夕刻にはそろってみすぼらしく萎《しお》れてゆく。このため日が傾き始めた頃合を見計らって境内を回り、勢いを失い始めた木槿の花を摘むのは、林丘寺青侍《あおざむらい》の夏の務めの一つであった。

「やれやれ、今日も暑いのう。ご奉公に精が出るのは結構じゃが、熱気に当てられぬようにしろよ」

ぜえぜえと喉を鳴らしながら石段を登ってきた碇監物《いかりけんもつ》が、いっこうに勢いの和《やわ》らがぬ西日を恨めしげに仰ぐ。低頭した静馬の肩を軽く叩き、侍小屋へと続く坂に足を向けた。

境内の掃除・雑用は、すべて青侍の務め。それだけに静馬や相役の滝山与五郎《たきやまよごろう》は一年のほとんどを寺内で過ごすが、侍法師《さむらいほうし》として林丘寺領地の代官を兼任する碇監物は、席の温まる暇もなく、日々、寺の内外を飛び回っている。

なにせ林丘寺の寺領は、寺の創建時に後水尾《ごみずのお》上皇より下されたものに、先代および現住持《じゅうじ》が入寺の際に持参した化粧領を合わせ、約三百石。それだけに監物の多忙さは、静馬の目に寺の運営を一手に担う御家司《ごけいし》・松浦織部《まつうらおりべ》以上とも映っていた。

「おお、そうだ。そうだ」

監物は思い出したように立ち止まり、日焼けした顔で静馬を顧みた。

「おぬし、明日も寺におるか」

「はい。御家司さまからも、特になにも命じられてはおりませぬので」

なにかご用でしょうか、と続ける静馬に、監物はにやりと笑った。

「いいや。そういう意味ではない。実はいま、ご領内の小野村で厄介な騒動が持ちあがっておってのう。どうしても差配せねばならぬことがあるゆえ、一旦、寺に戻ったが、今夜のうちに再びあちらに帰らねばならぬ」

「それは大変でございますなあ」

監物には普段、心覚《しんがく》という四十がらみの従僧が供をしているが、そういえばこの十日ほどとんと姿を見ない。おそらくは小野村に詰めっきりで、騒動とやらの解決に当たっているのだろう。

洛南の小野村は四方を山に囲まれ、朝夕でも滅多に風の吹き通らぬ灼熱の地と聞く。この盛夏、はるばる山を下りて勤めに当たらねばならぬとは、お役目とはいえどれだけ辛いことか。

「加えて、明日は水無月《みなづき》の朔日《ついたち》。年に一度、御所より氷が下されるありがたい日というになあ。今年も砂糖羊羹《ようかん》とともに削り氷を食おうと思っていたのに、まったく残念でならぬわい」

仏寺としての勤めを荷う「奥」とは異なり、寺の運営を司る「表」の役人には、僧尼の如き戒律は課されていない。それだけに侍長屋ではみな魚も酒も食らうが、監物はその厳《いか》つい容姿には似合わぬ下戸。林丘寺出入りの菓子屋から甘味を求め、侍小屋で茶を喫するのが唯一の楽しみという男である。

林丘寺前住持である元瑶尼《げんようにな》どは、そんな監物に特に目をかけ、

「上臈《じょうろう》やお次はすでに慣れてあらしゃって、おまん（饅頭）をおくだしても（与えて

も）特にお悦《よろこ》びならしゃらん。それやったら、監物におくだしたほうが御仏さんも御満足のお事にならしゃるやろ」

と、ご仏前に供えた饅頭や干菓子を、たびたび手ずから与えていた。

「ああ、すっかり忘れておりました。今年もまた氷を賜るありがたい日が来るのでございますな」

昨年、襟元に押し付けた氷の冷ややかさが、急に身体に甦る。静馬はぶるっと身体を震わせた。

まだ都が藤原京に置かれていた時代から、宮中には毎夏、氷室《ひむろ》で蓄えられた氷が献上される定めとなっている。都が京に移り、約千年を経た今も、その慣例は変わりなく続けられており、御所に関わる人々は西賀茂《にしがも》の氷室から氷が運ばれる六月一日を、氷の朔日とも別称していた。

日陰に穿《うが》たれた氷室で半年間貯蔵された氷は、菅《すげ》や萱《かや》、蓆《むしろ》などで幾重にもくるまれ、列を成して御所に運ばれる。もっとも美しく澄んだ一片が天皇に捧げられた後、残りの氷は御所の女房の手で分割され、宮城《きゅうじょう》に暮らす妃や皇子皇女、洛中洛外の門跡や五摂家に下賜《かし》されるのだ。

林丘寺には例年、二尺四方ほどの氷が下されており、元瑶も元秀《げんしゅう》もそれらを寺の尼や御内《みうち》に等しく分かち、ともにひと時の涼を楽しむのであった。

寺内の全員に行き渡るよう、硯《すずり》ほどの大きさに砕かれた氷を、ある者は襟元に押し当てて涼を取り、ある者は削り氷にして食らう。だがいずれにしてもこの炎天下では、監物が戻る頃には、下賜の氷はとっくに水と化していよう。

「まったく、よりにもよって年に一度の楽しみの日に御寺を離れねばならぬとは。心覚もわしも、つくづく業が深いと見える。――そこでな、静馬」

四囲を素早く見廻すや、監物は静馬にぐいと顔を寄せた。

「この暑さの中、嫌な顔一つせずにご奉公しておる褒美だ。明日、わしの分の氷はおぬしが食うてよいぞ。誰かが文句を申したなら、碇監物がかように言うたと胸を張れ」

「それはありがたいお計らいですが、そういうわけには参りません」

静馬は慌てて、首を横に振った。

「奥に上臈やお次がたが大勢いらっしゃる中、我ら表の者たちにまで氷を下されるだけでも、格別のお沙汰。それを監物さまたちがお留守だからと言って多く食ろうては、私が尼公《あまぎみ》がたに怒られてしまいます」

「やれやれ。おぬしは若いくせに頭が固いのう」

呆れ返った様子で溜息をつき、監物は声を低めた。

「よいか。御氷を寺内のみなに与えよというのは、元瑶さまご住持の頃よりのありがたいおぼしめし。わしはそのお志のみを嬉しく頂戴した上で、当の氷はおぬしに譲ろうと申しておるのだ。つべこべ言わずにもらっておけ」

「ですが監物さまの氷であれば、浄訓《じょうくん》にお譲りになるのが筋ではありませんか」

「おぬしは幼馴染の癖に、わしの娘についてまったく分かっておらんな。あ奴は幼い頃より、とかく腹が弱い子だ。氷を二欠片《かけら》も与えなぞすれば、腹を下して寝込むのが関の山ではないか」

そう言い放つや、監物は再びくるりと静馬に背を向けた。

「わしと心覚の分で、計二つ。相役の滝山与五郎とともにそれぞれ一つずつ余分に食らうと、ちょうどよかろう。あの与五郎もまだあれこれ失態はあるものの、それなりに頑張っておるからな」

監物はからりとした気性の反面、気が短い。下手に抗弁して叱られるのも厄介だ。早くも坂を上り始めた監物の背に、静馬はしかたなく頭を下げた。

「わかりました。ありがたく頂戴いたします。与五郎もさぞ喜びましょう」

「おお、そうしろ、そうしろ。ちなみにな、わしが試した限りでは、削り氷はただ砂糖をまぶすのではなく、砧屋《きぬたや》の若主が作る砂糖羊羹とともに食らうのが、一番うまいぞ。今日はちょうど、月の晦日《つごもり》。砧屋が菓子を運んで参る日であろう。もしよかったら、だまされたと思うて砂糖羊羹を買うておけ。幸い、おぬしも与五郎も、わし同様の下戸じゃからなあ」

豪放な笑い声が、坂の上へと遠ざかる。口ではあれこれ言っていても、林丘寺創建の年からこの寺に仕える監物には、下賜の氷なぞさして珍しくないのだろう。忙しい最中、わざわざ静馬を呼び止めて氷の話を持ち出したのも、明日、余った氷が元で悶着《もんちゃく》が起きぬようにとの心遣いでもあるはずだ。

（氷、氷か——）

去年まで静馬は下賜の氷の冷たさを楽しむのが精いっぱいで、それを削り氷として味わうことなぞ、考えもしなかった。しかしこうなれば、話は別だ。

大急ぎで残りの花を摘み取り終えると、静馬は花弁の満ちた籠を背負って駆け出した。侍小屋脇の芥箱《あくたばこ》に籠の中身を放り込み、御蔵の北側を巡って、登り廊下（渡り廊下）の下をくぐった。

比丘尼御所《びくにごしょ》出入りの店は、御所出入りの御用商人とほぼ同じ。ただ、寺内に菓子を納める虎屋近江《とらやおうみ》・沢屋《さわや》・砧屋の三軒の中で、堀川今出川に店を構える砧屋のみは、唯一、禁裏御用を仰せ付けられていない新興商人であった。

虎屋や沢屋の菓子は饅頭一つでも目の玉が飛び出るほどの高値だが、砧屋のそれは砂糖が少なく小ぶりな分、他の二店に比べて格段に廉価。このため滅多にご仏前のお下がりに与《あずか》れぬ見習い尼などは、虎屋より砧屋の店の者の訪れを首を長くして待っていた。

下賜の氷をすべて削っても、鋺《かなまり》一杯にもならぬだろう。だとすれば羊羹を添えるとしても、二人で四切れ、いや二切れもあれば十分か。御役について日の浅い与五郎でも、その程度の銭はあるはずだ。

「おおい、与五郎。どこにいる」

御客殿の方角を憚《はばか》りながらの静馬の呼ばわりに、池端の茂みががさりと動く。池の芥をすくっていたと見えてたも網を手にした与五郎が、「どうなさいました」とやはり声をひそめて這い寄ってきた。

出仕から間もなく一年とあっていささか気がゆるんできたのか、与五郎は昨日、池掃除の最中に足を滑らせ、頭から水に落ちてしまった。それで己の迂闊を反省するのであれば可愛げもあるが、表の侍や小尼たちに笑われたのがよほど口惜しいのか、今日は朝から不機嫌そうな態度を隠そうともしない。

庭石に足を踏ん張り、網を握りしめる与五郎に心の中で苦笑いしながら、「喜べ」と静馬はその肩を叩いた。

「明日の御氷の際、監物さまが我々に一つ余計に氷を下さるらしいぞ」

「御氷、御氷とは何でございますか」

「ああ、そうか。おぬしは御氷は今年が初めてか。毎年一度、御所より下される氷室の氷だ」

「ああ。父から、聞いたことがございます。そうか、六月一日がその日なのですね」

下膨れの顔に喜色を浮かべ、与五郎は先ほどまでの仏頂面を忘れた様子でうなずいた。

「そうだ。我らに与えられる御氷は一人に一かけらと定まっているが、今年に限って碇監物さまと心覚さまが、我々にそれぞれの御氷を下さるそうだ。どうせであれば監物さまがお勧めの食べ方で、砧屋の砂糖羊羹を添えて食べてみようじゃないか」

「砧屋の――」

与五郎の表情がはっきりと曇《くも》った。たも網を握る手に不自然に力が籠り、濡れた網の先が揺れた。

はて、与五郎は甘いものが苦手だっただろうか。いや、そんなはずはない。つい数日前も元瑶から賜った水菓子を、二人で分け合って食べたばかりだ。

「どうした。おぬしが要らぬのなら、私だけでもそうするぞ。監物さまのせっかくのお勧めに、知らぬ顔もできぬからな」

「あ、いえ。わたしも同様にさせていただきます」

静馬の言葉を遮《さえぎ》って、与五郎が立ち上がる。内心首をひねりながらも、静馬はその手から芥の入った叺《かます》をひったくった。

「よし、ならば御清所《おきよどころ》（台所）に行ってみよう。この時刻であれば、まだ砧屋の者がいるはずだ」

洛中の比丘尼御所の中には、寺内に御内以外の男の立ち入りを禁じている寺が多く、そういった寺に出入りする商人は、番頭・手代の代わりに女主を御用聞きとして比丘尼御所に遣《や》らねばならない。だが洛外、しかも人里離れた比叡山の麓に建つ林丘寺では、御用商人は男であっても御清所まで立ち入りが許され、時には上臈が自ら小間物や扇を買い求めもする。

もと来た道を引き返しながら眼をやれば、眼下に広がる洛中はいつしか、明日の炎熱を告げるかのような鮮やかな茜色に染まっている。黒々とした西山の稜線までが、今日一日の暑さに焼かれた焦げ跡かと映る。

気の早い鴉《からす》の啼《な》き声に急かされながら蔵の脇を駆け過ぎようとしたとき、不意に与五郎が足を止めた。

「よ、用事を思い出しました。わたしはここで失礼します」

懐からあわただしく銭入れを取り出すや、それをそのまま静馬の手に押し付けた。

「羊羹は静馬さまにお任せします。わたしの分の銭はそこから取ってください」

「おい、どうしたんだ。与五郎」

まだ若い与五郎は気ままなところがあるが、こんな風に態度を翻《ひるがえ》すのは初めてだ。それもややこしい仕事や御家司から説教に呼びだされているのであればともかく、たかが御清所に菓子を買いに行くだけではないか。

与五郎は呆気に取られる静馬の手から、無理やり叺をむしりとった。そのまま叺を引きずって、植え込みの向こうに姿を消した。

与五郎の機嫌を損ねる真似をしたかと考えても、まったく心当たりがない。とはいえ削り氷そのものには特に文句を言っていないのだから、とりあえず羊羹を買っておく分には、さしたる問題はないだろう。

与五郎の態度は気にかかるが、せっかくの監物の好意を無にするわけにはいかない。使い込まれた木綿の銭入れを懐に納め、静馬は首をひねりながら御清所へと向かった。開け放たれた木戸から中を覗き込めば、よく磨かれた上がり框には餅箱が広げられ、甘い餅の匂いが微かに漂っている。

土間に膝をついた二十歳前後の小男が、静馬の姿にあわてて低頭した。砧の文様を染め出した半纏《はんてん》が、薄い撫で肩に妙に似合っている。それと向かい合うように上がり框に座っていた浄訓が、にっと口元をほころばせる。

「あら、静馬。珍しいじゃない。団子《いしいし》でも買いに来たの。でも残念だけど、お団子ともじのかちん（餡ころ餅）は賢昌尼《けんしょうに》さまがさっき全部買って行かれたわよ。なにも仰らなかったけど、あれはきっと御前《ごぜん》のお使いね」

浄訓の膝先には木椀が置かれ、白玉が五、六個入っている。同僚である円照《えんしょう》の姿は見当たらないが、あとで二人で夜食がわりに楽しむつもりに違いない。

「これは失礼いたしました」

土間の男が静馬に向き直り、深々と頭を下げた。

「御内のお侍さままでお越しとあれば、もっとぎょうさん菓子を持ってくるべきどした。数は少なくなってしまいましたが、どうぞ見てやっとくれやす。はったい（麦こがし）におまんなどは、まだ随分残っております」

巧みに御所言葉を交えながら、男は静馬に見えやすいよう餅箱の蓋を大きく開けた。

「砧屋は砂糖羊羹がうまいと聞いて来たのだが、今日はないのか」

「へえ、羊羹《よもじ》でございますか。あいにく今日は持参しておりませんが、代わりにこれはいかがどっしゃろか」

男は傍らの小箱から、青竹の筒を取り出した。蓋がわりにかけた笹の葉を白いこよりで結わえた様が、ひどく涼し気であった。

「冷たいあもじのおつけ（汁粉）でございます。あもじのおつけは秋冬のものと決まっておりますが、夏にいただくのも決して悪くあらしまへん。井戸水で冷やしていただければ、それはそれはおいしゅうございます」

「もう、私も賢昌尼さまも断ったのに、往生際が悪いわねえ。こんな季節にあもじのおつけなんて、誰も食べようとは思わないわよ」

浄訓が唇をへの字に歪めながら、男の言葉をさえぎる。だが男は意外に粘り強い態度で、「いえいえ、そう決めてかかってはあきまへん」と首を横に振った。

「わたくしも最初に店でこれを作ったときは、親父や番頭たちにえらい剣幕で叱られました。そやけど物事には何でも、一番はじめがあるものどす。道喜《どうき》はんのちまきかて、丸市《まるいち》はんのおかちん（餅）かて、大昔、誰かが最初にそれを作らはったときは、なんや妙な食いもんやなあと皆から変な顔をされたはずどす」

浄訓とはすでに顔なじみなのだろう。男は立て板に水の口調でまくしたて、「どうどすか、お侍さま」と静馬を振り返った。

年こそ静馬と大差ない割に、年季を重ねた商人じみた押し付けがましい口調であった。

「どうしてもよもじがよろしいのやったら、この砧屋平治郎《へいじろう》が明日の朝、お持ちさせていただきます。そやけどせっかくどすさかい、このあもじのおつけも一度、どうですやろ」

とはいえ静馬は別に、甘いものが欲しくてならないわけではない。あくまで氷を譲ってくれた監物への礼を尽くすため、削り氷を味わう添え物として砂糖羊羹が欲しいだけだ。

「いや、汁粉はいらん。その代わり、明日、羊羹を二切れ、持って来てもらえるか」

言いながら静馬は、男がたった二切れのために洛北まで来るのはかなわぬと断るやもと考えた。しかし平治郎と名乗った彼は、「へえ、かしこまりました」と気さくに応じ、懐から帳面と矢立を取り出した。

まひょ」

「よもじ二切れどすな。確かに承りました。明日の巳《み》ノ刻《こく》までには作ってお届けいたし
「手間をかけさせてすまん。よろしく頼む」

頭を下げた静馬に、平治郎は顔の前でひらひらと片手を振って、広げていた餅箱を片付けにかかった。

「そんな、やめとくれやす。わたくしたちの商売は、菓子を買うていただいてなんぼどす。そないなことで頭を下げてくれはるんやったら、このおつけ、やっぱり一膳、買うとくれやす。こないに売れへんままでは、またわたくしは親父に叱られなあきまへん」

軽口を叩きながら、平治郎は手際よく重ねた餅箱を風呂敷にくるんで背に負った。

砧屋平治郎なる名乗りからして、奉公人ではなく店の跡取り息子だろう。砧屋がどれほどの規模の店かは分からないが、こんな洛北までわざわざ跡取りを寄越すとは、主はこの林丘寺御出入りをよほど大切に考えているのに違いない。

「それにしても、わたくしもかれこれ三、四年ほどこちらに出入りさせていただいてますけど、侍法師さま以外のお侍さまが菓子を買うてくれはるんは、初めてどすな。それがわたくしの得意な砂糖羊羹なのは、とても嬉しゅうございますわ」

それは表の侍たちはみな日中は務めに忙しく、御清所を覗く暇がないだけだ。とはいえ、喜んでいるのに水を差すのもおとなげない。

無言の静馬の顔をちらりとうかがい、平治郎は背中の荷を軽く揺すり上げた。「そういえば」となにかに思い至ったように両手を打った。

「以前から侍法師さまに聞こう聞こうと思うて、ずっと機会を逃してたんどすけど、こちらに滝山さまと仰るお侍さんはおいでですやろか」

「滝山だと」

問い返したのをどう受け取ったのか、「あ、いや。わしの勘違いかもしれまへん」と平治郎はあわてたように続けた。

「かれこれ十年も昔、うちの店の近くに滝山さまと仰る大聖寺《だいしょうじ》さま付きのご一家が住んだはりまして。まだ餓鬼《がき》やったわしはうちの妹ともども、そこのご子息とよく遊ばせていただいてたんどす」

御所の北西に伽藍を構える岳松山《がくしょうざん》大聖寺は、光厳《こうごん》天皇の典侍《ないしのすけ》・日野《ひの》宣子《のぶこ》を開基とし、現在は元秀の異母姉である友宮永秀《えいしゅう》を住持としていただく比丘尼御所。滝山家は代々、大聖寺に仕える家柄であったが、長年、林丘寺に仕えていた青侍の家が途絶したのをきっかけに、林丘寺に勤めを移ったと聞く。

「その後、ご一家は洛北の比丘尼御所に勤め替えをしはったとうかがいました。年から考えれば、あのご子息がそろそろ家督をお継ぎにならはった頃やないかと思うんどすけど、どれだけ頭をひねってもそのお名前が思い出せへんのどす」

年回りからしても姓からしても、彼の幼馴染とはあの与五郎に違いない。だがそれを教えてやろうとして、静馬はふと唇を引き結んだ。砧屋の名を出した途端、与五郎が傍目《はため》にもそうと分かるほど狼狽したと思い出したからだ。

もしかしたら突然用事がなどと言い立てたのも、平治郎と顔を合わせまいとしてかもしれない。なにか言いかける浄訓を目で制し、静馬は「さあ、ちょっとわからぬな」と口を濁した。

「いえ、気にせんといとくれやす。洛北の比丘尼御所は、なにもここだけやあらしまへんやろ。まあ、ご縁があればまたいずれどこかで会えますやろしなあ。――ほな、明日、またお邪魔させていただきます」

ひょいと頭を下げて出て行くその背には、静馬の嘘を疑う気配は微塵も感じられない。木戸が閉まるなり太い息をついた静馬に、浄訓が眉をひそめて詰め寄った。

「どうしたっていうのよ、静馬。青侍の滝山といえば、あの与五郎のことでしょう。年恰好だって、ちょうど合うじゃない。隠したりせず、教えてあげればよかったじゃないの」

「ああ。それは確かにそうなのだけどな」

とはいえ、根が単純な浄訓に先ほどの与五郎の挙措を語れば、どんな騒ぎになるか知れたものではない。静馬はもごもごと口ごもりながら、逃げ出すように御清所を後にした。

西空はいよいよ夕焼けの色に輝き、眼下に広がる洛中は朱を流したかの如く赤い。普段であれば気にならぬその明るさが、慣れ親しんだはずの与五郎と自分を隔てる帳《とばり》のように感じられた。

またどこかで鴉が啼き、西空で一番星が瞬きはじめた。

二

与五郎を探すつもりで覗いた侍小屋では、御近習《ごきんじゅう》の須賀沼重蔵《すがぬまじゅうぞう》がくつろげた胸元に団扇《うちわ》で風を送っていた。火の気のない囲炉裏の隅に寄せられた火箸が、門口からの西陽を受けて鈍く光った。

「須賀沼さま。与五郎を知りませんか」

「あいつならば、頭が痛いと申して、すでに御長屋に退《しりぞ》いたぞ」

重蔵は色の黒い顔をこちらに向けもせぬまま、平板な口調で言った。

「暑気あたりかもしれぬ。顔色も勝《すぐ》れなんだゆえ、早く休めと命じておいたがな」

そうでしたかと呟いて、静馬は土間の片隅に置かれた水甕《みずがめ》に歩み寄った。投げ入れられた柄杓《ひしやく》から直に水を飲もうとして、懐に入ったままの銭入れの重さを思い出す。

幾ら相役同士とはいえ、銭入れを預かったまま夜を越すのは互いに気分が悪かろう。あとで長屋まで返しに行ってやるかと考えたとき、侍小屋の外が急ににぎやかになった。

「ああ、夕刻になってもいっこうに暑さが去らぬのう」

「むしろこの時刻の方が風が凪《な》ぎ、暑う感じまするな」

と言い合いながら、松浦織部と梶江源左衛門《げんざえもん》がどやどやと小屋に入ってきた。元秀の元にでも召されていたのか、ともにこの炎天にもかかわらずきっちりと羽織を着込んでいる。

「おお、静馬。わしにも水をくれ。いやはや、こうも暑くては、いくら水を飲んだとてすぐに汗になって流れ去ってしまうわい」

侍小屋の上座にどっかりと腰を下ろし、織部が額の汗を拭う。あわてて静馬が湯呑に水を汲むのを眺め、見慣れた顔が一つ欠けていると気付いたのだろう。織部は重蔵に目をやった。

「おい、滝山はいかがした」

「どうやら今日の暑さにやられたようです。すでに御長屋に下がらせました」

「なんだと。明日は午《うま》ノ刻《こく》より、ご勅使《ちょくし》が御氷とともにお越しになられるのだぞ。それまでによくなっていればいいのだがな」

白いものの混じった眉を、織部が心配そうに寄せる。下座に控えた源左衛門が「大丈夫でしょう」と穏やかに口を運んだ。

「なにせ、滝山はまだ十九歳。若さに勝る元気の素はありませぬ」

「ふうむ。それは確かになあ。わしもそれを見込めばこそ、砧屋の主からの縁談にあやつを推輓《すいばん》したのじゃからな」

思いがけない話に、静馬は我が耳を疑った。湯呑を織部の元に運びながら、我知らず二人のやり取りに割って入った。

「いま何と仰せられました、御家司さま」

「差し出がましいぞ、静馬」

養父の源左衛門が、静馬を叱る。あわてて首をすくめた静馬に、「ああ、おぬしは聞いておらなんだか」と織部は鷹揚《おうよう》に笑った。

「かれこれ三月ほど前、砧屋の主がわしの元に来てな。今年、十六歳になる娘の婿を探しておると言い出したのだ」

砧屋の先代は、もとは西国の小藩に仕えていた武士。ゆえあって家禄《かろく》を離れて都に流れ着き、菓子屋を始めた変わり者という。

そんな実父の気質を強く受け継いだ当代の砧屋の主は気骨に富み、菓子作りにも決して妥協を許さぬ偏屈者。できれば娘を武家に嫁がせ、ゆくゆくは生まれた子のうちの一人を養子として店を継がせたいと、織部に相談を持ちかけたという。

「なにせ砧屋の主は、ようやく不惑を迎えたばかり。孫がそれなりの年になるまでは、自分が店を荷うつもりなのだろう。されど今年十六の娘と言われると、林丘寺内には年の釣り合う者が与五郎しかおらんでなあ」

織部がすまなげな表情を頰に走らせたのは、静馬をその縁談相手に選ばなかったことを詫びてだろう。しかし今の静馬には、そんな些事は皆目気にならなかった。

「お待ちください。砧屋には確か、娘の他に跡取り息子がいるはずでは」

「ああ、そのようだな」

織部が特に驚いた風もなく、平然とうなずく。湯呑の水をうまそうに飲み干してから、「実は砧屋の主が娘を武家に嫁がせたいと言い出したのも、その跡取り息子ゆえらしい」と続けた。

「それはまた何故ですか。実は先ほど、その跡取りと覚しき砧屋平治郎と御清所で話をしましたが、見た限りは至極まっとうな男と感じました」

「ああ、そうか。会うたのか。その平治郎なる跡取りは、今年二十二歳。ただ、生まれ落ちたときからの町方暮らしのせいだろうな。武家気質の祖父や、その血を強く受け継いだ父親とは反りが合わず、勝手な商いばかりして周囲を困らせておるらしい」

「勝手な商いと申しますと」

「砧屋に言わせれば、まだ菓子作りの何たるかも知らぬ跡取り息子が、自ら餅箱を背負って得意先を回ることすら僭上《せんじょう》の沙汰と映るらしい。だが平治郎は父親や店の者がなんと言おうとも歯牙《しが》にもかけぬどころか、自分で考案した菓子まで織り交ぜて、得意先を巡っているそうな」

あ、と呟いた静馬に、織部は大きくうなずきかけた。

「砧屋からその話を聞き、わしも一度、その平治郎なる男に会うてみたことがある。砧屋の主はひどく出来の悪い息子のごとく罵《ののし》っておったが、菓子には詳しいし、折り目も正しい。いささか珍妙な菓子を勧めて参るのには確かに閉口したが、傍目には孫を跡取りにと考えねばならぬほどとは思えなんだわい」

とはいえ砧屋の主からすれば、店の者が止めるのを振り切り、自ら林丘寺に出入りする跡取り息子が腹立たしくてならぬのだろう。ただ跡取りを他所に求めるのみならず、わざわざ御家司の松浦織部を訪ねて寺侍に娘を嫁がせたいと頼み込んだのも、そうすればさすがの平治郎もこの寺への出入りに躊躇《ちゅうちょ》しようと考えてに違いなかった。

「それで当の与五郎は、嫁取りを肯《うべな》ったのですか」

「それがなあ。普段、明るいあ奴にしては珍しく、しばし考えさせてくれと言いよったのよ。おかげでわしはいまだに、砧屋に応《いら》えが出来ずに困っておる」

御家司は御世話卿《おせわきょう》や御用掛《ごようがかり》に代わって、林丘寺の運営すべてを荷う要職。その織部のお声がかりにためらうなぞ、配下の青侍としては我儘にも程がある。

しかも与五郎は昨年の秋に父親を亡くし、いまは病弱な老母と御長屋に二人住まい。縁談が起きたのであれば、一日も早く婚礼をと喜ぶのが当然だ。

「そういうわけでな、静馬。もし与五郎と話す折があれば、縁談を断るなら断るでさっさと返答をせいと促してくれ。こういう中途半端が、互いにとってもっとも窮屈じゃでな」

「かしこまりました」

与五郎は自分と砧屋の縁談が、幼馴染の平治郎の廃嫡《はいちゃく》につながることを案じているのか。そうだとすれば先ほどの不可解な態度も納得できるが、さりとてあの与五郎がそこまで人に気を遣う男とは知らなかった。

静馬は内心首をひねりながら、侍小屋を後にした。寺内はいつしか宵闇に包まれ、紫色の残照が西山の稜線を明るませるばかりとなっている。ほのかに漂ってくる煮炊きの匂いは、御清所からのものだ。

甘い炊飯の香に、ぐうと腹が鳴る。それと同時に思いがけぬほど近くで、「おや、静馬。そんなところで何をしておる」と碇監物の声が轟いた。

「砧屋の砂糖羊羹はちゃんと買えたか。明後日には寺に戻るゆえ、削り氷の味はまたその時に語って聞かせてくれよ」

今から小野村に戻るのだろう。網代笠《あじろがさ》に手甲脚絆《てっこうきゃはん》をつけ、足元は草鞋《わらじ》で固めている。

門前の方角で微かに馬の嘶《いなな》きがするところから推すに、下男の伊平太《いへいた》に馬の用意をさせているのかもしれない。

折しも監物が荷おうとしていた行李《こうり》を代わって担ぎ上げ、「はい、承知いたしました」と静馬は頭を下げた。

「ただ今日は砧屋の者が砂糖羊羹を持参しておらず、明朝、改めて持って来させることとなりました。監物さまと心覚さまに成り代わり、しっかり味わわせていただきます」

「ほう、明日また改めてか」

静馬の先に立って石段を下りながら、監物は四角い顎を考え込むように撫でた。

「それはまた、砧屋も大儀じゃなあ。――いやな。実を申せば、いま小野村で起きている騒ぎも、元を糺《ただ》せば砧屋に関わる話なのだ。とはいえまあ悶着になっておるのは、砧屋の乳母とその近隣の医家なのじゃが」

このとき監物の言葉を遮って、「お、お前、何者だッ」という叫びが門の向こうで上がった。その声が下男の伊平太のものと気づき、静馬は監物とぎょっと顔を見合わせた。

「ここは亀宮《かめのみや》元秀女王さまお預かりの比丘尼御所だぞッ。そ、それを知っての狼藉かッ」

伊平太の絶叫に怯えたらしく、宵闇をつんざいて馬が嘶く。監物は片手に抱えていた網代笠を、足元に投げ捨てた。袴の股立《ももだ》ちを取り、一段飛ばしに石段を駆け降りた。

「おお、もちろん、承知だ。我らがご領主たる御前のご裁可を仰がんと思えばこそ、わしはわざわざ小野村からやってきたのだッ」

目を凝らせばくぐり戸の向こうで伊平太が小柄な老人ともみ合っているのが、薄闇越しに見える。監物は石段を下る勢いそのままに、寺内に駆け込もうとする老爺に体当たりを食らわせた。よろめいて尻餅をつくその襟首を両手でがばと摑み、その場に強引に座らせた。

「雍斎《ようさい》どの、血迷われたか。遠路はるばる寺まで来られるとは」

「は、放してくだされッ。これ以上、藪《やぶ》医者の汚名を着せられては、わたくしは小野村で生きて参れぬのでございますッ」

そう怒鳴る男は総髪を結い、古びた道服を羽織っている。刻々と暗さを増す夕闇の中で白い鬢《びん》が光っているのが、後を追って門外に飛び出した静馬の目を射た。

「わ、わたくしはかれこれ十余年、小野やその近隣の方々を癒すために、日夜、研鑽を続けて参りました。それをあのように藪医者呼ばわりされては、わたくしの面目が立ちませんッ。こうなれば、御前のご裁可を仰ぎ、わたくしの医術が間違っておらぬと、明らかにしていただかねばッ」

「馬鹿か、おぬしはッ」

両手を振り回す相手を押さえつけ、監物は声を荒げた。

「おぬしの医術が正しいかどうかなぞ、御前が決められることではないッ。いかに砧屋の娘の病が治らぬと責められたからと言って、わざわざ林丘寺まで押しかけるなぞ血迷うにも程があろう」

「で、ですが――」

雍斎は両手でぎりぎりと地面を摑み、血走った目で監物を仰いだ。細い体軀が瘧《おこり》に罹ったかのように震えていた。

「砧屋の乳母がどれほどわたくしを罵っておるのか、監物さまもご存じでございましょう。監物さまが間に入ってあれほどなだめてくださったにもかかわらず、あの女子《おなご》はいまだ村の者たちにわたくしの悪口を吹聴し、一向にそれを止《や》めようといたしません」

血を吐くにも似たうめきに、監物が唇を強く引き結ぶ。大きな鼻が蠢《うごめ》き、太い吐息がそこから洩れた。

「このままではわたくしは身の潔白を証すために、自ら作った毒でも仰ぐしかありませんッ」

雍斎を取り押さえようとして突き飛ばされたのだろう。石畳に尻餅をついた伊平太を引き起こしながら、静馬は砧屋の名に耳をそばだてた。しきりに腰を撫でながら、痛たた、と伊平太が顔をしかめた。

「おおい、どうした。いったい何事だ」

聞き慣れた声に顔を上げれば、松明《たいまつ》を手にした梶江源左衛門がくぐり戸の向こうからこちらをうかがっている。門外のただならぬ気配に気付いて、様子を見に来たのに違いない。間延びした口調を装いながらもその袴は股立ちが取られ、袖には白襷《しろだすき》がかかっていた。

「雍斎どの。御前に目通りを許すわけにはいかぬが、とにかく落ち着け。それがしも心覚も、決して砧屋の乳母の申し分ばかりが正しいとは思うてはおらぬ」

監物はわななく雍斎の肩に手を置いた。土で汚れたその膝を払い、肉づきの薄いその身体をゆっくりと立たせた。

「それがしはこれから小野村に戻り、おぬしの話をもう一度聞くつもりじゃった。されどその前に、はるばる小野村から来てくれたのだ。今宵は林丘寺に宿り、明日、共に村に帰ろうぞ。——なあ、構わぬだろう、梶江どの」

「それはもちろんでございます。侍小屋の一間を片付けさせましょう」

監物に目配せされた源左衛門が、事態がよく飲み込めぬ顔をしつつも話を合わせる。

雲の広がり始めた夜空の灰色は、地上の騒がしさを包み込むかの如く柔らかい。まだ興奮が落ち着かぬ様子で足掻く馬の蹄《ひづめ》の音が、いっそう高く四囲にこだましていた。

三

「あい済まぬ、梶江どの。おかげで助かったわい」

　監物と源左衛門が突然連れ帰った医師の姿に、まだ侍小屋にいた松浦織部と須賀沼重蔵は驚きを隠さなかった。だが監物の挙措から、ただならぬ事情があると酌んだのだろう。監物たちに後を任せ、何も問わぬまま、それぞれの長屋に引き上げて行った。

　監物に胸の裡をぶちまけたことで、いくらか気持ちが落ち着いたらしい。雍斎は不寝《ねず》番《ばん》の詰所である奥の間で横になると、そのまま軽い寝息を立て始めた。

　小野村から修学院村の林丘寺までは、東山伝いに約三里。真夏の陽の下、休みもせずにここまでやってきたのか、その唇はかさかさに乾き、身体は火照ったような熱を帯びていた。

「それは構わぬが、監物どの。あれなる男はいったい何奴だ」

　同じ林丘寺の御内であっても、侍法師と御近習ではその務めは大きく異なる。源左衛門の問いに、監物は太い眉根を強く寄せて嘆息した。

「実はなあ。ここのところ小野村ではあの高木《たかぎ》雍斎なる医師を巡り、ひと騒ぎが起きておるのだ。雍斎どのからどうにかならぬかと泣き付かれ、心覚えともども相談に乗っていたのじゃが、ことが人の病に関わるだけになかなか収拾が付かんでな」

静馬が差し出した茶碗の水をぐいと呷《あお》り、監物はやれやれと首を横に振った。

「雍斎どのは元々、小野村の出。幼い頃に洛中の御医家・伊良子《いらこ》家に修業に参り、三十を過ぎてから故郷に戻って来られた生真面目な御仁だ」

伊良子家は外科を得意とする医家であったが、雍斎はそれに飽きたらず、本道《ほんどう》（内科）や鍼術《しんじゅつ》をも修得。それだけに小野村に戻った雍斎は村人から厚い信頼を受け、山科《やましな》近隣はおろか、大津からも診察を求める患者が引きも切らなかった。

「ところが二月ほど前じゃ。その小野村から洛中に乳母奉公に出ていた女子が、主の娘の療養に付き添う形で村に戻って参ってな。当然、雍斎どのが呼ばれたわけじゃ」

娘の症状は、激しい腹痛。京で多くの医師に見せながらも誰もその病名を言い当てられず、とうとう療養かたがた、小野に暮らし始めたとの次第だった。

「あの、監物さま。先ほど雍斎さまは、砧屋と仰った気がするのですが――」

おずおずと口をはさんだ静馬を顧み、おおと監物はうなずいた。

「その通り。その病人というのは、今年十六歳の砧屋の娘。三月前から縁談が持ち上がっているとかで、乳母は一日も早く娘を治してやらねばと気が急いておるのじゃ」

「砧屋の娘だと」

源左衛門が珍しく、素っ頓狂な声を上げた。

「なんだ、おぬし。知っているのか」

「知っているもなにも、その縁談の相手とは当寺の滝山与五郎だ。なんでも、その娘の兄である跡取りが、砧屋の当代の気に入らんらしくてなあ」

「それはまたとんだ偶然もあるものじゃな」

今度は監物が驚きの息をつく。がしがしと盆の窪をかきむしってから、ところがだ、と続けた。

「雍斎どのがあれこれ手を尽くされたにもかかわらず、砧屋の娘の病の原因は皆目分からぬまま。されど見ての通り、あの御仁は真面目な性でな。それでも砧屋の寮に足しげく通い、様々な薬を与えては、どうにかその病を癒そうと尽力なさったそうだ」

砧屋の乳母は最初のうちはそんな老医師に好意を持ち、嫌がる娘をなだめすかして、苦い薬を飲ませていた。しかし半月、一月が経っても娘の病は癒えず、むしろ腹痛を訴える機会は増えるばかり。すると雍斎はなおもその病を治すべく奮起し、乳母たちに疎まれるほど頻繁に寮に通うようになったのであった。

「乳母からすれば可愛い主は治してやりたいものの、飲んでも飲んでも効かぬ不味い薬ばかり与えられることが腹立たしくなったのだろう。やがて雍斎にあからさまな文句を言うようになり、果ては藪医者とまで罵り始めたのじゃ」

雍斎は無論、貶されればなお、その汚名を雪《すす》がねばと懸命になる。遂には薬が効かぬと怒る乳母と、この薬で治るはずだと言い立てる医師が怒鳴り合い、近隣の者が様子を見にいくほどの騒ぎに転じた。

「そうでなくとも、娘が腹痛を訴え始めてから間もなく三月。乳母はとうとう怒りのあまり小野村の知り合いという知り合いに雍斎の悪口を吹聴し、ついにはあ奴の元に通う患者はぱたりと減ってしまったらしい」

雍斎からすれば、自分は患者を癒そうと懸命になっただけ。喜ばれこそすれ、藪医者と罵られる覚えはない。ただその一方で老医師が娘の病を治せぬままなのも事実であり、乳母はそれを笠に着てなおも雍斎の悪口を吹聴する。かくして困り果てた雍斎は小野村に巡察に来た監物と心覚にすがりつき、どうにか自分の潔白を証したいと訴えたのであった。

「されどこと病が相手となれば、誰が悪いとも判じられぬ。とりあえず砧屋の乳母には、これまで雍斎どのがどれだけの人命を救ってきたのかを、懇々《こんこん》と説いて聞かせはしたのじゃがな」

「とはいえ、ああしてなおも林丘寺に駆け込もうとするほどだ。そのお乳母どのは表向きはともかく、裏に回れば相変わらず雍斎どのの悪口を吹聴しておられるのだろう」

源左衛門の相槌に、監物は「おそらくなあ」と口を歪めた。

「それにしても困ったのは、砧屋の娘の病だ。あれさえさっさと癒えてくれれば、双方かようにいがみ合わずに済むのじゃが。いまだ砧屋の寮に留まっておるところからして、どうにもよくなる気配がないと見える」

「ふうむ。それは困ったなあ」

「乳母に説教をしに参った折に庭からちらりと見たのだが、砧屋の娘は長患いをしておるとは思えぬほど血色がよくてな。それにもかかわらずかれこれ三月も腹を痛めておるとは、いったい何の病なのじゃろうな」

「どうにも病が長引くようであれば、ご典医の藤林道寿《ふじばやしどうじゅ》さまを当寺より遣わす手もあるぞ。林丘寺の領内の騒動を鎮めるためとなれば、藤林さまとて喜んで足を運んで下さろう」

「いや、さすがにそれには及ばぬ。それに万一、ご典医さまが診ても治らなんだら、かえって話がややこしくなろうて」

二人のやりとりを眺めながら、静馬は先ほどの雍斎のやつれた顔を脳裏に思い浮かべていた。

はるばるこの林丘寺まで駆け込み訴えに来るほどだ。あの医師は小野村での悶着にさぞかし疲弊しているのだろうが、その一方で砧屋の乳母と娘もまた激しい懊悩《おうのう》のただなかにあるはずだ。

砧屋が縁談の返事を急かさぬのは、当の娘が病み続けているためだろう。いわば煮え切らぬ与五郎と病の娘の両人のおかげで、平治郎はいまだ気随《きずい》な商いを続けられているわけか。

「どうした、静馬。なにやら妙な顔をしておるぞ。おぬしまでが暑気あたりか」

源左衛門に問われ、静馬はあわてて首を横に振った。

「い、いいえ。そういうわけではありませぬ」

「ならば雍斎どのの番はわしらがしておくゆえ、おぬしは早く横になれ。仮に明日、与五郎の暑気あたりが治らねば、その分はおぬしに働いてもらわねばならぬのだからな」

養父に促されるまま侍小屋を出ると、静馬はその足で御門脇の御長屋へと向かった。預かったままの与五郎の銭入れを、今夜のうちに返さねばと思い出したためであった。

御長屋のもっとも奥の家の灯は消え、しんと静まり返っている。障子の破れでもあればそこから銭入れを放り込めるのだが、と暗がりの中に目を凝らしたそのときである。

「お――お助けをッ。お助けくださいッ」

というか細い女の声が、総門の方角から響いてきた。

夏の夜は短いとはいえ、すでに亥《い》ノ刻《こく》近く。こんな夜中に寺に用がある者なぞいようはずがないが、よく耳を澄ませば声に合わせて、こつこつと門を叩く音までが響いてくる。

（まさか、駆け入りか）

そんなはずはない。この寺は鎌倉の東慶寺《とうけいじ》や新田の満徳寺《まんとくじ》の如く、幕府の公認を受けて駆け入りを許しているわけではないのだ。そうでなくとも高木雍斎が飛び込んできた矢先、またしても厄介な騒動なぞ持ちこまれてたまるものか。

だが女の声は止むどころか、次第に大きくなっていく。静馬はしかたなく、袴の股立ちを取って門へと向かった。

「お願いどすッ。うちを——うちを尼にしとくれやすッ」

その声は切羽詰まり、悲壮な気配すら帯びている。静馬は当惑を覚えつつも、「当寺に何の御用でいらっしゃいますか」とくぐり戸越しに問うた。

ようやくの応えに門のあちら側が一瞬静まり返り、ついで、ああと安堵の吐息が聞こえる。そのあまりの大きさにいっそ侍小屋までひとっ走り戻り、源左衛門たちを呼んできた方がいいのだろうかと思うものの、さりとて御門前に胡乱な女を放り出したままにもしがたかった。

「いったい如何なる事情がおありかは存じませんが、当寺は御所の皇女をご住持と仰ぐ、比丘尼御所。町方からの入山は許しておられません。どうしても遁世《とんせ》を望まれるのであれば、まずは菩提寺なりにご相談を——」

「そ、相談を出来るお人なぞ、いやへんのどすッ」

静馬の言葉を遮る音吐はまだ若い。それだけにその響きには懸命なものがはっきりと感じ取れた。

「そやけど、うちがこのまま店にいたら、兄さんに迷惑がかかってしまうさかい。うちはどうしても尼さんにならなあきまへんのや」

「落ち着いて下さい。家内の揉め事であれば、町役にご相談なさってはいかがですか」

「おい。どうしたのだ」

微かな足音とともに、背後がぼおと明るんだ。振り返れば提灯を手にした源左衛門と監物が、門の向こう側と静馬を険しい顔で見比べている。静馬同様、時ならぬ女の声を不審と感じ、様子を見に来たのに違いない。

「それが、よく分からぬのです。どうやら出家遁世を願う女子らしいのですが」

「やれやれ。それはまた厄介な」

源左衛門が眉間の皺を深くした。

「夜道を追い返し、道中で何事かあれば厄介だ。監物どの、浄訓尼を呼んできてくだされ。とりあえず今夜は寺に泊め、雍斎どの同様、明朝、家に送り届けましょう」

わかった、と首肯して、監物が踵を返す。それを見送ってから、源左衛門はくぐり戸の閂《かんぬき》に手をかけた。提灯を外に突き出して用心深く四囲を見廻せば、小柄な娘が一人、怯えた顔付きで立ちすくんでいる。

草履履きの足元は埃にまみれているが、決して身形《みなり》はみすぼらしくはない。島田に結った髪の根に差された銀の笄《こうがい》が、提灯の明かりを映じて鈍く光った。

大きな目を見開いてくぐり戸越しに源左衛門と静馬を見つめ、「う、うちは紺《こん》と言います」と案外折目正しい口調で名乗った。

「お紺か。とにかく、入るがいい。細かい話は、それからゆっくり聞こう」

源左衛門の穏やかな促しに、お紺がこっくりとうなずく。上目づかいに源左衛門と静馬の顔を見比べながら、褄《つま》を取ってくぐり戸を入った。

「お――お紺だと」

突如、雷鳴に似た叫びが、坂の上で弾けた。浄訓を呼びに行ったはずの監物が転がるように駆け戻って来るや、立ちすくむお紺の肩を両の手で鷲摑みにした。

「ど、どういうことだッ。おぬし、砧屋の娘のお紺ではないかッ」

あまりに思いがけぬ人の名に、静馬と源左衛門はえっと驚きの声を筒抜かせた。するとお紺は頬を強張らせてそんな男たちを見回し、肩が上下するほどに大きく息を吸い込んだ。

「――へえ、さようどす。うちは砧屋の紺どす」

「どういうことだ。砧屋の娘は病のため小野村で療養しているのではなかったのか」

源左衛門がなにがなんだかわからぬとばかり、目を丸くしている。静馬はそんな父の袖を、後ろからあわてて引いた。

「あ、あの。お紺どのはおそらく、この寺に駆け入りに来られたのかと思います」

「駆け入りだと。馬鹿か、おぬしは。なにを言っておる」

監物が噛みつくような口調で怒鳴る。真っ赤に怒張《どちょう》したその顔に一歩後じさりながらも、静馬はお紺に向き直った。

「お紺どの。あなたはもしや、高木雍斎さまが小野村からこの寺に向かわれたのを見て、こっそり後を追ってこられたのではないですか。そしてご自分の兄上が店を追い出されぬためには、この寺の尼になってしまえばいいのだと思いつかれたのでは――」

「なんだと。それはどういうことだ」

監物が再び声を荒げる。それをしっと叱り付け、源左衛門が一歩、前に出た。

「順を追って話せ、静馬。わしらには何がどういうわけか、まったくわからぬ」

静馬とて実際のところ、自分の思いつきに確証があるわけではない。だが闇の中にぽっかりと浮かびあがっていたお紺の白い顔。およそ病人とは思えぬその顔を見た途端、すべての疑問が静馬の胸の中で寄せ木細工の如くある形を成したように思えた。

「は、はい。かしこまりました」

静馬が応じたその時、かさりと背後の闇で足音がした。

振り返れば白い蕾をつけた木槿の茂みががさりと揺れ、見慣れた小柄な影が明かりの輪に向かっておずおずと近づいてくる。日中と同じ姿のまま居心地悪げに身をすくめた、滝山与五郎であった。

与五郎、という源左衛門と監物の呟きに、お紺がはっと息を飲む。

「与五郎さま――」

それに肩身の狭そうな顔でうなずく与五郎に、「おい、心配はいらんぞ」と静馬は声を投げた。

「縁組を嫌がっていたのは、これなるお紺どのも同じだ。どうやらおぬしとお紺どのはそれぞれに、あの平治郎どのの身を案じていたと見えるな」

与五郎とお紺が、弾かれたように顔を見合わせる。涼しい風が山間を吹き過ぎ、木槿の蕾が闇に白い軌跡を残して揺れた。

四

侍小屋に連れ戻り、松浦織部に事の次第を説く前に、代官の務めとして事情を知っておかねばと考えたのだろう。監物は石段の真ん中にどっかりと胡坐《あぐら》をかいた。まるで今から詮議《せんぎ》を行うかのように鋭い目で、静馬を仰いだ。

「いったいどういうことなのだ。わかるように説明をしろ」

だが静馬が話を始めようとするより早く、お紺がその傍らに走り寄り、草履を蹴り捨てるように脱いで、石段に両手をついた。

「申し訳ありません、お代官さま。うちは乳母や雍斎先生に、ずっと嘘をついていましたんや。どうかお許しください」

「嘘だと」

「へえ。この三月の間、身体の具合が悪いと言うてたんは真っ赤な偽り。本当はお父っつぁまから嫁に行けと言われるのが嫌で、仮病を使っていたんどす」

なに、と監物は眉をひそめた。

「では、おぬしは乳母と雍斎が悶着になっておるのも承知の上で、わしらにまで偽りを申しておったのか」

お紺が身体を堅くしながら、頤《おとがい》を引く。ふざけるなッと喚いて、監物はその場に仁王立ちになった。

「おぬしは我らを何と思っておるッ。雍斎どのはおぬしの乳母どのに藪呼ばわりされているることを気に病み、わざわざ御前の元に駆け込み訴えに来たのじゃぞッ」

夜気を震わす監物の怒声に、お紺は双眸《そうぼう》に涙を浮かべてうな垂れた。

一切抗弁せぬその態度に哀れを覚えたのか、「まあ、お待ちなされ」と源左衛門が二人の間に割って入った。

「こうして自ら、その偽りを白状したのです。ただ周囲の者たちを困らせんがために嘘をついたのではありますまい。――違うか、お紺とやら」

　穏やかな源左衛門の問いに、お紺は薄い唇をぐいと嚙みしめた。ためらうように肩で幾度か息をついた挙句、きっと眦を決して周りの男たちを仰いだ。

「う、うちが嫁に行かへんかったら、兄さんが家を追い出されることもあらへんと思うて」

　虚を突かれた面持ちで、監物が「なに――」と呻く。それに畳みかけるように、お紺は言葉を継いだ。

「うちのお父っつぁまは、兄さんが嫌いなんどす。そら、兄さんは人の話を聞かへんところのあるお人。そやけどあれこれ勘案して新しい菓子を拵えて売ろうとしてはるのに、お父っつぁまにはそれすら腹立たしいんどす」

　お紺が父親と兄の不仲にはっきり気付いたのは、去年の秋。それまで砂糖羊羹作りのみを任されていた平治郎が、汁粉や善哉、亥の子餅といった秋冬の菓子を、夏にも商おうと言い出したことがきっかけだった。

　兄妹の父である砧屋の主は、平治郎の発案に激怒した。四季の暦に従った菓子を作り続けてきた砧屋からすれば、わざと季節違いの菓子を売るなぞ、道理を弁《わきま》えぬ愚か者の所業としか映らなかったためである。

「こんなろくでもないことばかり考える奴に、うちの店は継がせられへん」

と騒ぎ立て、町役を呼んで、勘当の手続きまで取ろうとした。

「そのときはお母っつぁまが必死に取り成してくりゃはって、なんとか勘当は免れたんどす。そやけど兄さんはそれで心根を入れ替えるどころか、自分の作った菓子が売れたらええのやろとばかり、ほうぼうのお出入り先に妙な菓子ばかり持って行くようにならはって――」

どれだけ叱っても試みを止めぬ長男に、もはや何を言っても無駄だと諦めたのだろう。砧屋の主はお紺を嫁がせ、生まれた子を跡取りにする手筈を内々に進め始めた。

だが幼い頃から兄を慕い、珍妙ながらも目新しい菓子に心躍らせていたお紺にとって、それはまさに青天の霹靂《へきれき》。それだけにお紺は自分の縁組さえ先延ばしにできれば、父もいずれは兄の試みを容れるしかなくなるのではないかと考えた。父が出入り先の比丘尼御所に縁談を持ちかけたと知るや、病んでもいない腹が痛いと言い立て、兄が追い出されずに済むよう苦心を始めたのであった。

「雍斎先生や乳母に迷惑をかけていたのは、もちろん承知どす。そやけど、どうしてもうちは、兄さんに砧屋を継いで欲しかったんどす」

兄の菓子がどれだけ創意工夫に満ちているか、お紺はよく知っている。たとえば夏向きの汁粉は冬のそれに比べて塩を増やした上、葛《くず》を溶き入れ、口当たりよくさっぱり作っているのだ、とお紺は懸命に説いた。

なんとまあ、と呻いて、監物が額に手を当てる。こんな小娘に老医師ともども振り回されていたのが情けないのか、苦虫を嚙みつぶしたに似た横顔であった。

「そやけどうちは、自分の縁談相手が小さい頃によく一緒に遊んだ与五郎さまやなんて、全然知りまへんどした。——許しとくれやす、与五郎さま。うちは決してあんたさまを嫌うて、仮病を使っていたわけではあらしまへん」

お紺の眼差しに、与五郎はええと首肯した。静馬が初めて目にするほど、殊勝な表情であった。

「ご心配なさらずとも、それはよくわかっております。それにわたしはわたしで幼馴染の平治郎どのをどうにか助けるべく、勧められた縁談から逃げ回っていたのですから、お互いさまというべきでしょう」

「幼馴染じゃと。そうか、おぬしの父御が勤めていらした大聖寺門跡でのことじゃな」

監物が得心したとばかり膝を打った。

「さようでございます。ひょっとしたら、平治郎は覚えておらぬかもしれません。ですが最後にあ奴と遊んだ日、平治郎は店から饅頭を二つ盗み出してきて、わたしにくれたのです」

今から十年も昔、自分が九歳の冬だった、と与五郎は語った。

与五郎は武士、平治郎は町方。立場は異なれど、自分らの将来を夢見るには十分な年齢だった二人は、別離のその日、互いに一人前になったらまた会おうと誓い合ったという。

洛中を離れ、林丘寺近くの一乗寺村に移り住んでも、与五郎はその時の饅頭の旨さと平治郎との約束を忘れはしなかった。それだけに亡父の跡を継いで青侍として出仕し、砧屋平治郎が林丘寺に出入りしていることを知ったときは、古い友の活躍に心励まされる思いだった。

「とはいえそのときわたしはまだ、家督を継いだばかり。相役の皆さまには始終叱られる毎日とあっては、胸を張って平治郎の前に出られなぞしません。あと三年、いえ二年もすれば寺のすべてに精通し、一人前の青侍になれるはず。そうなったなら平治郎から菓子を買い、再会を喜ぼうと思っていたのでございます」

それだけに松浦織部に呼ばれ、砧屋の娘を娶《めと》らぬかと言われたとき、与五郎は腰が抜けるほどに驚いた。寺に出入りする平治郎の姿は、幾度も物陰からこっそり眺めていたが、あれほど潑剌《はつらつ》と商いに精を出しているかに見える平治郎が、親から廃嫡を企まれるほど疎まれているとは。

これはきっと何かの間違いだ。自分とて昨秋に青侍となって以来、幾度も周囲から呆れられる失敗を繰り返している。平治郎とて今は父親からその一挙手一投足に逐一目くじらを立てられているだけで、いずれ日が経てば、父親との相剋《そうこく》にも決着がつこう。

そう考えた与五郎は、お紺との縁談を受けてはならないと考えた。さりとてすぐに断りを入れては、砧屋の主は他の男に縁組を持ちこんでしまおう。平治郎が立派な商人になるまでの時を稼ぐため、わざと返事を先延ばしにしたのだと与五郎は語った。

なるほど、そう聞けば昼間の与五郎の態度にも納得が行く。与五郎はかつての友にいまだ失態を繰り返す己の姿を重ねあわせ、だからこそ互いに顔を合わせてはならぬと思い定めたのだ。

源左衛門が「まったく」と吐き捨てて、鬢《びん》を掻く。与五郎とお紺、それぞれのいささかひたむきすぎる平治郎への思いに、呆れ返ったような表情であった。

「よいか。お紺とやら、よう聞け。雍斎どのはおぬしの乳母どのの罵詈《ばり》雑言《ぞうごん》のおかげで困り果て、この寺へ駆け込み訴えまで起こされた。兄上を思う心根はあっぱれじゃが、この辺りでその仮病も終わりとせねばなるまい」

はい、と蚊の鳴くが如き声で応じ、お紺は肩をすぼめた。

「雍斎どのは今、侍小屋に泊まっておられる。これから案内してやるゆえ、すべてを白状して詫びるのじゃな。それにしても、おぬしの兄上と砧屋の主の件じゃが――」

「ああ、それであれば、心配はいらぬぞ」

不意に監物が、源左衛門を遮った。にやりと頰をほころばせ、太い腕をおもむろに組んだ。

「わしはここしばらく平治郎が運んでくる菓子を食い続けておるが、他の新作菓子はともかく、こと砂糖羊羹を作らせれば、平治郎の右に出る者は砧屋におらぬ。特に削り氷に平治郎の羊羹を合わせて食らう味は、格別だ。たった年に一度とはいえ、あのような妙味を生み出せるだけでも、平治郎が砧屋におる意味はあろう」

「氷に羊羹でございますか」

甘いものが苦手な源左衛門が、気持ち悪げに顔をしかめる。それを一瞥し、監物は両の手を打ち鳴らした。

「よし、こうなれば明日、御所より氷が届き次第、わしの分を砧屋に運び、羊羹と合わせて砧屋の主に喰わせてやろうぞ。そうすれば、頑固な主も少しは息子の腕を見直すだろう。おい、構わぬな。静馬」

どこか子どもじみた表情でこちらを振り返る監物に、静馬は苦笑いとともに首を力強く縦に振った。

そうだ。長夏朔日《ちょうか》の氷は、熱しきった夏に訪れるひとときの涼。ならばそれで怒りに頭を火照らせた砧屋を鎮めてこそ、夏の氷の意味があるというものだ。

とはいえ監物の分の氷だけでは、林丘寺から洛中の砧屋に運ぶ間にすっかり溶けてしまうだろう。しかたがない。こうなれば自分の氷も共に、砧屋まで持って行ってもらうとしよう。

（やれやれ、削り氷は来年までおあずけだな――）

来年は忘れぬように、平治郎に砂糖羊羹を頼んでおかねばなるまい。まだ見ぬその冷たさと甘さを胸の内に思い描きながら、静馬は泣き笑いの表情で頬を歪める与五郎の肩を軽く叩いた。

一　ひとつ足

一

耳を聾《ろう》するばかりの蟬の音が、広い境内に降り注いでいる。まだ正午には間があるにもかかわらず、林丘寺《りんきゅうじ》の庭にはそこここに陽炎《かげろう》が立ち、池水に遊ぶ鯉の動きまでもが心なしか鈍い。地面に落ちた木影の明瞭な黒さが、まるで今日一日の暑さを先触れしているかのようであった。

「やれやれ、たまったものじゃないなあ」

梶江静馬《かじえしずま》は拳で額の汗を拭い、思わずひとりごちた。

山間から湿気を孕《はら》んだ風が吹き通るため、比叡山の麓に建つ林丘寺は洛中に比べて格段に涼しい。とはいえこの数日、晴天が続いたせいで吹き付ける風はもはや熱風に近く、じっとしているだけでも襟元に汗がにじんでくる。

相役の滝山与五郎《たきやまよごろう》は一昨日から、尼公《あまぎみ》たちに経蔵の片付けを仰せ付けられている。涼しい土蔵で働く相役に引き換え、単身、灼熱の庭で掃除をせねばならぬ辛さに、静馬は中天にかかる太陽を恨めし気に仰いだ。

「おおい、そこにおるのは静馬か」

顧みれば、養父の梶江源左衛門《げんざえもん》が池の向かい岸で、眉の上に片手をかざしている。この暑さの中にもかかわらず、羽織を着こみ、腰に大小をたばさんだ堅苦しい身拵《みごしら》えであった。

静馬は叺《かます》と箒を両手に抱えて、小走りに池を回り込んだ。

「お出かけですか、養父上《ちちうえ》」

「おお、御世話卿《おせわきよう》の櫛笥隆賀《くしげたかよし》さまのお屋敷まで行ってまいる。今日は文月《ふみづき》七日。御前《ごぜん》(住持《じゆうじ》)が乞巧奠《きつこうでん》のついでに七遊《しちゆう》を催そうと仰せられたゆえ、急ぎ、鞠《まり》(蹴鞠)の上手を飛鳥井家《あすかい》さまからお借りせねばならぬのだ」

「なるほど。朝から奥が騒がしいと思えば、それゆえでございましたか」

七月七日は、牽牛《けんぎゆう》・織女《しよくじよ》の二星を祀《まつ》る七夕。宮中では古来、これらの星々を農耕及び養蚕、染織をつかさどる星として崇め、酒に肴、果物、更に五色の糸を通した七本の針や布などを供える祭礼・乞巧奠を行っていた。

場合によっては祭の際、琵琶や琴を供えて歌舞音曲の上達を願ったり、梶の葉に歌を記して、詩歌や文字の上進を祈る。更に歌・鞠・碁・花・貝合《かいあわせ》・楊弓《ようきゆう》・香の七遊(七種の遊び）や、七百首の詩歌、七十韻の連句、七調子の管絃などが催される折もあり、その華やかさは夏の夜の風物詩の一つであった。

もっとも、比丘尼御所《びくにごしょ》は本来は仏寺。盂蘭盆会《うらぼんえ》も間近なため、南庭の机に祭具こそ供えても、宮中ほど華やかな遊びをすることは滅多にない。それだけに住持・元秀《げんしゅう》の急な思いつきに、上﨟衆《じょうろう》はさぞかし張り切っているのだろう。蹴鞠を家道とする飛鳥井家から名足《めいそく》（蹴鞠の名手）を借り受けるとなれば、御世話卿を始めとする公家も当然、寺を訪れるはずだ。

源左衛門によれば、七遊のうち楊弓は弓を手にした人形を飾ることで換え、香も複数の香を列席者で聞き分ける組香《くみこう》ではなく、ただ香りを鑑賞する気軽な聞香《もんこう》に変更するという。それでも道俗入り乱れての祭礼となれば、寺内が深更までにぎわうのは間違いない。

「では今日は一日、奥の尼公たちは支度でおおわらわでございますなあ」

もしかしたら与五郎も蔵の片付けなど後回しにしろと言われ、様々な楽器や祭具を運ばされているかもしれない。口やかましい尼たちにせっつかれ、一人で大汗をかく与五郎の姿を思いやり、静馬は胸の中で苦笑した。

「おお、先ほども御清所《おきよどころ》（台所）を覗いたが、小尼どもが嶺雲《れいうん》どのに叱咤され、懸命の形相で素麺を湯がいておったぞ。どうやら今の内に、今宵の膳部《ぜんぶ》の修練をしておくつもりらしい」

「では、本日の我らの昼餉《ひるげ》は素麺と決まりましたな」

小正月には小豆入りの粥を、亥《い》の月（十月）亥の日には亥の子餅を食べるというように、林丘寺の尼の食べ物は暦によって厳然と定められている。

しかもこれらはただの食事ではなく、寺の重要な儀式も兼ねているため、間違いは決して許されない。それゆえ御清所を預かる中通《なかとおり》や見習い尼たちは、重要な祭礼のある折はその数日前から当日と同じ料理を練習し、その日に備えるのであった。

とはいえ練習用に作った料理を、まさか奥の尼公に食べさせるわけにもいかない。このため儀式直前、静馬たち表の御内《みうち》（家来）が御清所からの下されものを食事とするのは、さして珍しくなかった。

乞巧奠の夜の献立は、素麺に索餅《さくべい》（米粉と小麦粉を練り、縄状にして揚げた菓子）が定め。冷たい井戸水で冷やされた素麺の白さと涼やかな喉越しを思い出し、静馬は一瞬、照りつける陽射しの厳しさを忘れた。

「とはいえ、嶺雲どのは先日ようやく床上げを済まされたばかりだ。もし急ぎの用がなければ、おぬし、御清所を手伝ってやってくれ」

「はい、承知いたしました」

昨年末から腰を痛めていた中通の嶺雲は、つい先月ようやく元の勤めに復した。とはいえさすがにまだ、自ら乞巧奠の支度に奔走する元気はないのだろう。叺と箒を片付けて薄暗い御清所を覗き込めば、上がり框《かまち》に置かれた円座に座りこんだまま、竈《かまど》の前に立つ円照《えんしょう》を口で指図している。

「麺の色をよく見るんや。白々と透き通ってきやしゃったら、素麺の端《ぞろ》を結わえた糸を持って、そうろと（丁寧に）お湯から上げあそばっしゃれ」

その横顔は以前と変わらず豊満だが、声からはいささか張りが失われている。そうでなくとも、この暑さ。並みの者ですら辛いのだから、柄の大きな嶺雲にはなおさらに違いない。

「失礼いたします。嶺雲さま。今夜の備えでございますか」

「おお、静馬か。なにせ御前が七遊をあそばされるとなれば、お客人も大勢お越しになられよう。林丘寺の乞巧奠はおひしひし（盛大）やったとよそさんで言うていただくためにも、そもじ（粗末）な供御《くご》（食事）を出すわけにはいかへんからなあ」

重々しげに語る嶺雲のかたわらでは、浄訓《じょうくん》が真剣な表情でゆで上がった素麺を盛り付けている。井戸水で冷やした汁を椀に静かに張り、緑の色も冴え冴えとした豆と透明な瓜の煮物を添える。

嶺雲はその手元にじっと目を注ぎ、「あかん、あかん」と首を横に振った。

「瓜《なりのもの》の形が、崩れているやないか。素麺に汁《おつけ》をかける時は、そんな乱暴にするものやない」

嶺雲は町方の出だけに気さくだが、こと勤めに対しては手厳しい。二人の見習い尼を見渡し、大きな溜息をついた。

「また、一からやり直しや。今夜はお客人だけでも、随分な数になろう。何十膳もの素麺が寸分の狂いもなく美しく拵えられな、後々苦労しようて」

これまで散々叱責されてきたと見え、無言でうなずく円照と浄訓の額には、玉の汗が浮いている。この分では昼餉にありつけるのは随分先になりそうだと思いながら、静馬は遠慮がちに口を挟んだ。

「あの、嶺雲さま。私もなにかお手伝いできればと存じますが」

「そうやなあ。では乾物蔵から、素麺を運んできてもらおうか。こなた（自分）の覚えてる限りでは、今夜の供御の分まで十分に残っておるはずやけど、念のためそれも確かめておかなならぬわな。箱ごと、ここまで担いできてくれるか」

林丘寺には現在、「奥」の尼と「表」の御内を合わせて、三十人あまりが暮らしている。そのため寺内には漬物小屋・乾物小屋・醬油小屋など計五棟の食糧庫が建てられていた。

「かしこまりました。素麺が収められているのは、大きな桐の箱でございましたな」

「その通りや。そやけど、あれほど大きい箱を一人で運んで来るのは苦労やろ。これ、円照、そもじも共に行っておいで」

　ゆで上がった素麺を井戸水で洗っていた円照が、はいと応じて、前垂れで手を拭く。静馬の先に立って夏陽の弾ける中庭を突っ切ると、乾物蔵の戸を押し開けた。慣れた足取りで奥へと進み、幅半間はある大きな木箱を指した。

「これです。静馬さま」

「では、円照どのはそちらを持ってください。私はこちらを支えます」

　長持を運ぶのと同じ要領で二人がかりで箱を持ち上げ、足をふらつかせながら御清所へと取って返す。だが嶺雲に指し示されるまま、上がり框に木箱を下ろそうとした静馬の足が、不意になにかを蹴飛ばした。

　悲鳴を上げる暇もあらばこそ、身体が大きく傾き、その腕から木箱が落ちる。御清所を揺らすほどの音とともに木箱が横倒しになり、蓋が板の間に跳ね飛んだ。真っ白な素麺が、鉢の水が流れ出す勢いで辺り一面に飛び出した。

「こ、これはとんだ粗相を」

　狼狽《ろうばい》しながら見下ろした足元には、円照のものと同じ赤い緒の雪駄《せった》が裏向きに転がっている。履物は本来、御清所に出入りする者の妨げにならぬよう、土間の隅に揃えておくもの。それをこんな真ん中に放り出している横着者は、もはや一人しかおるまい。

「浄訓ッ、どうして雪駄を脱ぎ散らかしているのよ」

静馬より早く、円照の甲高い声が響き渡った。そうしながらも素早く板間に上がり、上がり框に散らばった素麺をかき集めはじめた。

しかし、箱が横倒しになった際の衝撃ゆえだろう。絹糸を思わせるつややかな素麺はほとんどが折れ、無事なものは箱の底に残ったほんの数束しかない。

「ああ、なんということや」

円座から四つん這いで近づいてきた嶺雲が、折れた素麺に手を伸ばした。

「これでは今夜の乞巧奠には、到底足りひんやないか」

「も、申し訳ありませんッ」

静馬は土間に膝をつき、深く頭を垂れた。

雪駄を脱ぎ散らかしていたのは浄訓だが、それに足を取られたのは他ならぬ自分だ。だいたい手伝いを申し出たはずなのに、忙しい御清所の足を引っ張ってどうする。

「す、すぐに乾物御用の店に行き、素麺を届けるよう申し付けます。何卒《なにとぞ》、何卒、お許しください」

「ああ、そやな。そうしてくれるか、静馬」

こみ上げる溜息を押し殺したのだろう。嶺雲はぐいと唇を引き結んで、一つうなずいた。

「乾物御用の松尾屋《まつおや》は、三条堀川。この暑さの中、わざわざ出かけるのは面倒やろけど、大急ぎで行ってきておくれ」

本来であれば、頭ごなしに叱責されても仕方がない。それだけに嶺雲の静かな語調に、かえって身がすくむ思いがした。

「すぐ、すぐに行ってまいります。しばしお待ちくださいッ」

林丘寺から三条堀川までは、徒歩で半刻強の道のり。これからすぐに松尾屋に知らせれば、夕刻には店の者が素麺を運んでくるはずだ。

だがいずれにしても、まずは御家司《ごけいし》の松浦織部《まつうらおりべ》にことの次第を告げ、外出の許可を取らねばならない。静馬は御清所を飛び出した。

陽は空高く昇るにつれてますます明るさを増し、地面に濃い影を刻んでいる。それだけに、失礼いたします、と叫んで駆け込んだ侍小屋の内は薄暗く、目が馴れるまでわずかな間が必要となる。

忙しく目をしばたたいて見回せば、松浦織部が御近習《ごきんじゅう》の須《す》賀沼重蔵《がぬまじゅうぞう》となにやら話し込んでいる。静馬の見幕に、怪訝《けげん》そうに二人してこちらを振り返った。

「申し訳ありません、御家司さま。これより、三条堀川の松尾屋まで出かけるお許しをくださいませ」

「松尾屋じゃと」

織部が白いものの混じった眉根を寄せる。静馬から顚末を聞くと、「なんとまあ」と肩で息をついた。

「それはまた大変な真似をしてくれたのう。じゃがそれが昼日中だったのは、まだ幸いじゃ。夕刻になってからこんなことが起きれば、まったく目も当てられぬ」

「はい。まことに相済みませぬ」

まあよいよい、と苦笑して、織部は軽く片手を振った。

「さような次第であれば、急いで行って参れ。——あ、いや、待て」

何かに思い至った面持ちで、織部は傍らの重蔵を顧みた。

「そうじゃ、重蔵。おぬしも静馬とともに出かけてはどうじゃ。おぬしが差《さ》し料《りょう》を預けている研師《とぎし》は、確か同じ堀川端の店であろう」

「はい、さようでございます」

と応じ、重蔵は眸《ひとみ》の小さな目を素早く静馬に走らせた。

林丘寺の御内のほとんどは、累代、比丘尼御所に仕える侍たち。そんな中で須賀沼重蔵だけは、六年前まで備中新見藩京屋敷詰の武士だった珍しい経歴の持ち主である。

林丘寺内では御近習・青侍《あおざむらい》を問わず、身に佩《お》びるのは小太刀一振りと定められている。差し料というからには重蔵がかねて所有している刀であろうが、それならば非番の日に受け取りに行けばよいはずだ。

「実はな、静馬。重蔵が研師に預けている刀は、拵え（刀の外装）が後藤光重《ごとうみつしげ》の手に成る名品でな。しかも縁頭《ふちがしら》から鍔《つば》、目貫《めぬき》に笄《こうがい》までもが七夕尽くしという珍しさゆえ、御前がぜひ、今宵の祭壇に飾りたいと仰せなのじゃ」

後藤光重はまたの名を後藤即乗《そくじょう》ともいい、足利《あしかが》将軍家の御世から代々、彫金を家業としてきた後藤四郎兵衛家八代目。今から約八十年前、三十二歳の若さで亡くなったために残された作品は少ないが、その繊細な作は当時帝位にあった後水尾《ごみずのお》天皇に愛され、佩刀《はかせ》の拵えを仰せ付けられもしたという。

林丘寺の前住持である元瑶《げんよう》は、後水尾天皇の皇女。それだけに元秀は亡き上皇ゆかりの工人である後藤光重の拵えを飾り、元瑶を喜ばせようとしているのだろう。

「折しも重蔵に、急ぎ刀を引き取りに行けと話していたところでな。おぬしとて道中、一人より二人の方が心強かろう」

織部は屈託のない顔でにこにこと笑ったが、実のところ静馬はぶっきらぼうな重蔵があまり得意ではない。とはいえ今はそんな些事に拘泥している場合ではないと腹をくくり、「では、参りましょう。須賀沼さま」と腰を浮かせた。

「ああ、そうだな。わしも面倒な用は、早めに済ませたいものだ」

その投げやりな口調に、静馬はわずかな引っ掛かりを覚えた。しかし重蔵はそんな静馬にはお構いなしに、無表情に草履を突っかけた。

あの、と呼びかける間にも、重蔵は腰の小太刀を片手で押さえ、飛ぶような速さで石段を降りて行く。

背後の山から吹き下ろした熱風が乾いた土を巻き上げ、その足元に小さな旋風《つむじ》を描いた。

二

林丘寺から洛中に向かうには、東山の山裾《やますそ》を白川村まで下り、そこから道を西に取って鴨川を渡るのがもっとも早い。

だが青々とした稲穂が揺れる白川村や吉田村を通り抜ける間も、重蔵は後に従う静馬を一顧《いっこ》だにしない。織部は二人の方が道中心強かろうと言ったが、これではかえって気づまりなだけだ。

「須賀沼さま」

沈黙にたまりかねて名を呼ぶと、重蔵は小走りの足をわずかに緩め、めんどくさそうにこちらを振り返った。

「どうした」

「いえ、その……須賀沼さまの差し料は、それほど見事なお刀なのでございますか」

「刀そのものは、さして珍しくもない備前長船《おさふね》だ。見るべきところがあるとすれば、拵えだけだな」

　面白くもなげに呟き、重蔵は鼻を鳴らした。

「鍔は梶の葉に星をあしらい、目貫・笄・小柄《こづか》はすべて川岸で遊ぶ牛。縁頭は五色の糸が線刻されていたな」

　梶の葉は、乞巧奠の夜に短冊代わりに歌を記すもの。星はおそらく、牽牛・織女の二星だろう。また牛は牛飼いである牽牛、五色の糸は天界の織子である織女の意味に違いないが、そもそもそれらを刀の拵えにあしらうとは、「梶」と「鍛冶」を重ねあわせた洒落であろうか。

「それは、普明院《ふみょういん》さまもさぞお喜びになられましょう」

　静馬は辞を低くして、相槌を打った。すると重蔵は軽く目を眇《すが》め、「さあ、どうであろう」と気乗りせぬ風で言った。

「寺への仕官が決まり、初めて御前と普明院さまにお目通りを許された折、腰のものに目を止められたためご説明申し上げたのだが、よもや六年が経った今でも覚えておられるとは思わなんだ。こんなことであれば研師の下に預けっぱなしなどにせず、もっと早くに手離しておくべきだったたな」

　どうやら重蔵はずいぶんな歳月、研師に太刀を預け続けているらしい。

　幾ら御用に大小が要らぬとはいえ、大事な佩刀をそうも長く手元から離すのは珍しい。

理由があるのかと思いはしたが、これで話は済んだとばかり足を急がせるその横顔は堅く、およそ気軽に問いただせる気配ではない。

もしこれが静馬一人であれば、松尾屋での用事を早々に済ませて櫛笥家に回り、源左衛門と落ち合いもできた。だがこんな気ぶっせいな重蔵が相手では、櫛笥家に寄ろうなぞとは言い辛い。それはつまり帰路もまた、この重蔵と道連れになるということだ。

そうと分かっていれば、織部の許しを後回しにして、勝手に松尾屋に行くべきだった。静馬は重蔵の背を見つめ、こっそり息をついた。

青葉を眩しく光らせる糺《ただす》の森を右に眺めながら鴨川を渡れば、そこはご禁裏を取り巻く公家町の入口。白砂の撒かれた往来を横切ると、二人は寺町筋をまっすぐ南へと下がった。下御霊《しもごりょう》社の森を回り込むように辻を折れ、そのまま堀川筋へと向かった。

このところの干天のせいか、普段、清らかな水が滔々と流れる堀川は、ところどころ川石が見えるほどに痩せている。鷺《さぎ》が一羽、わずかに残った水流のただなかに一本足で立ち、真っ黒な眸を川面に落としていた。

橋の上からそれを眺めていた五、六歳の男児が、「なあ。あの鳥、お魚、いつ捕《と》るんや」と傍らの母親の袖を引いた。

「しっ、静かにしといたげ。今に捕らはるさかい」

「けど、一向に動かへんで。なあ、石でも投げてみよか」

言うなり、子どもが足元の石を拾い上げる。母親はその手を慌てて摑み、「そないなこと、したらあかん」と目を尖らせた。

「この間も教えたやろ。七夕の夜は、一本しか足のない恐ろしい鬼が悪い病を流行《はや》らせに出てくるんや。もしかしたら一本足で立ってるあの鳥は、その鬼の化身かもしれへんえ」

別に母親からすれば、魚を狙う鷺などどうでもよかったのだろう。ただ、鷺から数間離れた川岸では、髭面の染め職人が二人、藍に染めた反物を堀川の流れで洗っている。息子の投げた石が職人たちに当たり、悶着になるのを恐れたのに違いなかった。

「鬼、鬼は、わし、いやや――」

母親の険しい口調に、子どもが顔をくしゃくしゃにして泣き出す。あまりに怯えきった泣き面に、静馬は笑いを嚙み殺した。

ふと傍らを見れば、重蔵は薄い唇を真一文字に引き結び、冷たい眼差しを橋の上の母子に向けている。静馬の視線に気づいたように顔を背け、「一本足の鬼と聞こえたが」と呟いた。

「京の都には、そんな言い伝えがあるのか。初めて聞くな」

ああ、と静馬はうなずいた。元・備中新見藩京屋敷詰の武士となれば、重蔵の生国は山陽。京の伝承や言い伝えに詳しくないのももっともである。

「須賀沼さまのお国では、七夕の日には何を召しあがりますか」

「特に何という定めはなかったな。ただ星を見て、蚕や牛が育つよう祈っただけだ。比丘尼御所や宮中では必ず七月七日の夜に素麺を食べるのだな」

「ええ。畏《おそ》れ多くも天朝さまも、同じものを召しあがられるとうかがっております。本来は一本足の鬼を恐れた、古《いにしえ》の唐《から》の風習とか」

唐国ではもう何千年も昔、五帝の一人・高辛氏の子で七月七日に夭逝した男児が、死後、ひとつ足の鬼となって熱病を流行らせたという。そこでかの国の人々は、死児の好物であった索餅を供えて彼を祀り、病を避けようとしたが、この伝承が日本の宮中に伝わり、麦粉を練った索餅を乞巧奠の際に供える風習となった。やがてその索餅が素麺に変化して現在に至っているのだと、静馬はかつて源左衛門から教えられた通りに語った。

「最近では宮中や公家衆に限らず、洛中洛外の衆も七夕の夜に素麺を食べるようになったとか。もしかしたらそのうちお国でも、素麺を召しあがる日が来るかもしれません」

静馬としては京の風習を知らなかった重蔵に気を遣って、そう付け加えたつもりだった。しかし重蔵はあからさまに顔を強張らせると、「そんなことは知らん」とそっぽを向いた。そのまま足音も高く、堀川にかかる橋を渡って行った。

その後ろ姿に漂う不機嫌ぶりに、静馬はぽかんと口を開けた。

重蔵と親しく言葉を交わしたことはこれまで数えるほどしかないが、こんなに不機嫌になられたのは初めてだ。そんなに自分が嫌いなら、最初から同行を拒めばよかろうに。とはいえそんな憤懣《ふんまん》を言葉に出来るほど、静馬は肝が太くない。こみ上げる溜息を押し殺して重蔵の後を追えば、その厳《いか》つい背は静馬を顧みもせぬまま、一軒の商家へと入って行った。

——御刀浄拭

と染め抜かれた紺色の暖簾《のれん》が、その門口で揺れている。

後に従うべきかと迷う間もなく、重蔵が古びた錦の刀袋を小脇に抱えて往来に出て来る。立ちすくむ静馬に、「行くぞ」と短く言って歩き出した。

京の都のほぼ中央を東西に貫く三条通は、東は東海道に、西は山ノ内を経て嵐山へと至る目抜き通り。それだけに炒りつけるが如き陽射しにもかかわらず、大路には大勢の男女が往き来し、歩きづらいことこの上ない。

重蔵はそんな人々の間を縫うようにして、速足で東へ歩いていく。その忙しさはおよそ静馬のことを考えているとは思いがたく、そのまま三条堀川の松尾屋の前すら過ぎてしまうほどだ。

「お待ちください、須賀沼さま。松尾屋はここでございます」

とあわてて呼びかけ、静馬は松尾屋の軒下へ飛び込んだ。

「すぐに御用を果たして参ります。しばしお待ちのほどを」

足を止めた重蔵に叫んで、小僧たちが走り回る店内へと身を翻す。顔見知りの手代が「これは林丘寺さまの」と小腰を屈めるのに、素麺を急いで寺に運んで欲しい旨を口早に伝えた。

「承知いたしました。ではこれよりすぐにお持ちいたしましょう。今宵は七夕。幸い、綺麗に星が見えそうな上天気でございますなあ」

その他の得意先からも素麺の注文を受けていると見え、上がり框には木箱がうずたかく積み上げられている。

「よしなに頼む。くれぐれも急いでくれよ」

しつこいほど念押しして店を出れば、重蔵は日の射しこまぬ軒下に突っ立って、繁華な往来に目を向けていた。静馬の姿を見るや、抱えた刀袋を大きく持ち直した。

「用は済んだな。では帰るぞ」

寄り道をするつもりなぞ、さらさらないらしい。静馬の応えも待たず、袴の裾を揺らして重蔵が歩き出したその時である。

「重蔵さまではございませんか」

大路の真ん中で、甲高い声が上がった。見ればどことなく野暮ったい高島田髷《たかしまだ》の若い女が、人波のただなかで目を丸くしている。荷物を背負った中間《ちゆうげん》が従っているところからして、どうやら武家の娘らしい。

　二条城周辺には各藩の京藩邸が軒を連ね、そういえば東堀川三条の北には、備中新見藩京屋敷も構えられていたはず。もしや重蔵が関家ご家中であった折の縁者では、と思い至ってかたわらを仰ぎ、静馬は息を飲んだ。

　重蔵の横顔は幽霊に遭いでもしたかのように青ざめ、薄い唇の端がわなわなと震えている。刀袋を抱えた拳が節が白くなるほど握り締められているのが、妙にはっきりと目を射た。

「お――お人違いでございましょう。それがしはさような名ではございません」

　言い捨てるなり、重蔵は踵《きびす》を返した。その途端、女の後ろに従っていた老中間が駆け出し、ばっと両手を広げて重蔵の前に立ちふさがった。

　喜助《きすけ》、と重蔵がうめく。女はそんな重蔵に走り寄って両手でその袖を摑み、「京にいらしたのですね」と叫んだ。

「重蔵さまほどのお方が、浪々の身となられるはずがない。必ずやいずこかに仕官なさるはずと思うてはおりましたが、よもや京においでだったとは。わたくし、迂闊《うかつ》にも考えてもおりませんでした」

　女の丸い顔は紅潮し、口調は他所目を憚る気配もなく高い。

　老若男女行き交う雑踏のただなか、立ちすくむ侍とそれにすがりつく武家娘の姿に、そこここから好奇の目が投げられる。静馬はあわてて、二人の間に割って入った。

「どなたかは存じませんが、人目もございます。まずは場所を移られてはいかがでしょうか」

女は不審なものを見る目で、静馬を眺めまわした。しかしすぐに喜助と呼ばれた中間と目を見交わし、「それでしたら、ご藩邸が目と鼻の先でございます。須賀沼さまもさぞお懐かしゅうございましょう」と踵を返そうとした。

「いいや、断る」

重蔵は女の言葉をさえぎって、摑まれていた袖を強く引いた。思いがけぬ挙措《きょそ》によろめいた女の肩を、中間があわてて支えた。

「私は話なぞ、特にない。ここで以勢《いせ》どのと会うたのも何かの縁ではあろうが、これ以上関わり合うても、お互い繰《く》り言が募るだけだ」

「繰り言、繰り言と仰せですか――」

女の目尻がきっとつり上がった。黒目の勝った双眸が、雲母《きら》を刷いたように底光りした。

「なんと冷たいことを仰せられるのです。この以勢は仮にも一時は、重蔵さまの義妹だった身でございますよ。それがお話ししたいと言っておりますのに、かような申されようは情けのうございます」

重蔵と以勢と呼ばれた女の顔を、静馬は驚いて見比べた。言葉を連ねるほどに興奮が慕ったのか、以勢はそんな静馬や四囲の好奇の目にはお構いなしに、「孝之進《こうのしん》どのは」と声を荒げた。

「今年、十三歳になられました。足は相変わらずでございますが、立派な若者にお育ちでございます」

「ああ、そうか。みな、息災であれば、なによりだ」

さして関心のない口調で、重蔵が応じる。以勢の眼に満ちる光が、ますます強くなった。

「息災でございますと。あなたさまがそれを仰るのですか。重蔵さまが我が家を出られてからこの方、お城下の者たちは、それ、あれが婿に逃げられた家だと悪口三昧。孝之進どのとて儘《まま》にならぬお身体で、どれだけ悔しい思いをなさったか」

一歩詰め寄ろうとした以勢の目が、重蔵が小脇に抱えた刀袋に釘づけになった。

「それはもしかして」

重蔵は以勢の視線を追って、己の腕の中に目を落とした。すぐに観念した様子で、

「ああ」とうなずいた。

「私が芳沢《よしざわ》の家に婿入りした折、お義父上からいただいた七夕尽くしの太刀だ」

「なんですと。我が家を逃げ出された後も、刀だけは後生大事にお持ちだったのですか」

「別に持たくて持っておるわけではない。お義父上にお返しし損ね、さりとて勝手に売り飛ばすわけにもいかず、いまだわがものとしていただけだ」

「か――返して、お返しくださいッ。その刀は、芳沢の家にこそあるべき品。重蔵さまがお持ちになるべきではございませぬッ」

淡々とした口調の重蔵を遮って喚《わめ》く以勢を、傍らの中間が留めようとする。

重蔵はそんな喜助を眼で制し、「確かにその通りだ」と呟いた。古びた刀袋を片手で摑み、それを以勢の胸元にぐいと突き付けた。

「以勢どのの仰る通り、これは本来、私が持つべきものではない。手離さねばと思っていた最中、ここで会うたのも何かの因縁。是非、お返しさせていただこう」

震える手で、以勢が刀袋を受け取る。なにか言いかけようとするのを振り切るように、重蔵は荒々しく踵を返した。物見高く集まってきた野次馬のただなかに飛び込み、そのまま脱兎の勢いで往来を駆け出した。

思いがけない出来事に、静馬はどうしたものかと四囲を見廻した。しかし下手にこの場に留まっては、この主従から何を聞きほじられるか分かったものではないと気づき、すぐに重蔵を追って駆け出した。

顧みれば以勢は中間に腕を支えられたまま、凝然と重蔵を見送っている。

乾き切った土の色に似た白い顔の中で、あまりに強いその眼差しは、夜空の星明かりにどこか似ていた。

三

　雑踏の中でも見失わぬよう懸命に眼を凝らしていたが、武芸全般に優れた重蔵にそうたやすく追いつけるはずがない。あっという間に姿を見失い、静馬は足を止めて頭を掻きむしった。

　現在四十路の重蔵が林丘寺に仕官したのは、六年前。年齢から考えると、国元に家族があったとしても何の奇妙もない。しかし先ほどの以勢と重蔵のやり取りには、敵《かたき》への憎悪に似た禍々しさすら漂っていた。

（しかも乞巧奠に飾るはずの太刀すら渡してしまうとは、いったいどうなさったのだ）

　とはいえここで思い悩んだところで、静馬には何も出来はしない。幸い自分の勤めは、すでに終わっている。今は林丘寺に戻るのが先決だと決め、静馬はそのまま三条大橋を東へと渡った。鴨川の堤を一散に北へと上り、川伝いに修学院村へと駆け戻った。

　道中、以勢の燃えるような眼差しがたびたび脳裏に浮かび、思わず背後を振り返る。川中で魚を探していた鷺が、円《つぶ》らな目をそんな静馬にじっと向けていた。

　二人のやりとりから察するに、重蔵は一時期、以勢の姉を娶《めと》り、その家に婿入りしていたらしい。禄《ろく》を離れた際の役目が京屋敷詰だったと考えれば、婚家には無断で致仕《ちし》し、行方をくらましたのだろう。

とはいえあの堅物の重蔵が、なんの理由もなく出奔《しゅっぽん》するとは思いがたい。何が原因だったのだろうと思い悩みつつ寺に戻れば、侍小屋はがらんと静まり返っている。代わりに御清所が妙にやかましい気がして板戸を開け、静馬は目をしばたたいた。

相役の滝山与五郎が上がり框に腰を下ろし、顔を真っ赤にして素麺をすりこんでいる。その傍らには空っぽの木椀が五、六客、無造作に重ねられていた。

「それ、まだ若いのじゃから、あと一、二膳は食べられよう。遠慮はいらぬぞ」

「そうよ、そうよ。せっかく作ったんだから、どんどん食べてちょうだい」

円座に座る嶺雲の促しに応じて、浄訓が新たな椀を与五郎の膝先に置く。その背後では円照が気遣わしげな面もちで、残る素麺の椀と与五郎の顔を見比べていた。

静馬が素麺の木箱をひっくりかえした時、御清所ではすでに十数杯分の素麺が拵えられていた。表の御内のうち、源左衛門と重蔵、それに自分が外出してしまった以上、残るは与五郎と松浦織部の二人のみ。それだけに女たちはとりあえず余ってしまった素麺を、若い与五郎に片付けさせようとしているわけだ。

「おお、静馬。戻ったか」

嶺雲が戸口に立った静馬に気付き、顔を明るませた。

「わざわざの使い、ご苦労やったなあ。そもじもお昼の供御はまだじゃろう。さあ、食べなされ」

嶺雲の手招きに応じて尼たちに近付こうとして、静馬は足を止めた。視界の隅をひょろりとした人影がよぎったからだ。

唇を強く引き結んだ重蔵が、激しく肩を上下させながら今しも侍小屋に入って行こうとしている。足元を土埃に汚し、額を蒼ざめさせたその形相は、追手を恐れる犯科人《はんかにん》そっくりだ。浄訓が折しも手渡そうとしていた素麺の椀を押し戻し、静馬は御清所の外へと走り出た。

「戻っていたのか。早かったな」

額に浮いた脂汗を、重蔵は手の甲で拭った。人気のない侍小屋を見回し、草履を脱ごうとした。

「御家司さまは表に伺候《しこう》なさっているようだな」

「え、ええ。そのようです。あの須賀沼さま。もしよろしければ、素麺をお上がりになりませんか。中通さまや見習い尼たちが、今宵の支度かたがた拵えてくれたものでございます」

「素麺だと」

静馬を睨みつける双眸は、真っ赤に血走っている。静馬は我知らず、一歩、後じさった。

「これは面白い。そういえば先ほどおぬし、京では素麵は一本足の鬼の好物と伝えられているると申したな」

「はい。確かに」

「よし、わかった。食ろうてやろうではないか」

重蔵は肉の薄い頰に、暗い笑みを浮かべた。袴の裾を乱して御清所に踏み入ると、上がり框の嶺雲に向かい、「失礼いたします」と低頭した。

「素麵を下されるとのこと。ありがたく頂戴いたしたく存じます」

重蔵の口ぶりに不穏なものを感じたのか、嶺雲は丸く整えられた眉を強く寄せた。素麵の椀に白木の箸を添えながら、上目遣いに重蔵の様子をうかがった、その時である。

「おやまあ、これはまた素麵《ぞろ》を仰山《ぎょうさん》、拵えあらしゃったなあ」

澄んだ声が御清所に響き渡った。顧みれば、奥の御殿に至る杉戸の向こうに小柄な影が差し、その背後に紋付袴に威儀を正した松浦織部が従っている。

「これは普明院さん」

あわてて嶺雲が円座から降りる。軽く手を振ってそれを留め、「ああ、かまやせん。そのまま、そのまま」と普明院元瑶はにこやかに笑った。

「何や、静馬と重蔵は二人ともおみおからだ（身体）が埃まみれであらしゃるなあ。どこぞにおいであそばされて（出かけて）あらしゃったのか」

「へえ、普明院さん。静馬は三条堀川の乾物屋まで素麺の注文に行ってくれましたのや」

嶺雲が両手を床について、説明する。その傍らから松浦織部が、「また須賀沼は、静馬とともに下京の研屋に参っておりましてな」とつけ加えた。

「以前、普明院さまにもお目にかけた後藤光重の太刀を、今夜の儀式で飾ることになっております。盛儀にさぞや花を添えてくれましょう」

「さようか。それは楽しみであらしゃる。一度見せてもろうただけやけど、あれはほんにきらきらしいおこしのもの（刀）であらしゃったからな」

「その件ですが、松浦さま」

重蔵が低い声で口を挟んだとき、総門の方角が騒がしくなった。馬の嘶《いなな》きや大勢が石段を登る足音が交錯したかと思うと、「ただいま戻りましてございます」という梶江源左衛門の声が御清所の外で響いた。

「おお、こっちだ。こっちだ、源左衛門。早かったではないか」

織部の呼びかけに、侍小屋に向かおうとしていた源左衛門が足を止める。板の間に普明院元瑶がちんまり座っているのに気づき、あわてて御清所に駆け込んできた。

「櫛笥の殿さん（櫛笥家の主）の下に参じてあらしゃった（行ってきた）んやな。それ

た。

元瑶直々のねぎらいに、源左衛門は「畏れ多いお言葉でございます」と深々と低頭し

「実は御世話卿さまに今宵の件をお伝えしたところ、早速、飛鳥井の少将さまに使いを送って下さいました。つきましてはただいま飛鳥井家の家令がたが、今宵の鞠壺《まりつぼ》（蹴鞠をする場所）を定めにお越しでございます」

なるほど先ほどの喧騒は、飛鳥井家の者たちのものか。得心顔になった一同をおもむろに見回し、「ただ」と源左衛門は声を低めた。

「いま、ご門前に戻ったところ、妙な女子《おなご》に声をかけられました。関備前守さまの御家中の者と名乗り、ここにおいでの須賀沼重蔵さまにお目にかからせて欲しいとしつこく申しております」

静馬は腰を浮かせた。とっさに顧みた重蔵の顔は、先ほどよりも更に血の気を失っている。しまった、という呟きがおのずと唇をついた。

松尾屋だ。先ほど以勢と出会う直前、自分は松尾屋の手代に送られて外に出て来た。それを見ていた以勢は、あの後、松尾屋に静馬と重蔵がどこの者か問いただしたのに違いない。

静馬と重蔵の表情に、異変を感じたのだろう。「洛中で、なにかあったのか」と織部

が問う。その途端、重蔵がいきなり土間に両手を突いた。

「申し訳ありませんッ」

と大音声で叫び、額を地面にこすりつけた。

「先ほど洛中にて、私がかつて婿入りしておりました芳沢家の妹娘と、たまたま行き逢ってしまいました。おそらくは私があの家を捨てた怨みを述べんと、ここまで追ってきたのでございましょう」

その途端、軽い衣擦れの音を立てて、嶺雲が円座から立ち上がった。「円照、浄訓。行きますぞ」と見習い尼をうながして、御清所から出ていく。

もともと表の侍と奥の尼たちは、その勤めにおいて大きく異なる。それだけに双方の者の事情に立ち入るのは、本来慎むべき話。ましてや仕官以前の過去がらみともなれば、なおさらである。

本来であれば静馬のような青侍もまた、席を外すべきなのかもしれない。しかし頭ではそう考えつつも、静馬の足は土間に縫い付けられたように動かなかった。

重蔵と芳沢家なる家との間に、何があったのかは分からない。だがもしかしたらこの男もまたかつての自分同様、何かから逃げ出し、いまだ激しい葛藤のただなかに在るのではないかという気がした。

「待て、重蔵。おぬし、わしには婿入り先の父母と反りが合わず、先方より離縁されたと言わなかったか」

　重蔵が林丘寺に仕官することになったのは、彼が致仕後に寄寓した西山の禅寺の住持が松浦織部の遠縁であったのが縁と聞いている。しかしながらそんな織部ですら、重蔵から真実を告げられてはいなかったと見え、その横顔には驚愕の色がありありと浮かんでいた。

「申し訳ございません。それがし、御寺の皆さまを欺《あざむ》いており申した。それがしが芳沢の家を出たのは、それがしより妻を離縁してのこと。いえ、芳沢の家を離れ、そのまま出奔せんと思えばこそ、それがしは京屋敷詰を願い出たのでございます」

　どういうことだと問いただそうとする織部を、元瑶が「まあ、待たりゃしゃれ」と制した。

「重蔵の詮議は、後でもさわりはあらしゃらへんやろ。それよりもすかすか（急ぎ）の御用は、そのお御寮《ごりよう》（娘御）や」

　これ、重蔵、と元瑶は土間に額《ぬか》ずいた背に柔らかな笑みを投げた。

「そもじが何を隠してあらしゃろうと、こなたは別にきょくんなお事（驚き）にはならしゃらへん。そもじがこの寺に来やってから、すでに六年。その間、陰日向のう仕えてくれたのは、こなたもようわきまえて（理解して）いるからなあ」

　ただ、と元瑶は小さな顎先に手を当てた。考え込むように目を宙に浮かせ、「この寺の者やないお御寮がそれでおさわりさんのお事や（困っている）となれば、話は別や」と続けた。

「僧尼とは古来、いたいたしい（弱い）者を助け、手《みて》を差し伸べるが勤め。事情はどうあれ、この寺にごわしゃった（お出でになった）者に知らんお顔をするわけにはいかしゃらぬわなあ」

「いま門前に来ている娘御が用があるのは、それがしでございます。普明院さまにご迷惑はおかけできません」

「黙っしゃれ、重蔵」

手にしていた中啓《ちゆうけい》の先で元瑶が床を打つ。はっと低頭した重蔵の背に向かい、「そもじはこの寺の御近習であらしゃります」とぴしゃりと言い放った。

「そないな口を利くお暇があらしゃったら、尼たちを手伝うてあがりゃしゃれ。知っての通り夕もじ（今夜）は七夕で、奥の尼は支度でおふたふた（大忙し）。あと二刻もすれば、お客人もぎょうさんお越しにならしゃる。御近習の勤めは、寺を支えることであらしゃろ。――これ、静馬」

　急に名を呼ばれ、静馬はあわてて「はい」と居ずまいを正した。

「そもじ、ご門を出ましゃって（出て）、そのお御寮を葉山観音堂にお連れならしゃれ。こなたがおめもじ（面会）してつかわそうほどに」

元瑶のお節介は、決して今に始まったことではない。なにせかつては寺で孤児の養育まで行っていた元瑶がいればこそ、今の静馬も存在し得るのだ。

だがあのように喚き立てるばかりの以勢が、元瑶と会って態度を改めるだろうか。ならばいっそこのまま門を閉ざし、須賀沼重蔵などという男は当寺におらぬと告げた方がいいのでは。

(――いや)

違う。それでは、駄目だ。

仔細はまだ不明ながら、重蔵は婚家から逃げ、嘘に嘘を重ねてこの六年を過ごしてきた。逃げるばかりの日々がどれほど人の心を蝕《むしば》み、深い傷を作るか、それは他ならぬ自分がよく知っている。

天窓から差し入る陽が、重蔵の震える肩を柔らかく照らしている。それを温かくも厳しい元瑶の声音の如く感じながら、静馬は御清所を飛び出した。

四

くぐり戸から顔をのぞかせた静馬を見るや、以勢ははっと頰を強張らせた。やはり、と唇だけで呟き、「重蔵さまはどこにいるのです」と眉を吊り上げた。

松尾屋で林丘寺の名を聞き、その足でここまで訪ねてきたのであろう。以勢の腕には先ほど重蔵が与えた刀袋が、しっかりと抱え込まれていた。

「それは私からは申し上げられませぬ。それより、当寺の前住持でいらっしゃる普明院元瑶さまがお目にかかると仰せです」

この寺がどういう寺院なのかという知識は、持ち合わせているのだろう。以勢は急に顔つきに怯えをにじませ、かたわらの喜助を振り返った。だがすぐに刀袋を抱いた手に力を込め、思い詰めた様子で眦《まなじり》を決した。

「わかりました。それで重蔵さまにお目にかかれるのであれば、仰せの通りにいたしましょう」

では、と二人を招き入れた寺内は、すでにいたるところに幕が巡らされ、尼や櫛笥家の家令たちが慌ただしげに走り回っている。

御客殿の南庭には莚《むしろ》が敷かれ、豪奢な朱漆塗《しゅうるしぬり》の机が四基、四方を向いて据えられている。南向きの机には、茄子、桃、大豆、干鯛、その隣には琵琶や琴といった楽器、残る二基には五色の糸や薄絁《うすぬの》、木綿や祭具が並べられ、それだけでも目を奪われるほどの華やかさだ。螺鈿《らでん》が蒔かれた火取がその周囲に配され、池の対岸に目をやれば、飛鳥井家の門人と覚しき男たちが鞠壺を拵えるため、四囲に垣を巡らせている。

寺外からは想像の出来ぬ賑やかさに、以勢は目を丸くした。そうすると年相応の華やぎが小柄な身体に匂い立ち、腕の中の刀袋がひどく不釣り合いと映った。

　仏堂へと至る登り廊下（渡り廊下）の下をくぐり、御蔵の脇から石段を降りる。なるべく人目につかぬよう堂宇の間を縫って、葉山観音堂へと向かった。

「普明院さま、お連れいたしました」

　木漏れ陽の降り注ぐ杉木立を通り抜ければ、驚いたことに観音堂の庭に元瑶が手ずから蓆を敷き、小机を運ぼうとしている。静馬はあわててそのかたわらに走り寄った。

　広縁にはすでに壺に投げ入れられた種々の花や蔬菜《そさい》、塗りの角盥《つのだらい》などが並べられている。花はその辺りで摘んできたと思しき野の花だし、胡瓜や茄子は虫食い跡が目立つが、どうやら元瑶はこの別院でも乞巧奠の支度を整えるつもりと見える。御客殿の南庭のそれに比べればはるかに質素な分、温かみのある設えであった。

「こういうことは、我々にお任せください。どうぞ元瑶さまはお座りを」

「なんや、おはやばやであらしゃるな。それやったら、静馬。ご仏前に置いてあるあの小刀《おそえこ》だけ、先に机《おしまつき》に載せてあそばせ」

「はい、ただいま」

　一礼して広縁から観音堂に上がり、静馬は広間に安置された小仏に膝行《しっこう》した。御像に軽く手を合わせてから、その前に捧げられた脇差を取り上げた。

　地味な黒漆塗の鞘が木瓜形《もっこうがた》の透かし鍔と相まって、静謐《せいひつ》な気配を漂わせている。獅子か、それとも虎か。縁頭に彫り込まれた獣の目が、まるで命あるものの如く小さくきらめいた。

「おお、すまぬなあ」

以勢は柴折戸《しおりど》の際に立ったまま、二人のやりとりを困惑した面持ちで眺めていた。だが静馬が小机の上に脇差を置こうとした刹那、その口から「あっ」という声が漏れた。

「そ、それは」

止める間もなく駆け寄ってきた以勢が、抱えていた刀袋を小机の端に置く。静馬は咄《とっ》嗟《さ》に、「何をするッ」と叫んでその腕を摑もうとした。しかしその瞬間、元瑶が鋭い声で「お好きさん（好き）におさせならしゃれ」と命じた。

驚いて手を止めた静馬にはお構いなしに、以勢は小机の脇差を両手で押し頂いた。あわただしく自らの手の中に目を走らせ、薄い肩をなにかに耐えるかのように大きく上下させた。

「そもじの知る刀と、似てあらしゃるか」

「は、はい」

元瑶の問いに幾度もうなずき、以勢は脇差を握る手に力を込めた。

「ですがよくよく見れば、細かなところが異なるようでございます。我が家の太刀の鍔は透かし鍔ではなく鉄地丸鍔でございますし、目貫も同じ牛ですが、こちらは犂《すき》をつけておいでです」

言いながら、以勢は刀袋の緒を手早く解き始めた。その中から現れた太刀に静馬は目を見開いた。

似ている。以勢が言う通り、鍔はまったく種類が異なるし、手入れがよいのか、鞘の漆の色も太刀の方がよっぽど冴え冴えとしている。しかし瀟洒《しょうしゃ》でありながら凜としたその拵えは、目の前の脇差と似通った雰囲気を有していた。

以勢の手から受け取った太刀に目を落とし、「さすがは名匠と呼ばれた後藤光重であらしゃるなあ」と元瑶はしみじみとうなずいた。

「これなるおわきがたなは、かれこれ三十年以上昔にお父《もう》さんが、嵯峨での出家が決まったこなたに、餞《むまのはなむけ》別として進ぜられた（下賜した）品であらしゃる」

緋宮《あけのみや》と呼ばれていた元瑶が、病臥中の父・後水尾上皇の平癒を祈って出家したのは、延宝八年の七月五日。乞巧奠を翌々日に控えての出離を憐れんだのだろう。上皇は「せめてこれを」と、守り刀としていた脇差を下さったのだ、と元瑶は語った。

「実はなあ、以勢とやら。こなたは六年前、重蔵が初めてこの寺に来やった折、こなたのおわきがたなとよう似たきゃもじな（美しい）おこしのものを佩びてあらしゃると思い、嬉しくならしゃったのや。後藤光重の拵え、それも七夕尽くしやな、と声をかけたこなたに、重蔵はちょっとおさわりさんな（困った）顔をしやったわい。そのとき、重蔵がなんと言わしゃったかも、一言一句、忘れられぬままや」

――それがしにはいささか荷が重い品でございます。何せ存知寄りの織女は、きっとそれがしをさぞ憎んでいるに違いありませぬもので。

初めての目通りの折であっただけに、早口で呟かれたその言葉がひどくひっかかってならなかった、と元瑶は続けた。

「それは……まことでございますか」

蓆に膝をついたまま、以勢が元瑶を仰ぐ。その頬にははっきりと困惑が刻まれていた。

「そうや。先ほどちらと重蔵から聞いたが、きゃつ（あ奴）はそもじの姉御を勝手に離縁し、そのままお家を離れたそうやなあ。いったいどういう次第でそないなことになったのか、こなたに話してみようとは思わぬか」

「お尋ねくださり、御礼申し上げます。ただ、次第もなにも、わたくしどもにも正直よく分からぬのです」

以勢の生家・芳沢家は、備中新見藩御納戸役五十石取り。男児に恵まれなかったため、藩主の許しを得て、遠縁・須賀沼家の三男である重蔵を長女の駒緒《こまお》の婿に取り、家督を継がせたのであった。

真面目な重蔵は上役の覚えもめでたく、間もなく嫡子の孝之進が生まれたこともあって、その家内は当初、平穏であった。しかし九年前、当時四つだった孝之進が熱病が元で右足を悪くした頃から、家に暗い影が兆し始めた、と以勢は語った。

「もともと重蔵さまはお役目に熱心で、ご多忙な折は御城にお泊まりになられる折も頻繁でございました。ですが孝之進どのの足がほとんど動かなくなられてからは、それが更に繁くなられたのです」

幸い孝之進は真っすぐな気性で、六歳の春からは周囲の目も意に介さずに杖で藩校に通い、必死に学問を修め始めた。しかしそんな孝之進の成長をよそに、重蔵は昼夜を問わずお役目に打ち込み、遂には義父にも相談なく、京屋敷詰を願い出たのであった。

「これにはさすがの姉も仰天して、重蔵さまを詰《なじ》ったそうです。ですが重蔵さまは女は黙っていろとお怒りになられた挙句、結局その翌年、京に赴いてしまわれたのです」

しかも、早ければ二年、長くても四年で帰国しようと考えていた芳沢家に間もなくもたらされたのは、重蔵が大目付に致仕を願い、京藩邸から出奔したとの知らせだった。

「姉の下には、それと前後して離縁状が届きました。驚いて大目付さまに伺ったところによれば、義兄は芳沢家の跡目はひとまず遠縁に継がせ、孝之進どのが長じたあかつきにはそちらに譲らせていただきたいと申していたとか。大目付さまも薄々、重蔵さまのご様子がおかしいとご存じだったのでしょう。何くれとなくご配慮を賜ったおかげで、家名にまで傷はつかずに済んだのですが――」

駒緒を始めとする芳沢家の者たちが、それで納得できるはずがない。中間の喜助を折ごとに京に遣わしたり、重蔵の旧友を訪ね歩かせて、この六年、その行方を探し求めていたという。

「わたくしが京に参ったのは、十日前。元服が決まった孝之進どののおみ足の平癒を願い、本願寺に御参詣するためでございます」

「では、孝之進どのとやらのお足《すそ》は、いまだお悪いのじゃな」

元瑶に問われ、以勢は表情を曇らせた。

「はい、それさえなければ学問に明るい健やかなお子なのですが。ありがたいことに大目付さまがその知恵を惜しんで下さり、家督相続のあかつきには証文所役（記録係）にお役目替えを仰せ付けてくださるそうでございます」

「それはお悦びさんな（喜ばしい）お話であらっしゃるなあ」

以勢は小さくうなずいてから、目元をきっと険しくした。

「ですが、わたくしは——芳沢の家の者は、どうしても得心できぬのです。なぜ重蔵さまは弊履《へいり》を捨つるがごとく、我らをお捨てになられたのでしょう。これでは姉や甥が、どうにも気の毒でなりません。我らには何も申しませんが、藩校の同門がたは孝之進どのを事あるごとにからかい、ひとつ足だのなんだのとひどい陰口を叩いているとやら。せめて重蔵さまさえいて下されば、孝之進どのとてどれほど心強いか知れませぬのに」

この時、御座所の方角が不意に騒がしくなった。「アリ」「ヤァ」という掛け声がそのざわめきに混じっているところからして、飛鳥井家の者たちが鞠壺を作り終え、試しに蹴鞠を始めたのだ。

いずれ広い庭には香が焚かれ、御清所で浄訓と円照が額に汗しながら御膳の支度を始めるのだろう。ああ、そういえば松尾屋の手代はすでに、素麺を運んできたのだろうか。

（ひとつ足――）

堀川にかかる橋の上で、泣く男児を見つめていた重蔵の横顔が甦る。あの時、一本足の鬼の話を聞くや、重蔵は顔を強張らせて足を急がせた。

もし重蔵が芳沢家の者たちをどうでもよいと思っているなら、自分がなにを語ろうとも、眉一筋動かさなかっただろう。

重蔵がかつて元瑶に語った、存知寄りの織女。それはおそらく、離縁した妻のことだ。そして重蔵はそれから六年を経ながらも、足の悪い息子の身を心のどこかで気にかけている。重蔵にとってひとつ足の鬼とはすなわち、自らの息子なのではないか。

「あ、あの」

静馬はひと膝、以勢ににじり寄った。

「須賀沼さまは恐ろしくなってしまわれたのではないでしょうか」

「なんですと」

以勢が凄まじい勢いでこちらを振り返る。その険しい眼差しに負けるまいと、静馬は言葉を継いだ。

「以勢さまが仰せの通り、須賀沼さまはそれはそれは真面目なお方です。この寺でも、時に御家司さまが呆れてしまわれるほどに」

望まれて婿入りした芳沢家。お役目を果たさねばと気負っていた矢先の跡取り息子の病に、重蔵はさぞかし狼狽しただろう。もし婿となったのが自分でなければ、芳沢家にこんな災難は降りかからなかったかもしれない。そう思えば思うほど重蔵はいたたまれず、ついに京藩邸詰を切望した挙句、出奔に踏み切ったのでは。

「須賀沼さまがただ勝手な方であれば、ご自分が当主になられたあと、御家の跡目がどうなろうとも、気にかけられなかったでしょう。須賀沼さまは芳沢家を大切に思えばこそ、己がいてはならぬとお考えになったのではないでしょうか」

大目付が孝之進に便宜を計らうのは、父に去られた境涯を哀れめばこそだ。つまり重蔵は婿である我が身よりも、芳沢家そのものを大切に思えばこそ、誰にも黙って禄を離れたのでは、と静馬は説いた。

「無論、そのお計らいが言葉足らずだったことは否めませぬ。ですが須賀沼さまはその時は、かように計らうしかないと思い定めていらしたのです」

そんな、という呟きとともに、以勢の大きな目が見る見る潤む。それをぐいと手の甲で拭い、以勢は唇を噛み締めた。

「それが……それが真であれば、重蔵さまは勝手です。愚か者ですッ」

そう怒る以勢の気持ちも、あまりに深く物事を考え過ぎた挙句、逃げ出さずにはいられなかった重蔵の心持ちも、どちらも静馬にはよく分かる。双方の思いもともに、静馬の胸裏に宿っているものだからだ。

重蔵が林丘寺に来てから、丸六年。その気になれば、七夕尽くしの太刀を手離す機会は幾らでもあった。

七月七日の夜、牽牛と織女は年に一度の邂逅《かいこう》を果たす。もしかしたら重蔵は研師に預けっぱなしであれ、この太刀を手許に置き続けることで、二度と架からぬ——いや、架けてはならぬ己と芳沢家の間の打橋を淡く夢見続けていたのではないか。

元瑶が静かに以勢の傍らに歩み寄り、震える背を小さく撫でる。その以勢の手に握り締められたままの、七夕尽くしの太刀をそっと取り上げた。

「重蔵を許しやれとは言わぬ。されどあの男はあの男なりに苦しみ、むつかり（泣き）もして、この寺におわしゃったはずや」

静馬は以勢の膝先に置かれた刀袋を、元瑶に奉った。太刀を静かに袋に収めるその手元で、目貫の牛がきらりと光った。

「いつかさだめし（必ず）こなたが重蔵を国元にやり、そもじの姉《あもじ》や若殿さん（若主人）にすべてを打ち明けさせて参らしゃろう。それまではどうか、重蔵を許して給わぬか」
「なぜでございます。何故、重蔵さまをそこまで庇《かば》われるのです」

「さてなあ。こなたにもようわかりはせぬ。ただ人の世というものは、辛く苦しいものであらしゃる。そんな中で一所《ひとところ》ぐらい、誰もが逃げ込める場所があってもよろしいんやなかろうか」

「重蔵さまにとって我が家は苦界でいらしたのでしょうか」

「無論、およしよしのことも仰山あらしゃったやろ。それを重蔵が思い出せる日まで、待ってならしゃったらどうや」

以勢の大きな眸が揺らぎ、澄明なものがその頰を伝う。その唇から洩れる歔欷《きょき》を聞きながら、元瑶がこの娘を寺に入れたのは、重蔵のみならず、義兄への恨みに凝り固まった以勢をも助けてやるためだったのでは、と静馬は思った。

乞巧奠の夜は年に一度の牽牛と織女の逢瀬。だとすれば人と人を隔てた川も、この夜ばかりは干上がったとてよいはずだ。

(一所ぐらいか――)

だがその一所に逃げ込んだことが養父母を死に至らせたとすれば、自分はどうすればいいのだろう。

以勢はきっと、重蔵を許すだろう。しかし静馬を許せる者は、もはやこの世にはいない。そう思うと己のぐるりだけが深い淵に切り取られているかのようで、静馬は袴の膝を強く握った。

空の色はいつしか焼かれたような白さを失い、そのただ中を巣に戻ろうとする鷺が飛んでいく。白いその翼が瞬時、陽に翳《かげ》り、まるで天の川に翼を渡すという鵲《かささぎ》の羽の如く黒ずんだ。

今夜、篝火《かがりび》の焚かれた庭から虚空の二星を仰ぎ、重蔵はいったい何を思うのか。その脳裏に浮かぶのが父を恨むひとつ足の鬼ではなく、いつか訪れる出会いを待つ遠い橋の向こうの人々の姿であることを、静馬は祈らずにはいられなかった。

一

三栗《みつぐり》

一

石垣の下に並べられた菊の鉢に、柔らかな陽光が降り注いでいる。その傍らにぱっくり口を開けて転がった栗の毬《いが》を爪先で蹴飛ばし、梶江《かじえ》静馬《しずま》は頭上を仰いだ。

大きく枝を伸ばした栗の木にはまだ幾つもの毬が実り、吹く風につれてゆらゆらと揺れている。あれが落ち、万一、花を損なったら一大事だと考えながら、静馬は管菊《くだぎく》の鉢の脇にしゃがみ込んだ。両足を踏ん張り、径二尺はあろうかという大鉢を抱え上げる。菊花を損なわぬよう顔を背けながら、やはり厚物咲《あつものざき》の菊鉢を運ぼうとしている侍法師《さむらいほうし》の碇監物《いかりけんもつ》に歩み寄った。

「監物さま、これらは例年同様、御庭の池端に並べればよろしいのですか」

「おお、それでよかろう。曇華院《どんげいん》の御前《ごぜん》（住持）さまは、今宵より三日間、当寺にご滞在じゃ。さすればせっかくいただいた菊をもっとも晴れがましき場所に飾らずしては、曇華院さまに申し訳ないでなあ」

花弁が管状の袋咲菊、頭花の部分が盛り上がった盛上丁子《もりあげちょうじ》に花弁の先が大きい茶匙菊《ちゃさじぎく》……色も形も様々な十数鉢の菊は、すべて三条東洞院の比丘尼御所《びくにごしょ》・曇華院の住持である聖祝《しょうしゅく》の手土産であった。

曇華院は、暦応年間（一三三八～四二）、足利義満《あしかがよしみつ》の外祖母・智泉尼《ちせんに》が開創した古刹《こさつ》。一時は無住となったものの、後西《ごさい》天皇の皇女である館宮《たちのみや》こと聖安《しょうあん》の入寺によって再興し、現在は約六百八十石の寺領を有している。

比丘尼御所としての寺格は、大聖寺《だいしょうじ》・宝鏡寺《ほうきょうじ》に次ぐ第三位。同じく皇女を住持にいただく比丘尼御所であっても、創建の新しい林丘寺《りんきゅうじ》なぞ及ぶべくもない由緒正しき大寺である。

今朝、おびただしい供とともに林丘寺を訪ねてきた聖祝は、先帝・東山《ひがしやま》天皇の第四皇女にして林丘寺住持・元秀《げんしゅう》の姪。五年前、聖安の急死を受け、わずか四歳で入寺したうら若き住持である。

元秀はかねて折ごとに年若な聖祝の身を案じ、聖祝もまた十三歳年上の叔母を実の姉のように慕って、秋になると丹精の菊の鉢を携え、修学院村までやってくる。林丘寺に数日間滞在し、近侍《きんじ》の女房衆にうながされてようやく渋々、自らの寺へと戻っていくのであった。

「それにしても監物さま。うちの御前さまの先日来のお風邪の具合は、いかがでらっしゃるのですか」

「まだ時折お咳が出られるらしいが、なにせあれほど可愛がっておられる曇華院さまのお越しじゃでなあ。夜の宴はご無礼なさるとしても、日が暮れるまでは付き合われるおつもりじゃろう」

「それは困りましたな。またお熱がぶり返されねばいいのですが」

「なあに、案じずともよい。すでに今、岩倉《いわくら》村での所用のついでに、おぬしの父御が藤《ふじ》林《ばやし》屋敷に向かっておる。夕刻には、藤林さまをお連れして戻って参る手筈じゃ」

鷹峯《たかがみね》に屋敷を構える藤林家は、代々、禁裏御典医に任ぜられている本道医《ほんどうい》の家柄。先代住持・元瑶《げんよう》の代から林丘寺の御用も務めており、半月前からの元秀の風邪に際しても、頻繁な往診を重ねていた。

「再度、ご診察をお受けいただき、煎《せん》じ薬など服されれば、さすがの病もそろそろ退散するじゃろうよ」

監物が四角い顔をほころばせたとき、「これは気が付かず、申し訳ありまへん」という声が寺門の方角で弾けた。手甲脚絆《てっこうきゃはん》に小袖の裾を尻はしょりした三十男が駆けてきて、監物の手から菊鉢を引き取ろうとした。

「鉢はわたしがお運びさせていただきます。林丘寺の御内《みうち》衆のお手は煩《わずら》わせられしまへん」

「おお、清吾《せいご》か。一年ぶりじゃのう。なんのこれしき、大した苦労ではないわい」

ですが、と言い募る清吾に、監物はからからと笑った。

「我らが御前へのお心遣いの品、当寺の者が運ぶは当然じゃ。だいたいここまでの道中、かほど多くの菊を損なわぬよう運んできたからには、おぬしもさぞ疲れていようでな。――それよりも」

監物は日焼けした清吾の顔を、ぐいと覗きこんだ。その厳《いか》めしい面構えに清吾が後じさるのには構わず、「おぬしに頼みがある」と続けた。

「毎年、曇華院さまから頂戴しておるこれらの菊鉢じゃが、花の盛りが終わった後、わが寺の者がどれだけ丹精しても、おぬしが拵えるような見事な花が咲かん。おかげで御前や普明院《ふみょういん》さまはいつも、曇華院さまに申し訳が立たぬとひどくお悲しみじゃ。ついては鉢を運んでやる代わりに、後の手入れの仕方を教えてはくれんか」

「そ、その程度やったら、幾らでもお教えさせていただきます」

ほっと肩の力を抜いた清吾は、曇華院の下部《しもべ》（下男）。元は聖祝の母・菅原掌侍《すがわらないしのじょう》の生家に仕えていたが、生来、花作りの才を有していたのだろう。四年前、曇華院に勤め替えをして以来、秋ごとに大輪の菊鉢を数十も拵えるようになったという器用な男である。

口数こそ少ないが、万事気働きが利く清吾は、林丘寺の尼公《あまぎみ》にも評判がよく、元秀や普明院元瑶から直々の褒詞を受けたこともある。それでも決して奢《おご》り高ぶらず、毎秋、菊鉢を載せた荷車を一人で曳いて聖祝の供をしてくる実直な人物であった。

宮城《きゆうじよう》では古来、毎年九月九日を重陽《ちようよう》の節句として観菊の宴を催し、菊花の香りを移した着せ綿で身体を拭いて長寿を願う。このため林丘寺では毎年、聖祝の土産の鉢を寺内で催す重陽の節句の菊として用いており、いわば清吾の菊鉢は林丘寺に秋を告げる風物詩。そして曇華院の側も自らの寺で作られる菊の美しさはよくよく承知しており、この時期になると、林丘寺のみならず、洛中洛外すべての比丘尼御所に菊鉢を贈るのを慣例としていた。

「それはありがたい。おぬしの手になるほどの大輪は望むべくもないが、それなりに見られる花がつけば、御前さまがたもさぞお喜びになられよう。それにしても、今年の菊はことさらに素晴らしいのう。おぬしの一年の苦労が偲《しの》ばれるわい」

「おおきに、ありがとうございます。そない言うていただくと、毎日の丹精が報われます。そやけど菊を運ばはるんやったら、やっぱりお手伝いだけでもさせておくんなはれ」

「ううむ。そこまで申されては、断るのもかえって悪いのう」

観賞用の菊は、まだ南都《なんと》に都が置かれていた古《いにしえ》、唐国《から》から渡来したのが始まり。ただ長らく白い花しかつけなかったこの植物は、この百年の間に花作りの名手たちによって、黄色に紅、桃色など様々な色を有するに至った。加えて近年、京では菊の栽培が流行し、それぞれが育てた花を持ち寄って優劣を競う「菊合わせ」が洛中洛外で盛んに行われている。

昨年、東山の某寺で開催された菊合わせでは、二百五十人の花好きが計七百余りの菊を出陳。もっとも優れた「勝ち菊」には、一芽三両三分もの値が付けられたという。

それだけに林丘寺下男の伊平太《いへいた》なぞは、毎秋、曇華院から大輪の菊が運ばれてくるたび、

「一度、菊合わせに出してみはったらどないやな。大枚の銭が手に入るかもしれへんで」

と、清吾を唆《そそのか》す。だがそのたび清吾は浅黒い顔に苦笑を刻み、黙って首を横に振るのであった。

清吾の手を借りて菊鉢を運べば、池に臨む客殿にはすでに大勢の女たちが居並び、楽しげな笑い声を上げている。元瑶の姿はなく、その代わりに元秀が脇息《きょうそく》に身をもたれかけさせているのは、監物の推測通り、せめて夕刻までは聖祝をもてなすつもりなのだろう。夜の宴の際は饗応《きょうおう》（もてなし）役を元瑶に任せ、早めに床に就くのに違いない。

静馬と監物を手伝って池端に鉢を並べる清吾の姿に、上座の聖祝があっと顔を輝やか

せた。「ご覧あらしゃりませ、お姉さん（さま）」と、傍らの元秀の袖を引いた。

「それ、あそこに清吾が菊を運んでおわしゃります。今年の菊もおよしよし（上出来）であらしゃいましょう」

「ほんに、曇華院さんおくだしの（からいただく）菊は、毎年、驚《きょう》がる（驚く）ほどのおよしよしであらしゃりますなあ。おかげでこなた（自分）の寺の重陽の宴は、御所さん（宮中）にも引けを取りはせぬおひしひしさん（盛大さ）や」

「大聖寺さんも宝鏡寺さんも、清吾が作った菊を進じ申し上げるとそれはそれはお悦《よろこ》びさんであらしゃるそうであそばします」

嬉しげに笑った聖祝は、今年九歳。曇華院住持として遇されていても、まだ正式な得《と》度《ど》を済ませていないため、髪を下ろさず、細長《ほそなが》に紅の袴《はかま》の俗体である。それに従う上臈《じょうろう》衆も当然、長かもじに緋の袴を穿き、錦や綾織《あやおり》の袿《うちき》を打ちかけた美々しさであった。

元秀・元瑶やそれに付き従う上臈衆が地味な墨染《すみぞめ》姿だけに、全員が俗体という曇華院主従が加わると、寺内は一度に華やぐ。ましてやその賑やかな輪の中心にいるのが、まだ年端も行かぬ童女ともなればなおさらである。

三人がかりで菊の鉢を並べる都度《つど》、もともと美しい紅葉に彩られていた御庭はますますきらびやかとなる。やがて最後の鉢を運び終えると、清吾は池傍に膝をつき、菊の鉢を丁寧に整え始めた。運送の際に痛んだ花弁を摘み、汚れた葉を手拭いで拭う手つきには、菊への愛情が満ち溢れている。

これ以上の手だしはかえって足手まといだろうと監物とうなずき合い、静馬は足音を殺して築山の陰を回り込んだ。背後から漂ってくる馥郁《ふくいく》たる菊の香りに、改めて鼻をひくつかせた、その時である。

「監物さま、静馬さま。大変でございます」

青侍《あおざむらい》の滝山与五郎《たきやまよごろう》が、大声を上げつつ西の殿舎の向こうから駆けてきた。両手を振り回し、袴の裾を乱して駆ける姿に、静馬は咄嗟に「愚か者ッ」と叱責した。

「御客殿にはいま、曇華院さまや御前がご出御《しゅつぎょ》なされているのだぞ。何が起きたかは知らんが、時と場合を考えぬのも大概にしろ」

「そ、それは申し訳ありません。ですが、大変なのでございます」

「おい、与五郎。だから、いったい何が起きたというのだ」

監物がかたわらから、呆れ顔で割り込む。すると与五郎は待っていたとばかり、「捨て子でございます」と再び声を高ぶらせた。

「つい先ほど、ご総門の前を掃き清めるべくくぐり戸から外に出ましたら、まだ髪の毛もろくに生えそろわぬ赤子が布にくるまれ、御門外に寝かされていたのです」

この季節、野山の実りを探す近隣の農家の者が寺の傍を流れる音羽川を渡り、寺地のすぐそばまで入り込むことは珍しくない。それだけに与五郎は咄嗟に、子守りを命じられた子どもが栗拾いか茸狩りに躍起になるあまり、背の赤子をひと時、置いて行ったのかと思った。だがその割にくぐり戸から見渡しても、四囲にそれらしき者の姿はない。なにより白砂が撒かれた広いご門前の真ん中に横たえられた赤子の姿には、そこだけが周囲からぽっかりと切り取られたような寂しさが漂っていたという。

「そ、それで、その赤子はどうしたんだ」

急《せ》き込むように問うた静馬に、与五郎は「まだご門前に寝かせてございます」とあっさり答えた。

「何だと。お前は阿呆か。その間に野良犬が咥《くわ》えて行ったら、どうするんだ」

「ですが、ここは当今《とうぎん》さま（当代の天皇）の叔母君をご住持としていただく比丘尼御所。如何に赤子とはいえ、胡乱《うろん》な者をわたくしの一存で寺内に入れるわけには――」

「馬鹿を言え。まだ乳を吸うより他に能のない赤子に、胡乱もなにもないだろう」

出仕を始めてようやく一年が経ったとはいえ、与五郎はまだまだ新参者。思いがけぬ事態に慣れていないのだと頭では理解しながらも、静馬はつい眉を逆立てた。

「まあまあ、静馬。おぬしも少し落ち着け」

背後の監物が、静馬の背を叩いた。

「与五郎の申し分も、一面、道理に叶うておる。わしはまず、中通《なかとおり》どのと御家司《ごけいし》さまにこの旨を申し上げて参る。おぬしらはその赤子を早く、御寺内に入れてやれ」

見上げれば秋の陽はすでに西に傾き、吹く風は冷たさを増し始めている。かしこまりました、と応じ、静馬は御総門目指して駆け出した。背後から響く与五郎の足音を顧《かえり》みもせず、くぐり戸の閂《かんぬき》を引き抜く。念のため、御門外に怪しい人影がないかを確かめてから、一目散に木戸を飛び出した。

「そこの赤子ですッ」

与五郎の叫びに驚いたのか、それまで大きな目をきょとんと瞠《みは》っていた赤子が、顔をくしゃくしゃにして泣き出す。あまりに細い声に戸惑いながら、静馬は大急ぎで赤子を抱き上げた。

その身体は先ほど運んだ菊鉢よりはるかに軽いが、手足はむっくりと肥え、血色も悪くない。赤子をくるむにはいささか固すぎる香染《こうぞめ》の麻布の端から、人形の如く小さな手がわずかにのぞいていた。

静馬は赤子の掌を指先で軽く撫でた。四囲をゆっくり見回し、「私は比丘尼御所林丘寺青侍、梶江静馬と申します」と大声を張り上げた。

「これなる赤子は暫時《ざんじ》、当寺でお預かりいたします。いかなる仔細があっての捨て子かは存じませぬが、もし気が変わられた場合にはいつでも迎えにいらしてください」

二度同じことを繰り返し、赤子を抱いたまま御清所《おきよどころ》（台所）へと向かう。後を追ってきた与五郎が石段を上がりながら肩を並べ、しげしげと赤子を覗き込んだ。

「静馬さま、今のお言葉はいったい何の禁厭《まじない》ですか」

「禁厭じゃない。勝手な話だが、捨て子の親の中には捨てた子の身が気がかりでならず、誰かが拾ってくれるまでどこかに身を潜めているお人も多いそうだ。それに後から心変わりをして、捨てたはずの子を必死に探し回る親もいると、元瑶さまから聞いた覚えがあってな」

もし近辺で親が成り行きをうかがっていれば、あれで少しは安心するだろう、と説いた静馬に、与五郎は「なるほど」と得心顔になった。

ただ、捨て子であれば繁華な洛中の辻で行えばよかろうに、よりにもよって田畑の目立つ洛北の比丘尼御所門前に捨てるとは、いささか手間がかかりすぎている。前住持の元瑶は今から三十年ほど前まで、林丘寺境内で常時、数人の孤児を養っていた。その当時は子を育てられぬ親がはるばる林丘寺を訪れ、ご門前に赤子を捨てて行く例が跡を絶たなかったというが、さすがに当節、齢《よわい》八十を超えた元瑶の情けにすがる親がいるとも考え難い。

（だとすれば何故、わざわざこんな洛外の寺に――）

静馬の不審を感じ取ったかのように、腕の中の赤子が身をくねらせる。おお、よしよし、とそれを宥《なだ》めながら、静馬は柔らかな身体をあわてて抱き直した。

二

御清所の広い板の間には、すでに御家司の松浦織部《まつうらおりべ》と中通の嶺雲《れいうん》が困惑顔を連ねていた。見習い尼たちの姿が見えぬのは、御客殿の手伝いに駆り出されているためと見える。布ごと板の間に横たえられた赤子を、織部と嶺雲は左右から恐る恐る覗き込んだ。

「これはまた、えらく小さな赤子じゃのう」

「本当に。髪の毛もまだろくに生えておりませぬものねえ」

と、珍しく怯《おび》えの混じった声をそろって漏らした。

「ご門前に捨てられた哀れなお子に、知らぬ顔はできません。これも御仏のお導きと思うて、奥の尼の手で育てるのが道理でございましょうが」

不安げに眉を寄せる嶺雲自身を含め、比丘尼御所の尼の中に子を産んだ経験のある者はいない。唯一の頼みの綱は、元秀のお乳の人の賢昌尼《けんしょうに》だが、生憎《あいにく》、病母の看病のために夏の終わりから宿下がりしており、わざわざ使いを遣《や》って育児のあれこれを問うこともしがたかった。

「こうなると、普明院さまにおすがりするしかないのでは」

三和土《たたき》に突っ立っていた与五郎が、おずおずと口を挟む。静馬はそれをじろりと睨みつけた。

「馬鹿を言うな。孤児を養っていらしたお若き頃であればともかく、あれほどお年を召された普明院さまに、今さらかようなことをお願いできるわけなかろう」

「ですが、静馬さま。乳代わりに粥を食わせるとか、泣いたら襁褓《むつき》を替えるといった程度ならば、確かにわたくしどもでも出来ます。さりながら与える粥の量や湯への入れ方などの細かいことは、子を育てていない尼公や我々には難しいのではないでしょうか」

「それはやってみねば分からんだろう。誰だって最初の子は、苦労しながら育てるんじゃないのか」

　普明院は御総門前に子が捨てられていたと聞けば、寝食を忘れて世話に当たるだろう。その優しさを誰よりも知っていればこそ、かえって老尼に甘えてはならぬとの意地がこみ上げる。与五郎もまた負けじとばかり頬を強張らせるのを、織部が両手を上げて仲裁にかかった。

「まあまあ、やめろ。どちらの言い分も、確かに一理ある。じゃがなにせ、頑是《がんぜ》ない赤子の命に係わる話じゃ。念の為、普明院さまにもお知恵をお借りしながら、なるべく尼公と我らの手で面倒を見ようではないか」

　嶺雲が素速く裾をまくったところ、赤子はどうやら女児らしい。それであれば養育は男児よりも容易《たやす》かろうし、成長後はこの寺の見習い尼として出家させればよい、との織

部の言葉に、静馬と与五郎は顔を見合わせた。すぐにどちらからともなく顔を背け、

「分かりました」とそれぞれ小声で答《いら》えた。

「よし。かくなる上は、早速、普明院さまにご報告申し上げねば」

織部が己の腿を拳で打って立ち上がりかけたとき、御清所の奥の間に人影が差した。背に長く垂らしたお中《なか》（中すべらかし）に紅の袴、鶴丸文様の袿を重ねた肉づきのいい姿は、林丘寺の尼のそれではない。

静馬は傍らの与五郎を肘でつつき、大急ぎでその場に跪《ひざまず》いた。板の間の端に胡坐《あぐら》をかいていた監物が跳ね立つように居住まいを正す。織部が「これは、松於《まつお》さま」と、板の間に両手をついた。

「お乳の人さま自らかようなところにお運びとは、いかがなさいましたか」

「御前さまが、お茶をご所望であらしゃりましてな。ただうちの御前さまはお腹《なか》が悪《わる》なりやすうあそばし、少し濃いお茶を奉《たてまつ》りますと、すぐにおさわりさん（不調）にならしゃります。つきましてはこなたが手ずからお淹《い》れ申しやしたい（お淹れしたい）のであらしゃりますが」

「それはもちろん、差し支えございません。――これ、嶺雲どの。済まぬが、お乳の人さまをお手伝いしてくれぬか」

織部の言葉に色白の頰をほころばせた松於は、聖祝の乳母。まだ三十歳にも満たぬ年

齢ながら、曇華院の奥向きをすべて取り仕切っていると噂される辣腕《らつわん》の女房である。

茶釜を竈《かまど》にかけた嶺雲に軽く頭を下げると、松於はでっぷりと太った身体を揺らして、御清所の隅に腰を下ろした。だがすぐに板の間の中央に寝かされた赤子に気付き、まあと呟いて膝立ちになった。

「こんなところに子供《おさない》さんとはお珍しさん（珍しい）やこと。どなたか表の衆のお子たちであらしゃりますか」

乳母として出仕するほどなのだから、生来子ども好きなのだろう。赤子の傍らににじり寄って目を細めた松於に、織部は目を泳がせた。しかし客人に隠し事も出来ぬと考え直したのか、「いえ、それが」と渋々、口を開いた。

「つい先ほど、御総門の前に捨てられていた子でございます。見たところ息災そうではありますが、いったいどうやって育てるかと皆で勘考していた最中でございまして」

なんと、と松於は大きな目を瞠った。両手を板の間に突き、しげしげと赤子の顔を覗き込むと、なぜか大きく一つ頷いてから織部にゆっくり向き直った。

「あのな、松浦どの。ご緩怠《かんたい》ながら（言いづらいですが）、このわかご、こなたは嘘《そらごと》の捨て子でおわしゃると推量《すもじ》参らせます」

「嘘、嘘でございますと」

えっと声を上げた林丘寺の衆を見回し、松於は硬い表情で首肯した。丸く描かれた眉の間に、いつしか深い影が落ちていた。

「さようであらしゃります。実はひと月ほど前、曇華院さんのご門前にこれとよう似たわかごが捨てられてあらしゃりましてなあ。たまたま女中が見つけ、近くの郷の女子《おごりょう》から貰い乳をするやら、代わる代わるおたたして（背負って）上げるやら、皆で懸命に世話《せもじ》をしてあらしゃりましたのや」

まだ生まれて四、五か月と思しき赤子をもっとも可愛がったのは、聖祝だった。年端も行かぬ聖祝からすれば、乳を飲み、泣きもする人形が現れたに似た気分だったのだろう。松於を始めとする女房たちが止めるのも聞かず、自ら襁褓を替えまでもした。

「そやけど、わかごが寺に参られてから、ほんの数日後であらしゃります。子どもの祖《おお》父《じご》さんと名乗る老人《おとしめし》が、曇華院さんを参って（訪ねて）あらしゃりましたんや」

弥兵衛《やへえ》と名乗った老爺は、女房と娘に先立たれ、一人残された孫娘を男手ではどうにも育てられなかったため、しかたなく曇華院のご門前に捨てた、と泣きながら語った。

——そやけどたった一人の血縁を手離してみれば、わしにはもう生きる甲斐もあらしまへん。そやからやっぱり孫と二人で暮らして行こうと腹をくくり、恥ずかしながらこうしてお訪ねした次第でございます。

庭先で苦しげに打ち明けた弥兵衛に、曇華院の女房はみなもらい泣きを抑えられなかった。その中で赤子を膝に抱いた聖祝だけは、たった一人、唇を嚙みしめ、瞬きもせずに弥兵衛を凝視していたが、それでも松於にうながされると渋々乳児を手離し、寂しそうに顔を背けたという。

「短い間にもかかわらず、御前は随分と情を移してあらしゃりましたのやろ。わかごのために作らせてあらしゃった綿入《おなかいれ》や襁褓《おむす》はもちろん、大枚の銭《おあし》まで祖父《おおじご》さんにお下しする（与える）よう仰せあそばされたんであらしゃります」

ただの捨て子にそこまで計らう義理はないはずだが、気丈に涙を堪《こら》える聖祝に松於は異を唱えられなかった。三方《さんぽう》に二十両の銀子《ぎんす》を載せ、持ち切れぬほどの着物や襁褓とともに差し出すと、弥兵衛は幾度も頭を下げてそれを受け取り、赤子とともに曇華院を後にした。

だがそれから間もなく所用のため出向いた内裏《だいり》で、松於は奇妙な噂を耳にした。烏丸《からすま》今出川の比丘尼御所・大聖寺の門前に生まれて間もない女児が捨てられ、わずかの間ながら尼公たちに養われていたというのである。

噂をしていた女房を問いただせば、大聖寺の尼僧が女児を拾ったのは暑さ厳しき五月の半ば。ほんの数日後、祖父と名乗る老爺が後悔したと言って名乗り出たため、大聖寺住持の永秀《えいしゅう》は赤子を彼に返すとともに持ち切れぬほどの品と金子《きんす》を与え、困った折はいつでも訪ねてくるようにとまで申し渡したという。

「それに加えて、今度は林丘寺さんに捨て子とは。須臾《しゅゆ》の間にほうぼうの比丘尼御所にこないわかごが捨て子にされるのは、どう考えても奇妙《きたい》であらしゃりましょう」

「つまり何者かが同じ赤子を比丘尼御所に捨て、そのたび金品をだまし取っていると」

赤子は大人たちのやりとりなぞ知るよしもなく、ぱっちりと目を開けて天井を眺めている。その無垢《むく》な姿を痛ましげに見やり、織部が一語一語嚙みしめるように問う。

「おそらくは。こなたがたも大聖寺さんも、祖父《おおじご》さんというお人にお手ずから銭《おあし》をお下しやっただけで、別にとのじにされた（盗まれた）わけではあらしゃりまへん。そやけど、出家の身のおよしよしの御心（好意）につけこんだ嘘の道具にされるとは、このお子にもおいとしい（気の毒な）話であらしゃりますなあ」

それに、と松於は福々しい顔を急に歪めた。

「なにがお息巻《いきまき》（腹立たしい）と言うて、曇華院さんへの捨て子が大聖寺さんへのそれへの後にされたのが、こなたは忌々《いまいま》しゅうて忌々しゅうて。そりゃあ大聖寺さんのご開基は、光厳の御所さん（天皇）の君《きみ》さん（お妃）。ご当代の御前は比丘尼御所筆頭として、諸寺御前の中で一等さんに（真っ先に）紫衣《しえ》を許された尊《たつと》い尼さんであらしゃりましょうが、皇女《おひもじさん》のご身分で言えばうちの聖祝さんとてなんのひけもお取りにはならしゃりません」

悔しげに歯嚙みする松於に、織部は虚を突かれた面持ちではあと気の抜けた相槌を打った。

比丘尼御所は、現在、洛中洛外に十五か寺存在するが、そのうち大聖寺・宝鏡寺・曇華院の三寺はかねてあまり仲がよくない。ことに曇華院の先代住持であった聖安は、異母妹である宝鏡寺住持・理豊《りほう》を眼の敵にし、今から二十四年前には徳の高い僧尼にのみ勅許される紫衣を、独断で天皇に請願。それを知った理豊が従妹である大聖寺住持・永秀と共に異議を申し立てた結果、紫衣はまず永秀に与えられ、翌日、理豊と聖安にも同様に下される和解策が取られた。

聖安の没後、三か寺は表向きは穏やかな交誼《こうぎ》を取り戻し、四季折々には様々な品を贈り合っているが、一度生じたしこりはそう簡単に消え去るものではない。老爺が曇華院よりも先に大聖寺を騙《かた》りにかけたと松於が悔しがるのも、かの寺に対して競う心があればこそに違いなかった。

それにしても曇華院や宝鏡寺はともかく林丘寺門前で捨て子を働くとは、普明院のかつての善行を逆手に取られたかのようだ。こみ上げてきた怒りと悔しさに、静馬は膝に置いた手を拳に変えた。

松於の言葉が正しければ、老爺は今回も数日もせぬうちに女児を引き取りに来るのだろう。しかしそんな祖父に育てられたところで、この赤子の将来が明るいとは思い難い。ならばいっそ捨て子など知らぬと告げて老人を追い返し、赤子は林丘寺で育てた方が、当の女児にも幸せなのではなかろうか。

（普明院さまならきっと、それをお許し下さるはずだ）

嶺雲や織部は、それぞれ考え込む顔で唇を引き結んでいる。その横顔を静馬が横目でうかがった時、「かように一つところに集まって、みなさまどうなさいました」と言いながら、須賀沼重蔵《すがぬまじゆうぞう》が御清所の門口から浅黒い顔を突き出した。

「御寺に用がある者がおるのか、先ほどより不心得にも御門前で呼ばわる声が聞こえます。いま伊平太が様子を見に行っておりますが」

なに、とその場の全員が腰を浮かすのに、重蔵は驚いた様子で肩を引いた。

「重蔵、それはもしや弥兵衛と申す老爺か」

と問い質す織部に、「さあ、名までは存じませぬが」と御門の方角に目を走らせた。

「ただ、それがしの耳が確かであれば、呼ばわる声は老婆の如く聞こえました。いずれにしても、織部さまの仰せられる御仁とは異なるのではありませぬか」

「老婆、老婆じゃと――」

意外な客人に、織部が松於と顔を見合わせる。それと同時に軽い足音がして、下男の伊平太が御清所の敷居際に膝をついた。

「失礼いたします。いまご門前にお津奈《つな》さんと言わはるお婆さまがお越しにならはって、静馬さまにお目にかかりたいと言うてらっしゃいます。何でも、一刻ほど前に御総門に捨てたお子について話があるんやそうで」

「待て、伊平太。ご門前に来ているのは、その老婆一人か。弥兵衛なる老人は、共に来ておらぬか」

監物が傍らから口を挟むのに、伊平太はへえと頭を下げた。

「間違いあらしまへん。お婆さまお一人どす」

「いかが致します、御家司さま」

音吐《おんと》に警戒をみなぎらせた監物に、織部はううむと腕を組んだ。赤子と静馬を交互に見比べ、「まずは話を聞くしかあるまい」と顎先を掻いた。

「とはいえ、まだ年若な静馬と二人きりにも出来ぬ。構わぬゆえ、そのお婆をここへ通せ」

かしこまりましたと応じて、伊平太が踵を返す。瞬きもせずその背を見送っていた松於が、「よろしいのであらしゃりますか」と織部に詰め寄った。

「いずれにしたところで、その老人《おとしめし》がわかごを林丘寺さんに捨てたのは事実であらしゃりましょう。かようなお婆に目もじ（目通り）を許しては、曇華院さんや大聖寺さんの二の舞にならしゃりますえ」

「確かに、松於さまの仰せられる通りかもしれません。ただ、如何に老人どもが不心得であろうとも、これなる赤子に罪はありますまい。叶うことであれば、何ゆえかような真似をするのかを問い質し、その過ちを正してやらねばなりませせぬ」

「――わかりました」

松於は不満げに口を尖らせた。袴の裾をさばき直すや、板の間の端にどすんと尻を下ろした。

「それであれば、こなたもともにそのお婆の話を聞かせていただきましょう。何か言い逃れをならしゃれば、曇華院さんでの一部始終をごねんきに（丁寧に）言い立て、織部どのに加勢して参らせます」

他寺の者である松於の同席は厄介でしかないが、無理やり席を外してくれとも言いづらい。

「それは……ありがとうございます」

と織部が渋面で礼を述べるのを待っていたかのように、伊平太と重蔵に左右を挟まれた一人の老婆が門口に姿を見せた。

三

嫗《おうな》の年頃はまだ六十を超えていまいが、すでに晩秋にもかかわらず、身にまとっているのは継ぎの当たった単衣《ひとえ》のみ。ここまでの道中で吹き散らされた髪が、血の色の薄い頬をざんばらに縁どっている。

皺に囲まれた目を落ち着かなげにしばたたき、お津奈は三和土や板の間に居並んだ寺の衆を見回した。板の間に寝かされた赤子の姿に息を飲み、「お久里《くり》――」と小さく唇を動かした。

「お久里、この赤子の名はお久里と申すのか」

「へ、へえ。さようどす」

織部の問いかけに忙しくうなずきながら、お津奈はもう一度、四囲に目を配った。与五郎と肩を並べて立っていた静馬にはっと目を見開き、「あ、あんたはん、先ほどお久里を拾い上げたお人どすな」と、急に声を尖らせた。

「あんたはん、なんでお久里を助けてくれはったんどす。もしかして、あんたはうちのおよしとええ仲やったんと違いますか」

「なんでございますと」

あまりに突拍子もない話に、静馬はぽかんと口を開けた。だがお津奈は先ほどまでの怯えた面が嘘のように両目を吊り上げ、「嘘をつかんといておくれやすッ」と顔じゅうを口にして喚《わめ》いた。

「うちのおよしが比丘尼御所のご奉公人と懇《ねんご》ろになってたのは、うちも夫も承知してるんどす。結果、このお久里を孕《はら》み、産後の肥立《ひだ》ちを悪うして亡《の》うなったのは、神さん仏さんのご裁量やさかい、今さらとやかく申しまへん。そやけど仮にも己の血を分けた子に知らん顔とは、幾ら何でも不人情が過ぎるやないですか」

「ま、待て待て、お津奈とやら。おぬし、この静馬が己の孫の父親と言いたいのか」

監物が静馬とお津奈の間に割って入る。するとお津奈は鰓《えら》の張ったその面相に怯えもせず、「そうどすッ」と更にまくし立てた。

「うちはさっき御総門脇の藪陰《やぶかげ》から、一部始終を見ていたんどす。そっちの若侍さんはお久里が捨てられているのを見ても、なんの手出しもせず御門内に引っ込んでしまわはりました。それに比べ、静馬はんとやらはえろう狼狽して飛び出して来て、ためらいもせずお久里を抱き取らはりました。それはきっと、御身に心当たりがあればこそどっしゃろ」

なおも静馬に詰め寄ろうとするお津奈の双眸《そうぼう》には、うっすら涙が浮かんでいる。とはいえ幾ら問い質されたところで、心当たりがないものはどうしようもない。

「勘違いでございます。そのお子を急いで抱き上げたのは、風の冷たいこの季節、風邪を引かせてはならぬと思うただけ。そもそもおよしどのという女性《にょしょう》なぞ、私は会ったこともありません」

林丘寺の「表」の侍は、寺内の長屋で寝起きする。用を命じられて洛中に出る機会も皆無ではないが、それとて、まだ若い静馬などはせいぜい一か月に一度あるかどうか。かような日常でどうやって女子と昵懇になり、子を儲けられようか。

お津奈は唇の端を細かく震わせながら、静馬を睨みつけていた。だが静馬の弁明につれて、次第にその面上から表情が欠け、ついに糸の切れた傀儡《くぐつ》のようにその場に尻をついた。

「ほんまに……ほんまにおよしもこの子も、知らはらへんのどすか」

監物がその傍らにしゃがみ込み、「相役のわしが申しても、信じられぬかもしれぬが」と低い声を落とした。

「この静馬はいささか面白みに欠けるほど、真面目な気性でな。故あって当寺の前ご住持に養われたご恩をいまだ忘れず、ご奉公を続けているような奴じゃ。こ奴が孕ませた女子に知らぬ顔を決め込んだりせぬことは、このわしが請け合うわい」

お津奈は小さな身体がすぼむほど深い息をついた。目尻の涙を手の甲で素早く拭い、上目づかいに監物を仰いだ。

「そうどすか。それやったら他にうちのおよしをご存じのお方は、こちらのお寺においでやないどすやろか」

「さてなあ。何せこの寺は見ての通り、洛中からひどく遠い。わざわざ非番の日に外に出て、女子と遊ぼうなどという粋人は、端《はな》っから林丘寺へのご奉公なぞ願い出ぬでなあ」

お津奈は傍目にも歴然と知れるほど、肩を落とした。それまで無言で成り行きを見つめていた松於が、板間の端にゆっくりとにじり寄った。

「もしやそもじはお子たちのお父《もう》さんを探しゃるために、連れ合いと二人、そのわかごをほうぼうの比丘尼御所に捨ててあらしゃったのか」

松於の華やかなお中姿に、目の前にいるのが林丘寺以外の比丘尼御所の女房だと勘づいたらしい。お津奈は一瞬、逃げ道を探すかのように眼を泳がせた。しかしすぐに観念した面持ちで、へえとうなだれた。

「仰せの通りどす。この四月《よつき》の間に連れ合いと二人して、大聖寺さまに曇華院さま、霊《れい》鑑寺《かんじ》さまとほうぼうの比丘尼御所さまのご門前にお久里を捨て、この子の父親探しを繰り返してきましたんや」

これまでお久里を捨て、引き取る役は、連れ合いの弥兵衛が務めていた。ただ齢六十を越えた翁《おきな》が震える足で孫娘を探す姿に、比丘尼御所の尼たちはいずれも涙を流し、そのたび持ち切れぬほどの金品を与えてくれる。孫の父親を探すためとはいえ、騙りも同然の所業があまりに申し訳なく、今回は自分が夫に代わって孫を捨てに来た、とお津奈は語った。

「言うたらなんどすけど、うちの人は気が弱く、尼さまがたが何か下さるのを強くお断り出来ひんのどす。いただいたお品はいずれお返ししようと思うて、すべて家に大切に仕舞うてござります」

お久里はお津奈の貧しげな身形《みなり》が嘘のようにむっくりと肥え、祖父母の手で大事に養育されていると察せられる。少なくとも端から金品目当ての捨て子ではなかったと知り、松於と織部はちらりと目を見交わした。

「なにもかようにおもうもうな（面倒くさい）真似をせずとも、正面から訊ねてごあしゃれば寺内の者に問うて参らせたものを」

「一番最初に宝鏡寺さまにうかごうた時は、そうしたんどす。けど寺侍衆はうちの人の言うことなんぞまともに聞いて下さらず、無理やり御寺《おみてら》から叩き出されましたんや」

「それはまた、もっとも取っ付きの悪い寺にいちもんじに（一番に）行かしゃったなあ」

現在の宝鏡寺住持・理豊は三十余年もかの寺に暮らし、歴代住持の系譜や寺の開祖の伝記編纂《へんさん》に没頭している学究肌の女性。主の気性が寺内にも影響を及ぼすのか、宝鏡寺の寺侍は他寺のそれに比べて融通が利かぬことは、比丘尼御所の間では周知の事実であった。

「へえ。なにせ宝鏡寺さんは、うちからほんの目と鼻の先。そやからおよしの相手は宝鏡寺さまにご奉公しているお方やないかと思うたんどす。けどよう考えたら、あないな権高《けんだか》なお寺で働いているお人を、およしが好きになる道理があらしまへんかったわ」

お津奈の連れ合いの弥兵衛は、下京《しもぎょう》の扇屋お抱えの絵師。ただ五年前に病を得て以来、手が震えるようになり、一人娘のおよしの介添えを受けて、かろうじて仕事を続けていたという。

「出来上がった絵を扇屋に納めに行くのもまたおよしの勤めやったんどすけど、三年ほど前からどっしゃろか。帰りが目に見えて遅うなりましてな。好きなお人と逢引《あいびき》しているんやろとは、うちも薄々気づいてました。ただやがてそのお人と縁が切れたらしゅうて、何やらふさぎ込む事が増えたと思うていたら、そのうちおよしの腹が膨らんで来ましたんや」

無論お津奈は狼狽して、腹の子の父は誰かと問いつめた。だがおよしは口を割らぬばかりか、頑として子堕ろしを拒んだ。しかも十月十日を経てお久里を産み落とした後、およしは産後の肥立ちが悪く、死去。しかたなく夫婦はもらい乳でお久里を育て始めたが、そうなると俄然思い出されるのは、名も顔も知らぬ孫娘の父親のことであった。

「きっとそのお人はおよしの死もお久里の誕生も知らんと、のうのうと暮らしたはるんどっしゃろ。その男はんと深間《ふかま》にならんかったら、およしは命を落とさずに済んだと思うと、どうしてもそいつを探し出し、一言恨みを言わな気が済まへんのどす。それにこの子をこのまま父《てて》なし子にしては、あまりに可哀想やあらしまへんか」

その男が比丘尼御所に奉公しているらしいとの話は、かつておよしがぽつりと漏らしていた。ただそれがどの寺であるかまでは分からなかったため、お津奈は弥兵衛と相談し、洛中洛外の比丘尼御所を片端から尋ね回ろうと決めたのであった。

「お久里をくるんでいる香染の布は、以前、およしが相手の男に縫うてやっていた帷子《かたびら》の残りなんどす。そやさかいお久里の父親はそれさえ見れば、きっと目の前の赤子が自分の子やと気付くはずやと考えたんどす」

しかし洛中の比丘尼御所をすべて回り、曇華院を含めた諸寺で捨て子を行っても、それらしき男は見つからなかった。だからこそためらいもせずにお久里を拾い上げた静馬を、お津奈はこれこそが娘の相手だと思い込み、すぐさま寺に乗り込んで来たという。

「ううむ。まことに気の毒じゃが、静馬に関してはそれはまったくの思い込みじゃ。林丘寺御家司のわしが、神仏に誓って請け合うてつかわす」

改めて考えてみますと、と松於が記憶を辿る顔つきで口を挟んだ。

「曇華院さんが子どもを預かってあらしゃった際も、こなたの寺の表の者全員がわかごを目にならしゃったわけではあらしゃりまへんからなあ。もしかしたらすでに捨て子を働かしゃった寺の中に、相手の男衆がおいであそばされるのかもしれまへん」

御清所の門口から差しこむ陽射しはいつしか茜色を帯び、三和土にうずくまるお津奈の背を真っ赤に染め上げている。誰もが困惑顔を互いに見合わせていると、「いかがあそばした」という乾いた声が門口から聞こえてきた。

顧みれば清吾に片手を取られた普明院元瑶が、片頰に夕陽を浴びて佇《たたず》んでいる。お津奈と板の間の赤子を不思議そうに見比べ、「これはまたけもじな（珍しい）お客人がお越しであらしゃるなあ」と首を傾げた。

清吾の介添えを受けて庭から菊を眺めていたと見え、その足袋《たび》には乾いた泥がこびりついている。あわてて円座《えんざ》を差し出した織部に目だけで笑うと、元瑶はいささか子どもじみた仕草で上がり框《かまち》に腰かけた。

「おお、なんとおいとぼい（可愛らしい）わかごであらしゃるのやろ。なにやら静馬の小さい頃を見ているかのようや」

「普明院さま。大変申し訳ありませんが、今ばかりはややこしい仰せはお慎み下さい」

織部が狼狽しながら元瑶を制し、お久里にまつわる一部始終を語る。元瑶は紅を差した唇をわずかに尖らせてそれを聞いていたが、やがて「それはお婆どのも、おもやもや（苦労）であらっしゃったなあ」とお津奈に労わり深い目を向けた。

「そういう次第であらしゃれば、各比丘尼御所にはこなたより文《ふのじ》を遣わし、それらしき者がおいであそばされぬか、御前がたにうかごうて参らせましょう。幸い宝鏡寺さんの理豊と大聖寺さんの永秀は、こなたの姪。驚がることはあれど、おもうもう（嫌）な顔はならしゃりますまい」

「ほ、ほんまどすか。それはおおきに、ありがとうございます」

お津奈がその場に両手をつく。元瑶はそれに再度笑いかけてから、門口より射しこむ黒ずみ始めた西日に目を向けた。

「とはいうても、すでに陽もお傾きや。これから洛中まで帰り参るのは、さだめておふたふた（慌ただしい）であらしゃろう。今宵は当寺に宿り（泊まり）、明朝、静馬か与五郎に供をさせるゆえ、ともに洛中に帰り参らしゃれ」

「お、おおきに。ありがとうございます」

後水尾《ごみずのお》天皇の第八皇女である元瑶は、存命中の比丘尼御所の住持・前住持の中でもっとも年長者である。その命を受けた青侍が同行すれば、どの比丘尼御所もお久里の父親探しに協力せぬわけには行かぬはずだ。

「ただ、今宵は客殿には曇華院さんがお宿りにならしゃる。それゆえそもじはお子とともに、観音堂に休ましゃれ。あそこさんであれば、こなたが時折使うためにいつでも掃き清めてあらしゃるでなあ」

この忙しい最中に、と言いたげな表情を、織部が面上ににじませる。だが元瑶はそれには目もくれず、「清吾、まだそこにいらしゃろう」と戸口に向かって声を投げた。

「他寺の者を使うて済まぬが、このお婆《おすそ》どのを観音堂に案内してあらしゃれ。こなたは庭のおひろい（散歩）が過ぎたのか、どうにも足がおさわりで（痛んで）ならぬでなあ」

「は、はい。かしこまりました」

急いで三和土に駆け込んできた清吾が、お津奈を促して立ち上がらせる。その身体に染みついた菊香が鼻についたのか、お久里がくしゅんと小鳥が啼くような嚏《くしゃみ》をした。

「おお、ほんにおいとぼいこと」

という元瑶の弾んだ声に紛らせ、織部が一つ小さな溜息をついた。

四

監物の推測通り、元秀は日没とともに自室に引き上げ、夕刻からの宴席は元瑶が代わって聖祝をもてなすこととなった。

林丘寺は仏寺。加えて女だけの宴のため酒はなく、膳部にも鳥魚の類は一切、載せられていない。その代わり、座の中央に据えられた一抱えもある竹籠には栗に早生《わせ》の蜜柑《みかん》、木通《あけび》に柘榴《ざくろ》など色とりどりの果実が盛られ、宴席に彩りを添えている。庭に立てられた無数の燭台が揺らめき、闇の中に大輪の菊花と御客殿が浮かび上がった様は、この世のものとは思えぬほどに美しかった。

警固のため庭の片隅にうずくまりながら、静馬は御客殿から聞こえてくる琴の音に耳を澄ませた。その音色のたどたどしさから察するに、奏しているのは他ならぬ聖祝だろう。まだ指の力が足りぬのか、時折上ずるその音が、お久里の小さな嚏を思い出させた。

二十数年前、火事で両親を亡くした静馬は、元瑶の情けによってこの寺に引き取られた。一度は養子に出されながらも逃げ帰り、養父母の死後も林丘寺に留まり続けているのは、ひとえに元瑶への恩義を胸に刻みつけていればこそだ。

子は、親なぞおらずとも育つ。あのお久里とてそれは同様のはずだが、お津奈と弥兵衛夫妻はどうしてもそのように考えたくないらしい。

老夫妻の孫への憐憫の情は、それだけ娘への思いが深ければこそ。もしかしたら子に親が必要なわけではなく、親にこそ子が必要なのかもしれない。だとすれば結局のところお津奈たちはいまだに親として、亡き子への思いに囚われているのだ。

夜風が冷たさを増すにつれ、庭に漂う菊の香りはますます強くなってゆく。燭台の火に誘われた大ぶりな蛾が一匹、静馬の頰をかすめて御客殿の方角に飛んで行った。

やがて琴の音が止み、客殿からはやんやの喝采が湧き起こった。直後それを合図としたように広間が静まり返ったのは、四つを過ぎ、そろそろ宴もお開きと定まったためだろう。もしかしたら、幼い聖祝が眠気を訴えたのかもしれない。

静馬は腰を屈めたまま、広縁の際へと近づいた。聖祝が眠たげに目をこすりながら座を立つのを確かめると、庭に灯された燭台の火を端から順に摘《つま》み消し始めた。

「静馬、おるか」

広間からの呼びかけに、は、と応じて平伏すれば、元瑶が絹の法衣の裾を長く引いて、上座から広縁へと歩み出てくる。まだ灯火に照らされた菊に目をやりながら、「くもじながら（済まぬが）、そもじ、今宵はあのお婆とわかごの番をしてならしゃれ」と命じた。

「私がでございますか」

観音堂は林丘寺内にあるため、胡乱な者が入り込む恐れは皆無である。だいたいあのような老婆に警固など要るまいと思って問い返した静馬に、元瑶はゆっくりと首肯した。

「そうや。娘御が身まからしゃってからこの方、あのお婆さまたちはさだめし心もじな（心細い）思いをしてあらしゃるはずや。誰ぞが番をしてならしゃれば、頼もしかろう。さあ、おはやばやにお参りならしゃれ」

なるほどたった一人の男を探すために、洛中洛外の比丘尼御所で捨て子を働くなぞ、並大抵の気構えでできる業ではない。およしを失って以来、夫婦はお久里の父親探しのみに邁進し、比丘尼御所の者全員を疑い続けてきたのだろう。

ここで自分が不寝番をすれば、確かにお津奈の頑なな心も少しは和《やわ》らごう。元瑶の心遣いに感じ入りつつ、静馬は小走りに観音堂へと急いだ。

三方を林に囲まれた堂宇はすでにしんと静まり返り、縁側には雨戸が立てられている。御客殿で尼公たちが片付けを始めたのだろう。遠くから微かに聞こえるざわめきに耳を傾けながら、静馬はさてどうしたものかと考え込んだ。早くも横になっているであろうお津奈を無理やり叩き起こすのも憚られるし、さりとて雨戸をこっそりこじ開けるわけにもいかない。

仕方なく庭の沓脱石《くつぬぎ》に尻を降ろすと、静馬は小太刀を片腕に抱え込んだ。湿気を孕んだ冷気にぶるっと身震いして、真っ暗な庭に目を据えた。

先ほどまで燭台に照らされた明るい庭を見ていたせいか、眼裏《まなうら》には大輪の菊の姿が鮮明に刻みつけられている。びっしりと花弁を重ねあわせた厚物菊の白、蔓《つる》の如く繊細な管菊の朱。色も形もとりどりの幻の菊が、真っ暗な秋の庭に浮かんでは消える。

四半刻も経たぬうちに御客殿の物音は静まり、辺りに虫の声がすだくばかりとなった。襟元から忍び入る風がいっそう冷たく感じられ、静馬が己の二の腕を強くさすった時、縁の下の虫がぴたりと啼き止んだ。

その唐突さに不審を覚える暇もあらばこそ、細枝を踏む微かな足音がして、幻の菊がかき消すように散った。目の前の闇が大きく揺らぎ、庭を横切って近付いてきた確かな輪郭を伴った人影が、雨戸に手をかけた。

「なに奴だッ」

「表」の侍が、訪《おとな》いの声もかけずに観音堂に上がるわけがない。静馬は怒声とともに立ち上がり、曲者《くせもの》に体当たりを食らわせようとした。

だが人影は意外な敏捷さで飛び退くと、たたらを踏んだ静馬の足を素早く払った。不意を突かれて静馬が仰向けに倒れたその隙に、雨戸を蹴倒した。

けたたましい物音とともに、雨戸が二枚、内側に向かって倒れ、庭先よりもなおも深い闇がぽっかり口を開けた。

「な、なんや。いったい何の騒ぎやッ」

堂宇の奥で弾けたお津奈の絶叫を頼りに、曲者が八畳間へと踏み込む。静馬がしたたかに打ちつけた背中の痛みを堪え、「待てッ」と後を追おうとしたその時、目の前が不意に明るんだ。

突然の灯りに戸惑ったのは、曲者も同じなのだろう。ぎょっと身動きを止め、忙しく四方を見廻している。尻《しり》っ端折《ぱしょ》りをし、手ぬぐいで顔を隠しているが、その挙措は俊敏で、どうやらまだ若い男のようだ。

目を凝らせば奥の間に敷かれた布団の上で、お津奈がお久里を抱えてがたがたと震えている。そのかたわらでは手燭《てしょく》を持った碇監物が仁王立ちになり、「まったく、土足で上がりよって」と曲者に舌打ちを浴びせ付けていた。

「監物さま。なぜここに」

「おお、ご苦労じゃったな、静馬。敵を欺くにはまず味方からじゃ。許せよ」

にやりと静馬に笑いかけ、監物は手燭を足元に置いた。腰の小太刀を抜き放ち、曲者に一歩詰め寄った。

「もはや、逃げられはせぬぞ。どういう仔細かは知らぬが、仮にも林丘寺の堂舎を襲ったのだ。それなりの覚悟は出来ておろうな」

静馬は監物に倣って、小太刀の柄に手をかけた。ただ日頃修練を積んでいるとはいえ、曲者に対峙するなぞこれが初めてのため、気ばかり急いて思うように刀が抜けない。しかし二人に前後を挟まれた曲者は、それでも狼狽しきった様子で監物と静馬を見比べた。退路を求めるかの如く、草鞋の足をわずかに動かした。

辺りに漂う気配に怯えたのか、この時、お久里がしゃくり上げるような声で泣きはじめた。曲者はその途端、急に身動きを止めた。そのまま崩れ落ちるかのように、その場にがっくりと座り込んだ。

その肩が見る見る震え、激しく波打つ。あまりに急激な豹変ぶりに、静馬は監物と顔を見合わせた。

「お許しを。どうか、許しておくれやす」

うめく声には、聞き覚えがある。静馬は刀の柄から手を放し、曲者に駆け寄った。顔の手拭いを剝ぎ取り、手燭の灯りを突き付けた。

「清吾――」

「なに、清吾じゃと」

小太刀をひっ提げたままの監物が、清吾の髷《まげ》をむずと摑んで仰向かせる。しげしげとその顔を覗きこみ、「どういう次第じゃ」と眉を寄せた。

「おぬし、なぜ観音堂に踏み込もうとした。もしや、あのお久里の父親はおぬしか」

監物の問いが耳に入っていないのか、清吾はぼたぼたと大粒の涙を流しながら、譫言《うわごと》のように詫びを繰り返している。お久里の泣き声がいっそう高まり、それに合わせたかの如く清吾の背が大きく波打った。

「それにしても、なぜ監物さまは観音堂に隠れていらしたのですか」

「普明院さまのご下命じゃ。もしかしたらお久里の父親は、思いがけず近くにおるやもと仰せられてな」

重ねて問い質そうにも、清吾は今や畳に爪を立てて泣き悶えている。このままでは埒が明かぬと見て取った監物は、静馬に見張りを任せて観音堂を飛び出し、元瑶と嶺雲、それに松於を連れて駆け戻って来た。他寺の女房である松於にまで声をかけたのは、清吾の詮議に当たり、曇華院の者の立ちあいが必要と考えたためと見える。

すでに臥所《ふしどころ》に入っていたのか、白練絹の小袖に袴だけをつけた松於は、号泣する清吾の姿に立ちすくんだ。お津奈はお久里を抱え、怯え顔で身を縮こまらせていたが、人が増えたことでようやく落ち着きを取り戻したのだろう。お久里を布団に寝かせるや、清吾におずおずと這い寄った。

「あ、あんたはんが、あんたはんがお久里の父親なんどすか」

「――へえ、そうどす。間違いあらしまへん」

ようやく涙を拭って顔を上げ、清吾はお津奈を見つめた。

「それよりも教えておくんなはれ。およしさんは本当に亡くならはったんどすか」

お津奈がこくりと頤《おとがい》を引いた途端、清吾の頰にまた光るものが伝った。だが清吾は今度は掌でそれをぐいと拭い、「それは……何も知らんと申し訳ないことをしました」と畳に額をこすりつけた。

「今更信じてもらえへんかもしれまへんけど、わたしは一時は本当におよしさんと夫婦になるつもりでおりました。お父っつぁまを手伝わなあかんおよしさんのため、わたしが曇華院さまの勤めを辞め、洛中のお店に奉公しようとも思うてましたんや」

「それはほんまどすか。そやったらなんでおよしは、一人でお久里を産む羽目になりましたんや」

皺に埋もれた目を見開いたお津奈に、清吾は苦しげに顔を歪めた。「菊、菊のせいどす」と呻いて、奥歯をぎりぎりと食いしばった。

「わたしは曇華院さまで、仰山の菊作りを任されております。そやからわたしが勤めを辞めたいと願い出たとき、曇華院の松於さまは真っ先に菊作りはどないするんやと仰せになったんどす」

その場の誰もが、庭につっ立ったままの松於を顧みた。しかし松於はそれには眉一筋動かさぬまま、清吾にまっすぐ目を注いでいる。かろうじて手燭の灯が届く庭先にあって、色の白いその横顔は厚物咲の白菊にどこか似ていた。

「己で言うのもおこがましゅうございますけど、洛中洛外のどこの比丘尼御所にもわたしほどの菊作りはおりまへん。そやさかい曇華院さまはいつもわたしの拵えた菊を大聖寺さまや宝鏡寺さまに贈り、他寺の尼公をひどく悔しがらせていはったんどす」

もし清吾がいなくなれば、曇華院自慢の菊は消え去る。それだけに致仕《ちし》を申し出た清吾を、松於は懸命に引き留めた。その熱心な慰留に清吾は迷い、およしはそんな恋人の姿にお互いが結ばれることの困難さを悟り、自ら別離を切り出したという。

「およしさんはわたしがなに迷うことなく勤めに専念できるよう、身を引いてくれはったんどす。そやからわたしもそれに応えようと、以来、常にも増して菊作りに精を出したんどすが」

まさか、およしが子を産んでいたとは、と清吾は布団に寝かされたお久里に血走った眼を向けた。

「では、おぬしはお津奈と赤子の姿を見て、今日初めてそれが我が子と知ったのか」

監物の問いに、清吾は畳についた手を拳に変えた。ぎこちなく頭を巡らせて松於を見やってから、「いいえ」と小さく首を振った。

「こうなれば、有体《ありてい》に申します。ひと月前、曇華院さまにお久里がやってきた時、その身を包んだ麻布を見て、わたしは、もしや、と思いました。そやけどその時も結局、松於さまがわたしをお止めにならはったんどす」

女房たちが代わる代わる抱く赤子の姿に、清吾はおよしが自分に内密で産んだ子をあてつけがましく捨てに来たのではと思った。庭の藪陰に隠れ、子を引き取りに来た弥兵衛の言葉の端々からおよしの死を知ったときには、激しく騒ぐ心を抑えかね、その場を飛び出そうとした。だがその刹那、御殿を仰いだ清吾は、御広間に座った松於が瞬きもせずにこちらを睨みつけているのに気づいたのであった。

「松於さまはわたしの形相から、目の前の赤子がわたしに所縁《ゆかり》と気付かはったんどすやろ。その上でわたしを制しようとする松於さまのあまりに険しいお顔に、わたしはどうにも言葉を失ってしまいました。思えばどれだけ言い訳を重ねたとて、わたしがおよしさんを捨ててしもうたんは事実。そやさかいわたしはそのままますごすごと、庭を立ち去ってしもうたんでございます」

寺格も劣り、住持も幼い曇華院にとって、全比丘尼御所から感嘆を受ける清吾の菊は、どうしても手離せぬ宝。表向き仲睦まじく装っているとはいえ、敵も同然の大聖寺や宝鏡寺の鼻を明かすためにも、清吾を辞めさせるわけにはいかなかった。

とはいえ泣く泣く弥兵衛と赤子を見送った後も、清吾の脳裏からは幼い子どもの姿が消えなかった。錦繍《きんしゅう》の秋を迎え、丹精を込めた菊鉢が一つまた一つと満開になるにつれ、その美しい花姿があるいはかつてのおよしに――あるいは遠目に眺めた赤子のそれに重なりもした。

「そやさかい、先ほど御清所でたまたま事の一部始終を聞かせていただいたとき、これは天の配剤やと思うたんどす。菊作りの名利に迷い、その結果、およしさんを死なせてしもうたことは、もはや取り返しのつかへん失態。そやからせめてお久里だけはわたしの手で育てねばあかん。この子を連れてどこか遠いところに行こうと腹をくくり、こうして観音堂に押し入った次第どす」

清吾が口を噤《つぐ》むと同時に、深い沈黙が堂宇に満ちた。その中でまっすぐ清吾に歩み寄り、その傍らに膝をついたのは元瑶だった。

「つまりそもじは、菊作りをもはや止めると言わしゃるか」

「はい。その通りどす」

元瑶の問いに大きくうなずき、清吾は真っ暗な戸外に目をやった。その果ての御庭に並んでいるはずの菊を見るかのように、眼を眇《すが》めた。

「好いた女子を死なせ、娘を父なし子にしてまで、菊作りなぞ続けられまへん。そもそもわたしは、およしさんと夫婦になろうと決めたとき、菊を捨てる覚悟をせなあかんかったんどす。それをずるずると引き延ばした末がこの有様やとしたら、ちゃんとその始末をせななりまへんやろ」

清吾が力なく口にした始末との言葉が、静馬の胸を引っ掻いた。少なくとも清吾はかつて、自らの意志で菊作りを選んだはず。それを身の始末と称して辞めることへの怒りが、かっと頭を熱くした。

「なにを、何をふざけたことを言っているんだッ」

我知らず口調が昂《たかぶ》る。目の前に元瑶や赤子がいることも、脳裏から完全にかき消えていた。

「お前は菊作りを口実に、およしさんとの夫婦暮らしを諦めたんだろう。それを今になって別の言い訳をして逃げようとするなんて、亡きお人に恥ずかしくないのかッ」

人はいつでも、易きに流れるものだ。清吾がおよしとの暮らしに背を向けて曇華院に留まり続けたのも、およしの死とお久里の誕生を知って致仕を決意したのも、結局はその心の弱さゆえ。

だが困難からの逃避はひと時の安寧をもたらしはしても、いずれは当の本人に重い足かせを嵌《は》める。仮にここで情に流されてお久里を引き取ったとて、いつか必ずその選択を悔いる日が来よう。そうなった時に不幸となるのは清吾ではなく、お久里ではないか。

「静馬、分《ぶん》を弁《わきま》えろッ」

険しい叱責と共に、監物が静馬の襟髪を摑んだ。そのまま無理やり畳に押さえ込まれた静馬に、「いいや」と元瑶が首を横に振った。

「静馬はなにも悪しい事を申させられて（言って）はおらん。何故なら、こなたもこと清吾に関しては、さように思うているからじゃ」

ただな、と続けながら、元瑶はどこか悲しげな笑みを口元に浮かべた。

「静馬はいささか、人にいしいしに（厳し）すぎてあらしゃるな。人というもんは、そない絵に描いたようには考えられはせんものであらしゃるえ」

目を見開いた静馬に一つうなずきかけると、元瑶は清吾のかたわらに膝をついた。苦しげに頭を垂れるその顔をゆっくりと覗きこんだ。

「のう清吾。こなたはそもじに一つ、頼みがおわす。すでに監物からお聞きあるやろけど、そもじがこれまで当寺にくした（くれた）菊鉢が、どれだけ丹精しても花がつかしゃらん。ついては今年からは花が終わった後は、すべての鉢をそもじに与えるゆえ、曇華院でこなたがたの代わりに世話《せもじ》をしてはくれぬか」

「それはつまり、わたしに勤めを辞めるなと仰せなのですか」

戸惑い顔になった清吾に、元瑶はそうやと首肯した。ちらりとお久里を顧み、「そのかわり」と続けた。

「本来、そもじが育てねばならぬわかご、あのお子はこなたがたが当寺でお世話《せもじ》してならしゃろう。行儀作法もすべて教え、折ごとには曇華院に遣わして、親子の面会《おめもじ》も許し《ゆのじに》てあらしゃろうぞ」

監物と嶺雲が申し合わせたように、「なんと――」と呟く。それを横目でうかがって、元瑶はまるで子どものように首をすくめた。

「こなたはな。静馬と異なり、人は時には逃げても構わぬと思うていらっしゃる。されどそれはあくまで自分一人が逃げる時に限ってのこと。こたびの清吾の如く、年端も行かぬわかごが供となれば、話は別であらしゃるわなあ」

清吾の全身がわなわなと震える。お久里にじっと目を据えてから、己の太腿を強く摑んだ。

「わたしは――わたしは逃げてはならぬのですね」

「その代わり、背の荷を少しだけこなたたちが負うてあげましゃろうぞ。その上で菊作りに精魂傾けるのであれば、それもまた一つの逃げ方と言えるのかもしれへんやないか」

「そ、そうだぞ。清吾」

監物が我に返ったように、二人のやり取りに割って入った。

「おぬしがいなくなったら、この寺の秋は寂しいものになってしまうではないか」

「その通りや。来年もおよしよしの花を咲かせてくりゃれなあ」

歌うように言い、元瑶はわずかに声を強めた。

「そもじの拵える菊は、これからはただの重陽の飾りでも、よその比丘尼御所と競うためのお道具でもない。お久里という娘御《ごもじ》そのものやと思うて、これからも丹精してあらしゃれ」

「あ、ありがとうございます。ありがとうございます」

顧みれば、松於が縁側に膝をつき、清吾同様、元瑶に向かって深々と頭を下げている。曇華院の威信のために他寺と競うその心根は、決して嘉《よみ》すべきものではない。さりながら幼い住持を盛り立てねばならぬ松於の奮闘は、菊作りのためにおよしを捨てた清吾以上に哀れでもあった。

いつしかお久里は睫《まつげ》の濃い瞼《まぶた》を伏せ、すやすやと眠っている。その寝顔に誘われたかのように元瑶はふわあと小さなあくびをした。

「さて、夜も更けてあらしゃった。こなたはそろそろおしずまり（就寝）の時刻や。お婆どのは中通の部屋にごふくさして（床を延べて）もらわしゃれ。――監物、それでお障りはあらしゃらん（差し支えはない）なあ」

かしこまりました、との監物の応えに軽く笑み、元瑶は踵を返した。

監物が清吾に手伝わせて、蹴倒された雨戸を立て直す。松於がお津奈に代わってお久里を床に横たえるのを尻目に、静馬は元瑶の後を追いかけた。

「普明院さま。せめてご自室まではお供をお許しください」

「そうか。静馬は相変わらず、およしよしさんのお子やなあ」

いいえ、と静馬は口ごもった。元瑶は人を許し、逃がすことの大切さを知っている。そんな元瑶の優しさをよくよく承知しながらも、いまだに人に逃亡を許せぬ自分がどうにも恥ずかしくてならなかった。もし自分も元瑶のように考えられれば。そうすればこの老尼の如く人を慈しみ、常に柔らかな笑みを湛《たた》えていられるのだろうか。

元瑶の足音は軽く、雪を踏んでいるかと疑うほど柔らかい。息切れ一つせず自室に面した庭まで戻ると、そうや、と元瑶は静馬を顧みた。

「あのな、静馬。そもじはこないな歌を存じてあらしゃるか」

――三栗《みつぐり》の　那賀《なか》に向かへる　曝井《さらしゐ》の　絶えず通はむ　そこに妻もが

元瑶の穏やかな詠唱が厚い雲の垂れ込めた夜空に吸い込まれてゆく。その残響が完全に消えてから、静馬は「存じております」と応じた。

「父より習った覚えがございます。確か、『万葉集』の一首ではと」

「そうや。よく存じてあらしゃったなあ」

三栗とは、左右の実が真ん中の実を挟む形で毬に納まっている栗を指し、「中」を誘い出す枕詞《まくらことば》である。この歌は、三栗に抱かれている中の実、その那賀の曝井の水が湧き出る如く、自分は通っていこうと思う、そこに妻がいてくれればよいのに――と、恋人に思いを馳せて詠まれた一首のはずだ。

「菊と栗とは、古来、秋の風物詩であらしゃる。あのわかごの名をお久里と聞かしゃったとき、こなたはたちどころに先ほどのお歌が思い起こされてのう。よもやあのお子は秋にゆかりの深い曇華院に縁ある子ではなかろうかと推量し、そもじ《すもじ》と監物に離れの番を命じてあらしゃったんや」

もしかしたらおよしは菊作りから離れられぬ清吾を思って、同じ秋を告げる果実の名を娘につけたのかもしれない。時に三栗は左右の実を父と母、真ん中の実を子どもと見立てることもある。およしは清吾と遠く離れてはいても、その思いは三栗の実の如く一つところにあると思いたかったのではないか。

「――お久里どのは、愛らしい尼御になられましょうな」

「当然であらしゃる。これよりこなたが育てて参るのやさかいなあ」

元瑶のこの優しさと慈しみがどこから来たものなのか、思えば自分はなにも知らない。この二十余年、その慈愛を受けながらもいまだ人の弱きを許せぬ己を矯《た》めるためにも、更に赤心を以ってこの寺に仕え、元瑶の優しさの源を知らねばならぬ気がした。

白い足袋の裏を閃かせて、元瑶が自室へと消える。その小さな背を庭先にひざまずいて見送りながら、静馬は胸の中で、「三栗の　那賀に向かへる　曝井の――」とひとりごちた。

父でも母でもない人の慈しみを一身に受け、香染の布にくるまれて眠る幼いお久里がひどく羨ましく感じられた。

一　五葉の開く

一

比叡《ひえい》の御山から吹き下ろす風が、開け放たれた土蔵から漂う樟脳《しょうのう》の臭いを吹き散らしている。相役の滝山与五郎《たきやまよごろう》とともに中庭の隅に膝をついた梶江静馬《かじえしずま》は、袖口や襟から忍び入る寒風に我知らず身を震わせた。

まるでそれを合図にしたかのように、土蔵の階《きざはし》の中ほどに立っていた大上臈《だいじょうろう》の慈薫《じくん》が目を吊り上げる。簡素な尼形《にぎょう》とは裏腹に一分の隙もなく化粧を施した顔を紅潮させ、

「まったく、なんていうことや」と吐き捨てた。

「昨年の冬にこの絵を整える（片付ける）際、こなたはそもじたちに虫よけをたんと（たくさん）入れるよう伝えましたな。それやというのに、これはどういうことであらしゃる」

「慈薫さん、もうそのあたりで」

怒りに身体を震わせる慈薫を見かねたのか、小上臈の珍雲《ちんうん》がおずおずと割って入る。

しかし慈薫は袖を引く相役の手を振り払い、更に声を荒げた。

「なにを言わしゃります。虫に食われたのはただの掛幅やのうて、達摩会《だるまえ》の御本尊として奉る絵であらしゃりますのえ。急《せ》いて表具屋に出したとて、三日後の法会《ほうえ》に間に合わせるのは到底かなわぬ。それやのにどうして、静馬たちをおゆるゆるにして（許して）ならしゃりましょう」

「け、けど。いくら静馬たちをお叱りにならしゃったとて、一度ゆめがましゅうならしゃった（傷のついた）絵が直るわけではあらしゃりません。ここは達摩忌を延引するなりして、何かの手立てを思案ならしゃりましょう」

大上臈の慈薫はまだ三十路ながらも、林丘寺住持《りんきゅうじじゅうじ》・元秀《げんしゅう》の右腕として寺の奥向きの一切を取り仕切る辣腕である。それだけに珍雲のとりなしにますます目を怒らせ、傍らの土蔵の漆喰《しっくい》扉を片手で打った。

「黙らしゃい、珍雲。お大切な御法会を延引なぞ、出来るわけあらしゃりますか」

怯え顔になった珍雲は体つきも華奢で、万事勝気な慈薫とは異なり、日頃から口数が少ない。童女の頃、囲炉裏《いろり》に落ちて負った火傷がいまも襟足から肩にかけて残っているとかで、始終首をすくめて俯いているのも気弱な印象を更に強めていた。

「そもそも御寺の重宝の管理は、表の侍衆の務め。それを果たさなかったばかりかおさわりまでならしゃったとなれば、どれだけお叱りあそばしたとて足りぬことはありませんあらしゃりません」

言いざま慈薫が目をやった土蔵の奥では、幅二尺ほどの達磨菩薩図が棚の釘に掛けられている。

ぎょろりと目を剝いた法衣姿の達磨を描いた筆は勇壮で、肥瘦《ひそう》の際立った線が個性的な面相を引き立てている。ただその迫力ある筆致に似合わず掛幅の端はほつれ、床には黒く小さな芥《あくた》がばらばらと散っていた。

禅宗の初祖である達磨は、今から千年以上昔に南天竺《みなみてんじく》・香至国《こうしこく》の第三王子として生まれた人物。政敵に母国を追われて出家し、大悟の後、第二十八祖菩提達磨と呼ばれるに至ったと伝えられる。

臨済の法流を汲む林丘寺では、達磨の命日である十月五日を「達磨忌」として、毎年盛大な法会を行っている。その際、花や茶、香立《こうたて》で荘厳した祭壇に祀るのは、先代住持である普明院元瑶《ふみょういんげんよう》の手になる達磨図と定められていた。

このため昨年も達磨会が終わると、静馬たちは虫よけの樟脳とともに達磨図を土蔵に納めていた。ところが今朝、いざ法会の支度をと土蔵の棚から絵を取り出してみれば、金襴の表装はところどころ虫に食われ、本紙にまで濃い染みが浮いていたのである。

達磨忌は林丘寺の数ある儀式の中でも、二月十五日の涅槃会《ねはんえ》、八月十九日の元瑶の父・後水尾《ごみずのお》天皇の忌日に並ぶ重要な法要。そんな盛儀の席に、虫食い跡も露わな絵を本尊として飾れるわけがない。慈薫が眉を吊り上げて怒るのも当然であった。

お末《すえ》の尼が知らせたのか、けたたましい足音が回廊で弾け、御家司《ごけいし》の松浦織部《まつうらおりべ》が袴の股立《ももだ》ちを取って駆けてきた。沓脱《くつぬぎ》の下駄をもどかしげにつっかけて土蔵の戸口に立ち、

「これは」と目を見開いた。

「いかがなさる、松浦どの。このままでは今年の達摩忌は催せませぬぞ」

忌々しげに顔をしかめる慈薫と静馬たちを、織部がせわしく見比べる。肩身の狭い思いで、静馬はますます頭を垂れた。

「いったいいそもじは配下の侍衆を、どのように躾《しつ》けておわしゃるのや。御前《ごぜん》(住持)がおよずけな(優しい)お人柄であそばすのをいいことに、懈怠《けたい》を決め込んであらしゃるんやないか」

「さようなことはございません。如何に大上臈さまとはいえ、お言葉が過ぎますぞ」

慈薫の権高《けんだか》な口調に、織部は白髪の目立つこめかみをひくつかせた。

「どれだけ意を尽くしたとて、虫害をすべて防ぎなぞできませぬ。ましてやこの夏は、いささか暑さが厳しゅうござった。そのせいで虫が多く湧いたかもしれぬ以上、こ奴らばかり責めるのはお門違いでございましょう」

すぐ背後に比叡の御山がそびえたつ林丘寺では、とにかく虫や獣の害が多い。漬物小

屋に潜り込んだ狸が沢庵の樽を荒らしたり、虫干しを忘れた毛氈《もうせん》がひと夏で穴だらけになる騒動も珍しくなかった。

「それよりもむしろ今は、明々後日のご法会をどうするか、知恵を絞らねばなりますまい。大上臈さまにその策はおありでございますか」

親子ほど年の離れた織部に睨み据えられ、慈薫は不機嫌そうに顔を背けた。

皇女たる住持に近侍する尼は、いずれも名だたる公家ゆかりの縁者と定められている。慈薫は清華家《せいがけ》である大炊御門家《おおいみかど》の息女であるし、珍雲は宇多源氏《うだげんじ》の流れを汲む五辻家《いつつじ》の家令の娘。それだけにこと実務に関しては叩き上げの侍である織部の方が、一枚も二枚も上手であった。

「いいえ。松浦どのこそ、何か考えがあらしゃるのか。こなたの知る限り、当寺には達摩菩薩の絵はこれ一幅しかあらしゃらぬはずやけど」

「さよう、仰せの通りでございます。それゆえいま碇監物《いかりけんもつ》がご領内諸寺の資財帳をひっくり返し、どこかに借り受けられる掛幅はないかと調べておりまする」

「お知りおきであらしゃりましょうが、達摩さんの絵であればなんでもおよしよしとはいかしゃりませんぞ。普明院さんの絵にも劣らぬおおはれな（質のいい）絵でなければ、御前とて得心あそばしますまい」

「ええ、よくよく承知しておりますとも。されど林丘寺のご領地は、畿内各地に計三百石。ゆかりの寺院だけで十数か寺ともなれば、名手の筆になる達摩図如き、すぐに見つけられましょう。上臈がたはご心配なく、香華《こうげ》や茶菓《さか》の手配でもなさっていらっしゃれ」

険しい面もちでにらみ合う二人を、静馬は上目遣いにうかがった。

何せ元瑶筆の達摩図は、まだ元瑶が俗世にあった四十年以上昔に描かれたという古図。それだけに昨冬の達摩忌の後には、咳き込むほどに箱に樟脳を入れ、紙封も厳重に施した。にもかかわらず大切な絵を虫に食わせてしまったのは悔しくてならないが、今は織部の言う通り、法要をつつがなく執り行うのが第一だ。

なにせ年に一度の達摩忌には、御世話卿《おせわきょう》・櫛笥隆賀《くしげたかよし》や住持・元秀の伯父である前少納言《さきのしょうなごん》・五条為致《ごじょうためむね》が参列し、禁裏《きんり》から帝の勅使《ちょくし》までやってくる。彼らの前で無様な本尊を披露したりすれば、住持の元秀《げんしゅう》はもちろん、隠居である元瑶の名にまで傷がついてしまおう。

あの、松浦さま、と静馬は遠慮がちに二人のやりとりに割って入った。

「近江国《おうみのくに》日野村の正明寺《しょうみょうじ》なる寺に林丘寺ゆかりの達摩図が納められていると、小耳に挟んだ覚えがございます。それを取り寄せられてはいかがでしょうか」

「日野村じゃと。近江国とはいえ、それはまたえらく遠方じゃのう」

日野村は近江国の南東。伊賀国境《いがのくにざかい》にもほど近く、醸造を主たる生業《なりわい》とする日野商人を多く輩出する土地柄である。

林丘寺とはまったく無縁な村の名に、織部は怪訝《けげん》な表情になった。

「はい。もう二、三十年も昔、元瑶さまにお仕えしていらしたお次さまが郷里の日野に帰る際、卓峰道秀《たくほうどうしゅう》さま筆の達摩図を長年の忠節への褒美として賜り、それを実家近くの寺に寄進したらしいのです」

卓峰道秀は禅宗の画僧。西本願寺《にしほんがんじ》画所・徳力《とくりき》家に生まれ、はじめは真宗僧として出家するも、やがて明国より来朝した黄檗《おうばく》僧・高泉性潡《こうせんしょうとん》の弟子となった人物である。万福寺《まんぷくじ》の諸役を歴任する一方で、林丘寺にほど近い花園《はなぞの》村・西来寺《さいらいじ》の住持となり、爾来《じらい》、三十余年に亘って十八歳年上の元瑶に絵の手ほどきをし続けた。

静馬がその手になる達摩図の話を聞いたのは三年前。道秀が六十三歳で亡くなった折であった。元瑶は長年の師匠の死をひどく悼《いた》み、西来寺での葬儀に自ら足を運ぶばかりか、林丘寺でも丁寧な供養を行わせた。その礼にやってきた西来寺の役僧が、かつて正明寺で見かけた道秀の絵の話を静馬に漏らしたのであった。

「そのお次さまは、絵を寄進の後、ほんの数年でご逝去。正明寺ではそのお方の位牌とともに、達摩図を今でも大切に供養なさっているとやらうかがいました」

「わかったぞ。静馬、おぬし、性圭尼《しょうけいに》どののことを申しているのじゃな。それにしても今になって、懐かしい名前を聞くものじゃ」

いえ、と静馬は首を横に振った。

「申し訳ありません。さすがに私も、お次さまのお名前まではうかがっておらぬのです」

「いや、近江国の生家に戻った尼公《あまぎみ》となれば、性圭どのに間違いない。確かにあのお方が致仕なさる際、普明院さまから下されものがあったと聞いた覚えがある。当時、わしはまだただの青侍《あおざむらい》だったゆえ詳しくは知らぬが、そうか、それは道秀さまの絵じゃったか」

うむうむとしきりにうなずきながら、織部が腕を組む。そんな織部に、静馬は「いかがでしょうか」と畳みかけた。

「かような絵であれば、元瑶さまもきっと懐かしがられるのではと思うのですが」

神無月とともに訪れた冷え込みが悪かったのか、普明院元瑶は数日前から体調を崩し、今日も自室で臥せっている。ご典医・藤林道寿《ふじばやしどうじゅ》によればただの風邪との診立てだが、あの元瑶のことだ。達摩忌の当日には何があっても起き出し、法会に列席するに違いない。それだけにどうせ他人の絵を本尊にするのであれば、少しでも元瑶が喜ぶ絵を使うよう計らいたかった。

「確かに卓峰道秀さま筆の達摩図ともなれば、林丘寺の法会の本尊に不足はあるまい。ましてや、元瑶さまがかつて所持されていた品ともなれば、なおさらだ。——よし、与五郎。おぬし、すぐに監物にこの旨を知らせ、共に正明寺とやらに行ってまいれ」

それまで慈薫の険しい叱責にうなだれていた与五郎が、顔に安堵を浮かべて立ち上がる。侍小屋へ駆けていくその背を見送ってから、織部は上臈たちを顧みた。

「御前にはお二方より、本尊を差し替える旨をお伝えくだされ。普明院さまの達摩図は我々が責任を持って、表具屋に修繕させまする」

「わかりました。ですが直しはおいしいしと（しっかり）やらしゃれいや。来年の法会の際、また苦々しい有様であらしゃったら、その時こそ捨て置きませんえ」

慈薫はそう吐き捨て、練絹の法衣の裾を荒々しく翻した。そのまま客殿へと向かう相役をあわてて追いかけながら、珍雲が申し訳なげに織部に目礼した。

同じ「奥」の尼であっても、慈薫と珍雲の気性は水と油。気の強い慈薫からすれば、無口でおとなしい珍雲はどうにも歯がゆくてならぬらしい。ただ常に他人の支え役に徹し、中通《なかとおり》との折衝や見習い尼の躾に心を配る珍雲がいればこそ、林丘寺がうまく回っているのも事実である。

「やれやれ。まったく同じ尼公でもこうも違うものかのう」

嘆息交じりの織部の呟きに、静馬は苦笑いした。

「とはいえこの時刻からでは、監物たちが日野にたどりつくのは夜中になろう。されば達摩図が当寺に届くのは、早くとも明日の夕刻。掛幅の大きさが普明院さまの手になるそれとさして変わりがなければよいが、実は双幅《そうふく》じゃったり扇面画だったりすれば、それに合わせて新たに祭壇を作り直さねばなるまいな」

達磨忌は本堂ではなく、楽只軒《らくしけん》の一の間に祭壇を設《しつら》えて執り行われる。すでに池に面した広間では尼たちが総出で支度を始めているが、明日届く達磨図次第では例年通りの祭具が使えぬ恐れもあった。

「ついてはおぬし、今のうちに普明院さまに卓峰道秀さまの絵の寸法をお尋ねしてきてくれぬか。いかに昔の話とはいえ、絵の大小程度であれば覚えておられるじゃろう。臥せっておられるところをお騒がせするのは、まことに心苦しいがな」

「かしこまりました。朝に浄訓《じょうくん》から聞いた話では、すでにお熱《ぬる》も下がっておられるそうです。きっと快くお教え下さりましょう」

大昔に手放した師の絵を久方ぶりに目にできるとなれば、元瑶はきっと喜ぶはずだ。静馬は弾む胸を抑えて、織部に一礼した。中門を横目に眺めながら御客殿西北の元瑶の居間へと向かい、よく手入れされた植え込みの際に膝をついた。

「普明院さま、お目覚めでございましょうか。静馬でございます」

だが予想に反して、元瑶の応えはない。その代わり広縁に面した障子がゆっくり開き、普明院付きの上臈である諄仙《じゅんせん》が顔を出した。

大きく曲がった腰の丸さが大儀そうな挙措と相まって、どこか年を経た猫を思わせた。

「どないしやった、静馬。普明院さんは先ほど薬を参らせられ、いまはおうつうつ（うつらうつらと寝る）であらしゃる。すかすか（急ぎ）のことならともかく、そうでなければ後にあそばせ」

「お、お加減がお悪いのですか」

なにせ元瑶は、すでに八十四歳の高齢である。それだけに静馬は我知らず腰を浮かせた。だが諄仙は濁った眼を眇《すが》めて静馬を見下ろし、「心配しやるな」と小さく首を横に振った。

「昨晩、咳気《がいき》け（風邪）が去り、ご気丈さんや（気分がいい）と言わしゃって、夜食《およなが》に雑炊《おみそう》を二膳も参らせられたのや。朝からお腹《なか》が痛いと仰せやけど、有体に申してただの食べ過ぎであらしゃろ。なにも案ずることはあらしゃらぬ」

かつて両の手指の数に余るほどいた元瑶付きの上臈は、そのほとんどが主の隠居とともに暇を取り、今なお林丘寺に残っているのはとっくに古希を超えた諄仙のみである。主の元瑶の気性を知り尽くしたその言葉に、静馬は胸を撫で下ろした。

「それはようございました。ところでもしや諄仙さまは、以前、こちらのお寺にいらした性圭さまというお次どのについて、ご存じではございませんか」

諄仙は今や、元瑶と並ぶ林丘寺の古参。それだけに静馬は元瑶でなくとも用事が済むのではと思ったが、案の定、諄仙は胸の前でぽんと手を打ち鳴らした。

「なんと懐かしい御名《おんな》であらしゃるなあ」

と、大きな染みの浮いた頬をほころばせた。

「性圭さんであらしゃったら、ようよう存じてます。元は八条宮智忠《はちじょうのみやとしただ》親王さんのお屋敷にお仕えしてならしゃったんやけど、親王さんがおかくれあそばして（お亡くなりになって）から高泉性激さんの下で出家して、この寺においであそばされたんや」

「その性圭さまの致仕に際し、元瑶さまが卓峰道秀さま筆の達摩図を下されたとか」

「おお、あのいとぼい（可愛らしい）絵やな。道秀さんには珍しい小さな絵で、元瑶さんもずいぶんお気に入りやった一幅や」

懐かしげに目を細める諄仙の記憶によれば、性圭に与えられた達摩図は本紙の幅が一尺ほどの小品。絹本《けんぽん》に彩色で赤い法衣姿の達摩を描いた、愛嬌のある作という。

性圭が出家の戒師とした高泉性激は、道秀の師でもある。元瑶が性圭に道秀の絵を与えた理由が、それで漠然と察せられた。

「まあ、いとぼいと言うても、そこはあの道秀さんの筆や。ぎょろりと目を剝いたお顔など、笑い出したいぐらい剽軽《ひょうきん》なのにどことのう威があってな。さすがに元瑶さんのお師匠さんやと、いつもみなで感心して拝見してあらしゃったなあ」

「へえ、卓峰道秀さまはそんな絵も描かれたのですか」

少なくとも静馬の知る限り、道秀が自ら林丘寺を訪れることは皆無であった。元瑶への絵の教示はもっぱら道秀が林丘寺の寺侍に粉本《ふんぽん》（手本）を託し、元瑶がそれを参考に描いた絵を、再度、寺侍を介して師に送る形で行われていた。

それだけに静馬もかつては、毎日の如く西来寺を訪《おとな》い、肩も首も逞しい道秀の姿に往古の荒法師とはこんな人物だろうかと考えもした。ただそれでいて、「お勤め、ご苦労じゃな」とねぎらう声には読経で鍛えられた深い響きがあり、「表」の侍以外の男をほとんど知らぬ静馬を戸惑わせもした。

（あれから、もう三年か――）

道秀が没したのは、夏の盛りの六月半ば。半年ほど前から患いついた末の、朽木が倒れるに似た穏やかな死であった。

西来寺に出入りする林丘寺の侍衆には、道秀の病臥《びょうが》は周知の事実であった。だが道秀は自分の病を林丘寺の尼たちには決して告げぬよう固く口止めをし、長年の弟子である元瑶にも何も悟らせぬまま、息を引き取ったのであった。

「それにしても歳月とは、あっという間に流れてしまうものであらしゃるなあ。とうの昔におかくれにならしゃった性圭さんの御名をこうやって聞けるとは、長生きはするもんや」

懐かし気に目を細める諄仙に礼を述べると、静馬は南庭を回り込んで楽只軒に向かった。紅葉が美しく色づいた庭にはすでに五正色幕《ごせいじきまく》が巡らされ、まるで錦を広げたが如き華やかさである。

一の間いっぱいに敷き詰められた毛氈は戸外の鮮やかさに負けぬほどに赤く、あわただしげに支度に走り回る尼公たちの墨染衣《すみぞめごろも》までが妙に明るく映る。広間中央に設えられた素木《そぼく》の祭壇に目を投げてから、静馬は幔幕《まんまく》の後ろで床几《しょうぎ》の数を数えている織部に近づいた。諄仙から聞いた詳細を告げ、「いかがいたしますか」と声を低めた。

「ふうむ。かほどに小さな絵なのか。それでは法会にご列席の衆から、本尊のお姿が見えぬやもしれぬな。とはいえ今から、他の達摩図を探すのもひと苦労じゃ。ならばいっそ祭壇の大きさはそのままにして、五色の幡《はた》や法具類で賑やかに飾り立てるとするか」

「なるほど、確かにそうすれば設えは華やかに見えましょうし、ご本尊が見えずともさして奇妙に感じられぬやもしれませぬ」

「いずれにしたところで、こうもすぐに代わりのご本尊が見つかるとはありがたい。まさに一華五葉《いっかごよう》を開き、結果自然《じねん》に成るとはこのことじゃなあ」

一華五葉を開き、結果自然に成る——とは達摩が弟子である慧可《えか》に与えたとされる偈《げ》の一節。禅僧たちはこれを人の仏性が開花する様を詠んだものと説くが、林丘寺の侍は勝手に、物事が流転して一つの結果にたどり着くたとえとして用いていた。

この時、静馬の相槌を遮る勢いで鈍い音が響き、権高な喚き声がそれに続いた。驚いて顧みれば、慈薫が一の間の真ん中に仁王立ちになり、年若な尼を叱りつけている。

祭壇を整えていた尼が、誤って銅の花器を床に落としたらしい。けたたましい叱責に、織部は白いものの混じった眉を器用に上げ下げしつつ、静馬に顔を近づけた。

「とはいえ、じゃ。いま慈薫さまに絵が小さいなぞと告げれば、あのお上臈はまたなにを喚きたてられるか知れたものではない。明日、与五郎たちが戻って参るまでは、知らぬ顔を決め込もうぞ」

「はい、かしこまりました」

本尊がいまだ届かずとも、法会前の寺では為すべきことは山積みである。参列の衆を迎える饗応《きょうおう》（宴会）の支度に始まり、勅使に託す礼物の用意、昵懇の諸寺から招聘《しょうへい》する当日の導師・従僧の人数の確認……。その一方で、元瑶筆の達磨図修繕のため、下男の伊平太《いへいた》を出入りの洛中の表具屋に走らせたり、念のためにと土蔵の樟脳を入れ替えたりしているうちに、日は西山へと傾いた。

翌朝、真っ先に向かった元瑶の自室はまたも障子が締め切られ、しんと静まり返っている。折しも通りかかった浄訓を呼び止めて尋ねれば、元瑶は相変わらず腹の具合がすぐれず、大事を取って今日も臥せっているという。

「心配しなくたって、明後日までにはよくなられるわよ。それより昨日、慈薫さまが凄まじい形相で、ご本尊が虫に食われたと尼公たちに触れ回ってらしたわよ。場合によっちゃ、御世話卿さまに告げ口をされかねない形相でいらしたけど、静馬、大丈夫なの」

「さあな。ただ法要さえ滞りなく済めば、慈薫さまも少しは腹の虫を納めてくださるんじゃないか」

「なるほどね。けどあなたたち、珍雲さまにはお礼を申し上げなさいよ。あの方が随分なだめてくださっているから、慈薫さまのお怒りもあの程度で済んでいるんだから。もっともその珍雲さまも、絵の修理が済むまで達摩忌を延引してはと御前に申し上げたとかで、陰で慈薫さまに叱り飛ばされていらしたけど」

「そりゃあ、怒られてもしかたがないだろう。あの方にしては珍しい口走りをなさったものだ」

　皇女たる住持を主といただく林丘寺の生活は、内裏のそれとほとんど変わりがない。そして内裏の一年とはすなわち長い歳月の中で培われた年中行事とともにあり、一つ一つの儀式を忽《ゆるが》せにすることは日々の暮らしを疎《おろそ》かにすることと同義。このためどんな事情があるとしても、年中行事たる法会の日程を変更することなど、決してあり得ない。

　あの真面目な珍雲らしからぬ提案に静馬は首をひねったが、達摩忌の支度はあまりに忙しく、そんな些事はすぐに脳裏から去った。

　庭の植木を軽く揺すって枯れ葉を落とし、池や遣水《やりみず》の芥《あくた》をさらう。当日床几を並べる場所を確認し、標《しもと》（目印）代わりの小石を庭に置いていると、侍小屋の方角が騒がしくなってきた。

日はとうに頭上を越え、空を覆う雲には灰色の濃淡が目立つ。ようやく監物や与五郎が戻ってきたのかと、静馬は五色の幕の裾をくぐって駆け出した。

覗き込んだ侍小屋の奥の間では松浦織部が難しい面で胡坐をかき、そのかたわらに梶江源左衛門《げんざえもん》と須賀沼重蔵《すがぬまじゅうぞう》が困惑顔を連ねている。ただ埃っぽい臭いを全身にまとわりつかせた与五郎と監物はともかく、見覚えのない僧形の少年が一人、部屋の隅に正座しているのはどういうわけだ。

「おお、静馬か。正明寺より絵が届いたぞ」

目を上げた織部の膝元には、小ぶりな桐箱が置かれている。そのかたわらに並べられた麻の風呂敷と紺青の平緒が、くっきりと静馬の目を惹《ひ》いた。

「道秀さま筆の達磨図、たった今、改めたがな。確かに元瑶さまの達磨図に比べて小ぶりなれど、筆の勢いがあるゆえ、本尊として用いる分には差し支えなさそうじゃ」

「それはよろしゅうございました」

静馬の賀詞《がし》を遮るように、少年僧が「ちょいと待ってくれよ」と叫んだ。年はまだ、十四、五歳だろう。剃り上げた頭は青々として、団栗《どんぐり》をはめ込んだかと思うほど丸い目が気の強そうな光を湛えている。洗い晒された法衣の縫い目が、てらてらと光っていた。

「勝手に決めないでくれよ。おいらはまだ、この絵が法会の本尊になることに得心しちゃいねえんだけど」

「まったく、頑なな餓鬼《がき》じゃな。ご住持は異を唱えられなんだのだ。おぬしは黙っておれ」

碇監物が四角い顔を歪めて、少年を叱りつける。すると少年は打てば響く早さで、

「黙っていられるもんかい」と言い返した。

「ご住持さまはいきなり押しかけてきたあんたたちの頼みをむげに出来ず、とりあえず絵をお貸しなさっただけさ。おいらをわざわざ供させたのが、その何よりの証拠だろうが」

部屋の隅に控えた与五郎を、静馬は肘で突いた。

「おい、誰なんだ。こいつは」

「寂応《じゃくおう》と申す、正明寺の小坊主です」

声をひそめて囁《ささや》き返し、与五郎は疲れの滲《にじ》む目で寂応を指した。

正明寺は聖徳太子が建立したとの伝承を持つ古寺。一度は焼亡したものの後水尾天皇の勅願によって再興され、現在は御所・清涼殿の堂宇が移築された、本堂として用いられている大寺である。

それだけに後水尾帝の皇女を開基と頂く林丘寺からの願いを、正明寺の住持は快く容れた。しかし監物たちがいざ仏前に供えてある達摩図を預かろうとするや、住持付きの従僧である寂応が異を唱え、住持や居並ぶ老僧を困らせた、と与五郎は語った。

「こ奴の祖父はかつて寺男として、正明寺の什物《じゅうもつ》の管理を任されていたとか。それで祖父の代わりにとばかり、かようなわがままを申しているらしいのですが――」

なんだそれは、と静馬が呆れ返る間も、寂応は口を尖らせてしゃべり立てている。

「だいたい明後日には、うちのお寺でだって達摩忌を行い、ついでにその絵のご供養をするんだ。それなのに今年だけ本尊として祀らせてくれってのは、ちょっと虫が良すぎる話じゃないか」

「とはいえ当寺にとっても、達摩忌は大切な儀式でなあ。その上、道々、そ奴らが説いて聞かせたとは思うが、本来のご本尊が損なわれてしまい、どうにもこうにも困っておるのじゃ。決して、絵を損なう真似はいたさぬゆえ、何卒得心してはくれまいか」

物静かに言い聞かせる織部とは裏腹に、監物の面相は怒りに強張っている。すでに林丘寺までの道中、こまっしゃくれた小坊主の文句を散々聞かされ、頭に血が上っている様子であった。

「まあ、どうしてもって言うなら、考えてやらないでもねえけどよ。下にも置かぬ扱いはもちろん、ちゃんとお寺まで返してくれるんだろうな」

しつこく念押しする寂応に、正明寺の住持という人物はよほど心根の優しい人物なのだろう、と静馬は思った。

後水尾帝御願寺の住持ともなれば、こんな小坊主の文句ぐらい頭ごなしに退けてもよいはずだ。だが住持はそれをせぬばかりか、達摩図の供との名目で寂応を林丘寺まで遣わしている。比丘尼御所の威容をその目で見、盛大な法会に触れることで、自らの言い分を引っ込めることを期待したのかもしれないが、それはこの気の強そうな小坊主に対する信頼と愛情がなければ出来はしない。顔も年恰好もわからぬ住持に、静馬は親しみを覚えた。

見れば監物はともかく、織部や源左衛門が寂応に注ぐ目は温かい。精一杯理屈を並べる小坊主をほほえましく思っていることが、歴然と感じられた。

「それは当然じゃ。法会をつつがなく営むためにも、万に一つも絵を損なうような真似はせぬ。それほど心配なら、おぬし、法会の支度から片付けまで一部始終を見張っておれ」

「おお、言われなくたって、そうしてやるさ。その代わり、少しでも絵を傷つけたらただじゃおかないからな」

もしかしたら正明寺の住持は、利発なこの小坊主をいずれは京の大寺で修行させてやりたいと考えているのかもしれない。だからこそ彼の利かん気をあえて矯《た》めず、達摩図の供をさせたのではないか。

そんな遠回しな心遣いは、元瑶とどこか似ている。落ち着きなく揺れる寂応の頭を眺める静馬の唇に、薄い笑みが浮かんだ。

二

わざわざ日野から借り受けてきた達磨図が小品だったことに、慈薫は不快を露わにした。

「こないおいぼいぼしい（小さい）絵を本尊にするやなんて、御前にも普明院さんにも申し訳があらしゃりませんなあ」

だが慈薫をなだめすかしていざ祭壇に飾ってみれば、達磨の衣に差された朱色が鮮やかなせいか、絵の小ささは不思議なほど感じられない。ぎょろりと目を剝いた達磨の表情はいささか間が抜けているが、一方で逞しい肩や法衣は内側から風を巻き起こしているかのように大きくうねっている。諄仙が語った通り、少年じみた愛嬌と奇妙な力強さを兼ね備えた、魅力溢れる一幅であった。

日野村から達磨図ばかりか小坊主までやってきたと知り、普段は支度の場になぞ姿を見せぬ元秀までもが一の間にやってきた。祭壇の絵を仰ぎ、「さすがは普明院さんのお師匠さんの絵であらしゃるな」と白い顔をほころばせた上、寂応をわざわざ連れて来させ、勾欄《こうらん》越しに直に声をかけもした。

「こないおよしよしの絵を貸していただけるとは、ありがたい限りや。ご住持に何卒よろしく伝えてならしゃれなあ」

「へ、へえ。確かに承りました」

色鮮やかな五正色幕を巡らした庭や香煙をくゆらせる壮麗な殿舎《でんしゃ》に目を丸くしていた寂応は、美しい元秀に礼を述べられたことですっかりうろたえてしまったらしい。舌をもつれさせながら、地面に額をこすりつけた。

子犬を思わせるその仕草に、尼たちが一斉に笑いさざめく。満開の桜が花びらを散らすに似た華やかな声に、寂応は首まで真っ赤になった。

「それはそうと、慈薫。せんもじ（先だって）五条のおとのさん（当主）から文が参らせられ、法会の日は子供衆《おさない》もお連れにならしゃるそうや。饗宴の食事には、お子たちでも食べやすい素麺《ぞろ》か餅《おかちん》でもお拵えならしゃれ」

「それはまた、おひろひろに（賑やかに）ならしゃりますなあ」

慈薫が間髪を置かずに応じたのは、元秀の伯父である五条為致が禁裏でも評判の子福長者だからだ。

五条家は代々半家《はんけ》の家格を有し、極官は大納言。とはいえ公家の没落甚だしいこのご時世、五条家も例に漏れぬ貧乏暮らしを強いられており、十五歳を筆頭に男女合わせて八人もの子どもを持つ内証が火の車であることは周知の事実であった。

これで帝の寵姫となった妹が存命であればまだしも、元秀の母にあたる五条経子はとうの昔に早世しており、その余慶は影も形もない。それだけに元秀は以前から折を見ては五条家に金品を送り、少しでもその暮らしが楽になるよう計らっていた。

　為致が法会にわざわざ子どもを伴うのは、そんな姪に家ぐるみで礼を述べようとしてであろう。とはいえただでさえ法会で慌ただしい最中、八人もの子どもまで連れて来られては、迎える尼たちの苦労はひとかたならぬものがある。

「手間をかけるが、許《ゆのじに》してならっしゃれ。おとのさんの文によれば、お子たちも昔に比べればずいぶんおよずけ（お利口）にならしゃったそうや」

「本当にそうならおよしよしであらしゃりますけど。くもじながら（恐れながら）一昨年の月見の宴の折には、お子たちのお一人が池に落ちて、えらい騒ぎにならしゃりました。御前からも五条のおとのさんに、二度とあんなことがあらしゃらぬよう伝えてならしゃりませ」

　もともと元秀は気が短い。不平をにじませた慈薫の物言いに、形のいい眉をはっきりとひそめた。

「その話であれば、おとのさんもすぐにお詫《あやま》りあそばしたやないか。二年も昔のことをなにをくだくだしゅう（繰り返し）言わしゃるんや」

「ご緩怠《かんたい》ながら（言いづらいですが）、お子たちというもんは何をしでかすか分からぬものであらしゃります。御身内だけやった月見の宴ならともかく、ご禁裏からの使者《おつかい》もごあしゃる（おいでになる）法会の席で似たことがあらしゃっては、御前のためにもならしゃりませんかと」

元秀の眉間の皺が、ますます深くなる。わかった、とひと息に言い放ち、長い素絹《そけん》の裾を乱して立ち上がった。

「それやったら、誰かにごねんきに世話《せもじ》をさせよ。さすれば慈薫もお息巻《いきまき》（文句）はあらしゃらへんやろ」

朱唇を嚙み、元秀は一の間にひしめく尼たちをぐるりと見回した。「――珍雲」と、慈薫の傍らの小上臈を扇で差した。

「そもじ、明後日は五条のおとのさんのお子たちの世話《せもじ》をしてならしゃれ。よいな」

「こ、こなたがでございますか」

ただでさえ大きな目を見開いて、珍雲は腰を浮かせた。だがすぐに元秀と慈薫の眼差しに気圧された様子で、「――かしこまりました」と両手をつかえてうなだれた。

「そないふたふた（狼狽《ろうばい》）せんかて、五条のおとのさんの家司の多田式部《ただしきぶ》とそもじとは、幼馴染であらしゃろう。おとのさんによれば、普段、やんちゃなお子たちも式部が雷を落とすと、すぐにおよずけにならしゃるそうや。せめて法会の間だけでも、二人でお子たちの世話をしてあらしゃれ」

「は、はい。しかと承りました」

「あまりにおとぎ（相手）が大変であらしゃったら、静馬なり与五郎なりに手伝わせたらよろしいやろ。いずれにしたところで、あんじょうに頼むえ」

　林丘寺は寺の規模の割に、侍の数が少ない。寂応を促して侍小屋へと退きながら、静馬はかたわらの与五郎の腕を摑んだ。

「おい、与五郎。お前の方が、お子たちには年が近いだろう。お相手は任せるから、よろしく頼むぞ」

「ちょっと。それはずるいですよ、静馬さま。初めて会う子どもの相手など、私が出来るわけがないでしょうが」

「なんだと。新参者の癖に、勤めを選り好みするつもりか」

　互いに役目を押し付け合う静馬たちを見比べ、寂応はふふっと肩を震わせた。まだ幼さを留めた丸い頰が、焼けた餅のように緩んだ。

「なんだ。偉そうな身形《みなり》をしている癖に、あんたらもうちの寺の坊さんたちとさして変わりがないんだなあ」

　与五郎が「なにを」といきりたつ。寂応はそれにますます笑み崩れた。

「子どもの相手がそんなに嫌なら、おいらが手伝ってやろうか。近郷の餓鬼どもと始終遊んでるから、世話なら慣れているぞ」

「なに、それは本当か」

法会の日は猫の手も借りたい騒ぎだけに、寂応が助太刀してくれるのはありがたい。真顔になった静馬に、寂応はきっぱりとうなずいた。

「別にあんたらを助けようとしてじゃないぞ。あの絵のためだ。大勢のお子が法会の席で騒ぎ、万一、大事な達摩図を損なったりしたら大変だからな」

「よし、わかった。そういうことであれば、相身互いだ」

松浦織部にさっそくこの旨を告げると、織部は呆れ顔で盆の窪を掻いた。

「まあ、それは確かにありがたい。ただし、寂応。おぬしが相手をするのは、そのあたりの村の悪童ではないぞ。仮にも御前の従妹弟ぎみにして、前少納言さまのお子がたじゃ。まかり間違っても、お怪我など負わせるなよ」

「うるさいなあ、わかってら」

法要が終わるまで、寂応は侍小屋の宿直所《とのいどころ》に泊まることに決まった。思いがけぬ客の逗留に、浄訓や円照《えんしょう》ばかりか中通の嶺雲《れいうん》まで顔をのぞかせ、明るい喧騒が寺内に満ちた。

しかし翌朝、朝餉《あさげ》を済ませた静馬と源左衛門が行き合ったのは、珍しく狼狽しきった面持ちで南庭から駆け出してきた松浦織部の姿であった。よほど狼狽《うろた》えているのか、鬢《びん》の毛は乱れ、すでに神無月というのに足元は裸足のまま。寝起きそのままで袴をつけたかと疑う身ごしらえに、源左衛門が眉根を寄せた。

「いかがなさいました、織部さま」

「おーーおお、源左衛門か」

織部がすがりつく目で、こちらを顧みる。それと同時に客殿の広縁に慈薫が駆けて来て、「やはりござりませんぞ、松浦どの」と金切り声を上げた。こちらもとるものもとりあえずとばかり、白粉も紅も施さぬままの素顔であった。

「いったい何がないのでございますか」

「あの達摩図がおわしゃられぬのやッ」

慈薫は甲高く叫んで、胸の前でいらいらと両手を揉みしだいた。

「夕もじ（昨夜）までは間違いなくおわしゃったのや。万一を考えて箱に納め、祭壇の上にお上がりやった（安置した）。それが朝、お次の尼が改めれば、箱ごと影も形もおわしゃらぬ。寺内の者がとのじを働く（盗む）わけがなし、いったいどこに行かしゃったのやら」

馬鹿な、と静馬はその場に棒立ちになった。源左衛門はそんな静馬の背を一つ叩くなり、身を翻して寂応の眠る宿直所へ駆け込んだ。

鼻先まで布団に埋めて寝こけていた寂応は、達摩図がなくなったとの言葉に跳ね起きた。乱れた布団もそのままに部屋を飛び出し、真ん丸な目を見開いて慈薫と織部に食ってかかった。

「どういうわけだよ。達摩図はちゃんとしまってあったんだろうな」

「もちろんじゃ。しかしいったい何が起こったのか、わしらにもそれがまったく分からん。寺門はもちろん、御客殿の錠口は当然閉ざされておったし、他に物を盗られた形跡は庫裏《くり》にもご本堂にも皆目見当たらぬ」

寂応は小鼻をひくひくと震わせ、四囲を睨み回した。だがすぐに両の手を拳に変え、力なくうなだれた。

「とにかく織部さま、もはや法会は明日でございます。盗人の詮議《せんぎ》は後回しにして、まずは達摩図を探し出さねばなりますまい」

「お、おお。その通りじゃ」

冷静な源左衛門の促しに、織部は幾度も首を縦に振った。自分を落ち着かせるように、幾度か荒い息を繰り返してから、「上臈さまはもう一度、殿上をお探しくだされ」と慈薫を振り返った。

「我らはこれより境内を当たります。少なくとも絵はまだ寺外には出ておりますまい。根気強く探せば、必ずや見つけられましょう」

「されど、松浦どの。もし明日までに探し出せなんだら、その時はいかがあそばす」

唇を震わせる慈薫に、「そんなことは、いま考えても仕方ありますまい」と織部は言い放った。自らの不安をねじ伏せるかのように、荒い口調であった。

「御前のご面目を損なわぬためにも、まずは絵を見つけることに傾注せねば。源左衛門、おぬしは侍たちの差配を頼む。わしは御前にこの旨を申し上げて参る。静馬は念のため、普明院さまにことの仔細をお告げして来い」

承知しました、と応じて駆け出そうとして、静馬は足を止めた。悔し気に肩を震わせる寂応に目を走らせ、その腕を引っ掴んだ。

「お前も一緒に来い。その後は寺内の捜索も手伝えよ」

寂応の心根の優しさは、昨日、五条家の子どもたちの相手を買って出た事実からも分かる。きっと今その胸の裡《うち》では、林丘寺の者への怒りとそれを堪えねばとの自制が激しく渦を巻いていよう。にこやかで、おそらくは正明寺の住持とも似たところがある元瑶に引き合わせることで、少しでもその憤りを取り去ってやりたかった。

この数日、堅く締め切られていた元瑶の自室の障子は開かれ、朝の陽ざしが差し入る床の間にほころびかけた紅椿の花が活けられている。元瑶はその傍らに座って椿を眺めていたが、静馬たちの足音におやと振り返った。

「おお、静馬か。そもじ、こなたがお床についていた（寝込んでいた）間に、何度かお顔を出してくれやったそうやなあ」

「無事に床上げをなさったご様子、何よりでございます」

内心懸念していたよりも元瑶の血色はよく、病臥の衰えはほとんど見られない。寂応をうながして片膝をついた静馬に、元瑶は小さく笑った。

「昨夜、御前が見舞いかたがたあそばされてお聞きあらしゃったけど、こなたが昔、性圭におくだしした（与えた）道秀さんの絵を、正明寺さんから借り受けたとか。そちらにおわしゃる坊さん（お坊さま）がその使者《おつかい》であらしゃるか」

「はい。寂応と申します」

寂応に鷹揚《おうよう》にうなずく元瑶に、静馬はひと膝詰め寄った。

「ただ、元瑶さま。大変なことが起こりました。正明寺さまから借り受けた達摩図が、昨夜の間に盗まれた模様でございます」

元瑶が小さな音を立てて、息を飲む。静馬は深く目を伏せた。

「元瑶さまにも正明寺さまにも、申し訳ないことになってしまいました」

と、元瑶の顔を見ぬまま続けた。

「私が道秀さまの絵をなぞと言い出さなければ、達摩図はかような目に遭わなかったはず。せめてこれ以上のご迷惑をかけぬためにも、これより急いで寺内の捜索に加わって参ります」

口早な弁明に応じる言葉はない。静馬は怪訝に思いながら上目を遣い、胸の中でえっと叫んだ。

床の間に飾られた五弁の椿は六分ほど開き、黄色い花粉が畳をわずかに汚している。元瑶はその畳にがっくりと片手をついて、まるで静馬の言葉なぞ耳に入っていないかのように頭を垂れていた。

具合が悪いわけではない証拠に、瞼の厚い双眸は大きく見開かれ、畳の一点を凝視している。しかし小さな顔にはまったく表情がなく、袂からわずかにのぞいた手首はなにかを堪えるかの如くわなわなと震えていた。

「げ、元瑶さま。まだお加減が優れられぬのではございませんか。しばし横になられては」

ぎこちなくこちらを顧みた元瑶の顔は、血の気を失って紙の如く白い。乾いた唇が見る見る青ざめていくのに気づき、「じゅ、諄仙さま。諄仙さまッ」と静馬は喚いた。

軽い足音が奥の間で響き、からりと障子戸が開く。諄仙が二つ折れの腰からは想像もつかぬ早さで膝行《しっこう》し、元瑶の肩を支えた。

「普明院さん、どないならしゃりました。気合（気分）が悪《あ》しうあらしゃりますのやったら、すぐに床を延べましょう」

「あの絵は——」

現《うつつ》ない元瑶の呟きに、静馬は「大丈夫でございます」と声を張り上げた。

「道秀さまの達摩図は、必ずや我々が見つけ出します。元瑶さまはどうぞお心を安んじてくださいませ」

元瑶の目が伏せられ、薄い肩がまたもわななく。静馬は矢も盾もたまらず、庭を飛び出した。

今ごろ寺内のそこここでは、源左衛門や須賀沼重蔵たちが捜索を行っているはずだ。あまりに激しい元瑶の狼狽《うろた》えぶりを彼らに告げるのもためらわれ、静馬は総門に続く石段を駆け下りた。元瑶が散歩の折に使う観音堂が見えるあたりで足を止め、荒い息をつく。追いついてきた寂応が、そんな静馬の肩をいささか乱暴に叩いた。

「おい。さっきの婆さんってのが、あの達摩図がうちの寺に来るきっかけを作ったご先代かよ」

「婆さんとは何事だ。畏れ多くも後水尾院さまの第八皇女、俗におわした頃は光子《てるこ》内親王と呼ばれたお方だぞ」

「ふん、内親王さまでも宮さまでも、婆さんは婆さんだろ」

寂応は首をひねって、駆け下りてきたばかりの長い石段を仰いだ。薄雲の垂れ込めた空を切り取る御客殿の屋根を睨み、「もしかして、絵を盗んだのはあの婆さんじゃねえのか」と吐き捨てた。

「な――」

あまりに思いがけぬ言いざまに、喉の奥で無数の言葉がもつれ合う。寂応はそんな静馬を冷たく一瞥した。

「うちのじいさんが話していたんだ。あの達摩図を正明寺に納めに来た尼さまは、当時のご住持に絵を渡す間、ずっと声を殺して泣いていたんだってよ」

以来、寂応の祖父は亡くなるまでずっと、「あの尼さまは何らかの事情があって、軸一本を給金代わりに寺を追い出されたんじゃろ」と家の者たちに漏らしていた。それだけに九歳で正明寺の小僧となった寂応にとって、達摩図は顔も知らぬ尼公の涙の凝《こご》りと映った。林丘寺から使いが訪れ、達摩図を借り受けたいと言い出した際にも、真っ先に脳裏をよぎったのは折ごとに聞かされた祖父の話であった。

「きっとあの婆さんは、厄介払いついでに押し付けた絵がここに戻ってきたことが、面白くなかったんだろ。それでお付きの衆にでも命じて、こっそり達摩図を隠させたに違いねえさ」

「馬鹿ぬかせ。元瑶さまに疑いをかけるとは、無礼にもほどがあるぞ」

かっと顔を紅潮させた静馬を、寂応は一歩も引かぬと言いたげな目で仰いだ。

「けどそれなら、さっきのありゃあなんだよ。昔懐かしい絵が盗まれたにしても、あまりに驚きすぎじゃねえか。おいらにゃちょっと、白々しく映ったぜ」

寂応の言葉は、一面では正しい。乳児の頃に林丘寺に引き取られ、元瑶から実の祖母同然の慈しみを受けて育ってきた静馬にとっても、あれほど我を失った彼女の姿は初めてであった。

（いや――）

違う、と静馬は自らに言い聞かせた。かつて一度だけ、先ほどの如く身も世もなげに狼狽した元瑶に接したことがある。

押し殺した歔欷《きょき》とかしましい蟬の音が、耳底に錯綜した。あれは三年前の夏。卓峰道秀が没した折だ。

師の死を知った元瑶は取り乱し、どうして道秀の病を教えてくれなかったと源左衛門や織部を責めた。その叱責が涙でくぐもり、ついに切れ切れになる様を、静馬はただただ庭の隅に膝をついて眺めることしかできなかった。

当時の静馬にそれは、師を喪った悲しみの深さゆえと思われた。しかし改めて考えれば、元瑶が我を忘れて侍たちをなじったのは、後にも先にもあの時だけだ。

(道秀さまは……何者でいらしたのだ)

水面に墨を滴らせたかの如く、黒いものがじわじわと胸の奥へと染み入って来る。静馬はまだ何か続けようとする寂応を、「そんなことは後にしろ」と遮った。自分でも驚くほど、激しい口調となった。

「今は達摩図を探し出すのが、第一だろう。元瑶さまを疑うのは、それからだ」

「なんだと」

「うるさい。とにかく行くぞ」

一人決めに言い放ち、静馬は雨戸が立てられたままの観音堂に近づいた。顔を強張らせた寂応をうながして三間続きの平屋を家探しし、ついでに庭の植え込みを探る。

昨夜遅くに雨が通ったせいで足元はぬかるみ、梢には冷たい雨滴がわだかまっている。草履越しに沁み通る寒気が、かっと火照っていた静馬の頭を徐々に冷ましていった。

元瑶の先ほどの挙動は、静馬の目から見ても奇妙だった。それだけに寂応が盗難と元瑶を結び付けて考えたのも、一面では仕方がない。

とはいえ一の間のある楽只軒は夜間、内側から四方の杉戸が締め切られる。唯一、錠が下ろされぬのは庭に面した広縁だが、それとて雨戸が立てられ、宿直の尼に気取られぬまま忍び入るのは難しい。

つまり別棟に隠居場を構える元瑶が達摩図を盗める道理はなく、犯科人は明らかに楽只軒内に出入りする元秀付きの尼のいずれか。だとすれば元瑶の動揺はすべて、絵が盗まれた事実ゆえということになる。

しかし常の元瑶の穏やかさを考えると、最前の取り乱し方は明らかに不審である。たとえば元瑶はすでに、盗人の正体に気付いているのか。いや、それにしたところで普段の元瑶であれば、動揺を露わになぞせず、誰にも気取られぬよう内々に犯科人を諭し、達摩図が戻ってくるよう計らうはずだ。

(ならば、何故——)

濡れた植え込みを探るうち、袂はぐっしょりと濡れそぼち、足袋の爪先にも冷たいものが沁みてきた。襟先に飛んだ滴を懐の手ぬぐいで振り払い、静馬は寂応と共に寺の総門へと続く石段を降りた。

すでに誰ぞが探し回った後なのだろう。門《かんぬき》のかかった門の内側には濡れた足跡が刻まれ、傍らに置かれた芥箱《あくたばこ》の蓋が開けっ放しになっている。静馬が乱暴な手つきでそれを閉ざした時、鋲の打たれた門の向こう側で荷車の音が響いた。次いで門脇のくぐり戸が打たれ、「誰ぞおいでか。五条家の使いでございます」との呼びかけがそれに続いた。

「はい。何用でございましょうか」

「明日の法会の供物にと、ささやかながら餅をひと重ね前少納言さまより預かって参りました。何卒、ここをお開けくだされ」

丁寧な物言いは、ただの餅屋のそれとは思い難い。恐らくは五条家の家従が同行しているのだ。

「かしこまりました。お名前を伺ってもよろしゅうございますか」

「はい。五条家よりまかり越しました多田式部と申します」

その名には、聞き覚えがある。確か、明日の達摩忌にも同行する五条家の家司だ。

元秀の伯父の使いである以上、門前でただ餅を受け取って帰らせるわけにはいかない。こういった場合は御清所《おきよどころ》（台所）に案内し、奥向きの尼のいずれかが礼を告げるのが礼儀だが、いま殿舎に近寄れば、多田とやらは必ずやただならぬ気配を察しよう。

「し、しばし。しばしお待ちください」

余計な口走りをするなよ、と寂応を目顔で制してから、静馬は一段飛ばしに階段を駆け上がった。御清所に誰もおらぬと見て取るや、一の間目指して庭を回り込んだ。

昨夜までそこここに巡らされていた幔幕はすべてまくり上げられ、むき出しとなった柱が池中に黒々とした影を落としている。そのただなかを探し物をする十数名の尼の足取りはいずれも雲を踏むようにおぼつかなく、張り詰めた沈黙が庭や殿宇《でんう》に漂っていた。

今を盛りと咲き誇る山茶花《さざんか》の茂みの横に慈薫と珍雲の姿を見つけ、静馬は二人の名を呼んで駆け寄った。

「ただいま門外に、五条家さまからのお使いがお越しです。明日の法会のための餅をお持ちくださったとか」

「なんやて。五条さんの」

振り返った慈薫の顔色は、鮮やかな紅の山茶花の色が映るほどに白い。あまりの面相にぎょっと身を引いた静馬の目の前で、慈薫は苔むした地面にへなへなと崩れ落ちた。

「いかがあらしゃりました。慈薫さん」

しかし慈薫は駆け寄る珍雲には目もくれず、「もうおしまいやッ」と両手で顔を覆った。

「こないな次第が寺外に行き渡りやったら（知れ渡ったら）、御前の御面目《ごめいぼく》はほとほとのう（丸つぶれに）ならしゃる。こ、こなたは、こなたはどうやって、御前に詫びごとを申し入れたらよいのや」

「落ち着いて下さい、慈薫さま。とりあえず家司さまに気取られぬままお引き取り頂ければ、明日までは何も知られずに済みましょう」

そのためには、努めてさりげなく多田式部を迎えねばならない。だが慈薫は激しく首を横に振り、「こなたには無理や」と喚いた。

およそ普段の慈薫らしからぬ叫びに、四囲の尼が驚いてこちらを顧みる。珍雲が顔を引きつらせ、「慈薫さん、どうぞ落ち着いて」とその傍らにしゃがみ込んだ。

「落ち着いてやて。これが落ち着いていられるならしゃりますか。さっきからどれだけ探したかて、達摩図は出ておわしゃらぬ。その上、五条さんから使者までおいであそばされては、御寺の失態がすなわち（あっという間に）洛中に知れ渡るのは明白《あからさま》や」

「何を大仰なお事を言わしゃります。とりあえず御家司さんにはこなたがお目もじして参りますけど、どうにも絵がおわしゃらなんだら、何とか口実《かごと》を作って御法会をお延ばしいただけばいいお話であらしゃりましょう」

慈薫は珍雲の言葉なぞもはや耳に入っていない様子で、激しくしゃくりあげている。その背をしきりに撫でながら、珍雲は静馬を仰いだ。

「それで静馬。五条さんからごわしゃったお方は、いまは寺門の外にあらしゃりますのか」

「はい。しばしのご猶予をと申し上げて、お待ちいただきました。お名前は多田式部さまとやら」

そういえば昨日元秀は、多田式部が珍雲の幼馴染だと語っていたと思いながら答えた途端、珍雲の顔がさらに強張った。「式部さんやて」とその唇がわななき、すぐにきっと一文字に引き結ばれた。

気弱な珍雲には似つかわしからぬ表情に、静馬は虚を突かれた。だが珍雲はそんな静馬の胸先を叩くかのような口調で、「それやったら、ますますこなたやないと」と続けた。

「式部さんとこなたは、幼馴染。それやったらこなたが総門まで出向き、慈薫さんのお手が放せぬと申し上げても、奇妙《きたい》にはお考えにはならしゃらへんやろ」

「それは確かに仰る通りですが――」

戸惑いつつ応じた静馬にはお構いなしに、珍雲は足早に総門へと向かった。

手持無沙汰な顔で礎石に座り込んでいた寂応に手伝わせて門の閂を引き抜けば、羽織袴姿の三十男が荷車を率いて佇んでいる。

珍雲の姿に、男は束の間、目を見張った。すぐにくしゃりと明るい笑みを浮かべ、

「これはこれは。乙羽《おとは》どのがお出迎えとは珍しい」と折り目正しく一礼した。年に似合

わぬ目尻の皺が、いささか浮世離れした気配を男に加えていた。

「これなるは餅屋の丸市に搗《つ》かせた餅。何卒、明日の法会の供物にお加えくださいとの、とのさんからの言付けでございます」

荷車の梶棒を握っていたお店者《たなもの》が、式部に促され、荷台から一抱えもある油紙の包みを下ろした。ずしりと重いその包みを受け取り、静馬はよろめく足を踏ん張った。

「それはご丁寧さんに、ありがとう。寺内はただいま、明日のお支度《しのじ》でおいもじ（大忙し）であらしゃりますが、御前もさだめしお悦《よろこ》びさんにならしゃりましょう。それにしてもお供え物であれば明日でもよろしゅうございましたでしょうに、本日お運びあらしゃるとは」

「早くお届けしろとのとのさんのご命令でございました。ですがおかげで思いがけず、乙羽どのにお目にかかれました。これは役得でございますな」

珍雲の表情とは裏腹に、式部の口調はどこまでも柔らかい。足をよろめかせた静馬を見かねた寂応が反対側から餅を支えるのに、式部は軽く目を細めた。

「明日の法会、とのさんもお子がたもひどく楽しみにしておいでです。積もるお話はもちろん、お聞かせいただかねばならぬお返事もありますが、それらもまた明日にうかがいます。ともあれ、御前に何卒よろしくお伝えください」

よほど寺内は慌ただしいと考えているのか、式部は餅屋の男を急かして踵を返した。

その姿が長い坂道の下に消えるのを見送ってから、静馬は餅を揺すり上げて大きな息をついた。

「なにも気取られずに済んだようです。よろしゅうございましたな」

「え――ええ、そうですね」

珍雲の返事は、意外なほど歯切れが悪い。静馬たちを置き去りにそそくさと石段を上がっていくその背を見送り、「ちぇっ、まったくどいつもこいつも」と寂応が舌打ちをした。

「さっきの婆さんといい、あの尼さんといい、ここの尼公は変わった奴らばっかりだなあ。本当に絵が見つかるのか、だんだん不安になってきたぜ」

「大丈夫だ。珍雲さまは尼公がたの中でも、特に真面目なお方だからな」

そう応じた言葉が、胸の奥に引っかかる。静馬は式部たちが去った石段の下を振り返った。

珍雲が気弱ながらも勤めに熱心な上臈であることは、林丘寺の者には疑いようのない事実。それにもかかわらず、彼女が一昨日からしきりに、法会を延期しようと言い立てていることに思い至ったのである。

静馬は先ほどの珍雲と式部のやり取りを胸に甦らせた。腕の中の餅を無理やり寂応に押し付け、半歩、後じさった。

「しばらくの間、一人で抱えてろ。いくら油紙で包まれているからといって、絶対に地面に置いたりするなよ。お前のところの達磨さまに捧げる、大事な餅だからな」

「ちょ、ちょっと待て。どういうことだよ」

寂応の文句を背に聞き捨てて、静馬は修学院村へと続く坂道を駆け下りた。本当は大声を上げて式部を呼び止めたいが、風向き次第では寺内の珍雲にその叫びが届く恐れもある。

寺域を出て、半町ほど道を南に行けば、刈り取りの済んだ村の畦道を横切る影がある。息を切らしながらそれに追いすがり、「し、しばしお待ちください」と式部を留めた。

「林丘寺の者でございます。いささかお尋ねしたいことがございます」

双眸を血走らせた静馬に、式部はさして驚く風もなく足を止めた。

「先ほどいらした寺侍どのですな。なにかご無礼でもございましたでしょうか」

「いえ、そうではありません。先ほどそなたさまは珍雲さまに、お聞かせいただきたい返事があると仰いました。差し支えなければ、返事とはなにかお教えいただけませぬか」

「いやはや、聞こえておりましたか。これは困りましたなあ」

荷車を曳いていた餅屋の男が、頭を搔く式部を仰ぐ。先に行けとそれに目顔で命じ、式部は細い頤《おとがい》に片手を当てた。

「決して、他言はいたしません。もしかしたらそれが明日の法会に関わりがあるやもしれぬのです」

「そんな大げさな話ではないと思うのですが。乙羽どの――ああ、林丘寺では珍雲どのと仰るのでしたか。ともあれ、その珍雲どのと私の間でだけのごく内々の話ですよ」

式部は静馬の肩越しに、林丘寺を顧みた。考え込むように顎先を撫でるその足元を、小さな旋風が吹き過ぎる。

しまい忘れられたままの鳴子が水の涸《か》れた田の隅で鳴り、式部をうながすかの如く雲一つない冬空にこだました。

三

紺青に沈み始めた西空に、端の黒ずんだ茜雲《あかねぐも》が二筋、三筋、引っかかっている。切り落とされた爪そっくりの細い月が、宵闇に沈みつつある西山の稜線を淡く照らしていた。

常なら日没とともに静まり返る林丘寺の境内には煌々と篝火《かがりび》が焚かれ、昼を欺く眩《まばゆ》さである。すでに庭や各堂宇は寺侍と尼公総出で埃一つ見逃さぬほどに探し回ったが、いまだ達摩図は見つからない。

半刻ほど前、織部は元秀に目通りを願い出、寺内の者たちの自室を捜索する許しを得た。今はその皮切りとして、侍長屋の己の部屋を源左衛門に改めさせている。

本来の次第では、明日の法会は辰《たつ》ノ刻《こく》から。もはや夜を迎えた今となっては、ご禁裏や諸家に使いを出し、法会を延引することすらできない。それだけに庭や殿舎をひっくり返す尼や侍の表情には、濃い疲労がにじんでいた。

小さくなりかけた篝火に割木を足していた静馬は、庭を横切る人影に目を据えた。篝火のせいでかえって濃い闇のただなかに、白い頭巾がぼおと浮かび上がっている。それが御客殿の西へと進むのを確かめてから、足音を殺してその後を追った。

寺中を覆う明るい篝火に驚いてか、寺の裏山で鴉《からす》がかまびすしく騒いでいる。人影は闇をつんざくその叫びから逃げるかのように、庭から御客殿西の渡殿《わたどの》へと上がった。庭の植え込みに隠れて後を追う静馬には気づかぬまま、吊り灯籠の下がった広縁を急ぐ横顔は、漆喰を塗りつけたかと疑うほど硬い。

元瑶の暮らす一棟まで来るや、敷居際に膝をつく。障子に向かって手をつかえた。

「珍雲でございます。静馬よりお召しとうかがいましたが、如何なる御用であらしゃりましょう」

隠居の身である元瑶は、元秀付きの上臈衆と関わる折が少ない。それだけに珍雲の声には、不審と不安がないまぜになっていた。

「来やったか。入らしゃれ」

はい、と障子を引き開けて、珍雲が膝行する。床の間を背にした元瑶は脇息にもたれかかったまま、障子を閉ざそうとする珍雲を「ああ、そのままに」と制した。

朝方はほころび始めたばかりだった床の椿は完全に開き、淡い影が花芯に落ちている。一灯だけ立てられていた燭台の火が、中庭から吹き込んだ風に悶えるように揺れた。

「達摩図はまだ見つかりはせんのやな。元秀さんもさだめしおふたふた（焦っておいで）であらしゃろう」

「くもじながら（憚りながら）、そのようであらしゃります」

珍雲の口数は、常にも増して少ない。心細げに首をすくめているのは、中庭から吹き込む夜風ばかりが理由ではなさそうであった。

「あのな。今日もじはそこもとに聞いてほしい話があるのや」

「こなたに、でございますか」

「そうや。正明寺さんに納められたあの絵は、こなたにも大切な絵であらしゃってなあ。とはいえこの話は、誰にでも聞かせられるものやない。お嫌であらしゃらぬのなら、お聞きやってくれやせぬか」

予想とは異なるなりゆきに、静馬は身をひそめていた階の際から、顔を突き出しそうになった。

（元瑶さまはなにをお考えでいらっしゃるんだ）

多田式部から珍雲が与えるはずの「返事」の内容を聞いた静馬は、逡巡《しゅんじゅん》の末、それを元瑶に打ち明けた。すべてを公にして、珍雲を問い詰めるのはたやすい。しかしそれではかえって傷つく者を増やすだけではと思い悩んだ末であった。

――よし、わかった。こなたより、珍雲をたしなめてならしゃろう。

先ほど元瑶は確かにそう請け合ったはず。それがなぜ、昔語りなぞ始めるのか。

「東国に駆込寺という寺があることは、珍雲もお知り置きであらしゃるやろ。いや、東国だけではない。寺とはそもそも、悩める衆生《しゅじょう》にとっての救いの場。人はおいとしい(哀れな)もので、誰しもお悩み事のうては生きてはあらしゃらぬからなあ」

誰しも、という辞が、静馬の胸でことりと音を立てた。

洛中の賑わいから隔たった林丘寺に出入りする人々ですら、その裡には大小様々な悩みを抱えている。ある者はこの寺で重き荷を下ろし、またある者は悩みを引きずったまま生きてゆこうと誓う。だとすれば静馬自身の懊悩や自責もまた、決して特別なものではないのでは、と説かれたような気がした。

「とはいえそれはあくまで、外の世で苦を背負ったお人にとっての話や。端《はな》からこの寺にいるこなたはな、どれだけ苦しゅうなっても、どこにも駆け入る先がない。それがあまりに辛うて悲しゅうて、こなたはただ一度だけ、人をけのじにして(傷つけて)ならしゃったんや」

珍雲の肩がびくりと動く。「元瑶さまが」との呟きに、元瑶はためらいもなく首肯した。

「もう二十年あまりも昔の話でならしゃる。こなたは性圭というお次の尼と、師である卓峰道秀さんの仲をねたもじして（嫉《そね》んで）しもうたんや」

元瑶の語り口はまるで明日の天気を推量するかのように、訥々《とつとつ》としている。それだけに静馬は一瞬、その意味を捉え損ねた。

「ねたもじとは――その、つまり」

周章をにじませた珍雲の声に合わせ、背中に冷たいものが這い上がって来る。暗がりから飛び出しそうになるのを軒下の柱を摑んで堪え、静馬は荒い息をついた。

「そのままの意味や。今から考えれば、ゆめがましい（愚かな）話であらしゃるなあ」

それはまだ元瑶が出家を果して十年ほど経った二十六年前。元瑶は五十八歳、道秀は四十歳の壮年だったという。

「性圭はこなたより六歳年下であらしゃったけど、年よりもおさないさんに（幼く）見える尼であらしゃってな。当時、しばしば林丘寺に絵を教えにごあしゃった道秀さんとは、同門同士の仲良しであらしゃった」

楽しげに言葉を交わす二人の仲がやましいものでないことは、元瑶とて承知していた。しかしそれでも洛北の比丘尼御所での暮らしを定められた元瑶の中で、二人の親しさへの羨望はいつしか妬心《としん》へと変わった。

「こなたは別に、道秀さんに懸想《けそう》（恋）したわけではあらしゃらへん。還俗《げんぞく》して夫を持ちたいと考えてたわけでもない。けどそれでもこなたの目にはその時、とにかく性圭たちが羨ましゅう映ってならなんだのや」

それまでの元瑶は、内親王として生まれながらも尼となった我が身に、何の疑問も抱きはしなかった。だからこそなお、初めてその胸に萌《きざ》した暗い思いは、いっそう激しくその身を苛《さいな》んだ。

それは道秀と性圭、二人の仲への嫉妬ではない。ただ少なくとも彼らはその気になれば、寺を出ることも還俗することも叶う。林丘寺開基となった己に引き比べ、何物にも縛られぬまま日々を過ごし得る彼らが、羨ましくてならなかった。

そう思って見回せば、元瑶より高貴なもののおらぬ寺の中で、誰よりも元瑶が己の欲するままに振る舞うことを許されなかった。父も母もすでに此岸の人ではなく、宮城に戻るあてもない。

自分はこの世に一人だ。この山近い寺が己の墓所になるのだと思うと、若い頃から続けてきたはずの絵は荒れ、性圭に強い言葉を投げつける折が増えた。

その妬心は結局は、自らの境涯全てに対するものであった。しかしそれがたまたま身辺にいた道秀と性圭のみに向けられたのは、ひとえに元瑶の気の弱さゆえであった。

仮に元瑶が誰かれなく怒りをぶつけられる気性であれば、人目を憚らず還俗することも叶っただろう。そこまでの無謀は図れず、さりとて己の今後に慣れられもせぬ矛盾が、更に元瑶を荒れさせた。

「道秀さんは頭のよいお方や。そやからこなたのそないな思いが、手に取るようにお分かりあらしゃったんやろなあ。やがて、じかにこなたに絵を教えるのは畏れ多いと言い出しなさり、林丘寺にはごあしゃらぬようにならはった。性圭がお暇《すき》をいただきたいと言い出したんは、そのすぐ後やった」

「それは普明院さんのお気持ちを慮《おもんぱか》られたんであらっしゃりましょうか」

珍雲の震える声に、元瑶は「おそらくなあ」と呟いた。

「けどその時のこなたは、ほんにゆめがましゅうてあらしゃった。己がどれだけ性圭につろう当たっているかなぞ考えぬまま、むしろおみなかだって（腹立ちを覚えて）求められるままにお暇を下しやった。今から思えば、はもじな（恥ずかしい）話や」

道秀の手になる絵を性圭に与えたのは、餞別《せんべつ》ではない。まるで申し合わせたかのように自分から去っていく彼らのことを、二度と思い出したくないとの怒りゆえであった。

とはいえ道秀は別に、絵の師の任までを辞したわけではない。性圭が林丘寺を去った後も、道秀は淡々と元瑶に粉本を送り、変わることのない絵の手ほどきを続けた。元瑶の絵が更に荒《すさ》み、時には粉本を丸々写したような作を描いても、決して指導を怠りはしなかった。

「こなたが自らの過ちに気づいたのは、それから三年後。性圭が病でおかくれ《おわもじ》になったとの知らせが御寺に届いた時や。性圭はな、最後までこなたを恨んだりせず、ただこなたのことが心配《しんもじ》やと言うて、日ごと夜ごとしおたれて（泣いて）あらしゃったそうや」

その事実に己の行状を省み、元瑶は打ちのめされた。だが激しい後悔を打ち明けようにも、道秀はどれだけ文を送っても林丘寺を訪れず、ただただ絵の師としての生きざまを貫いて三年前に没した――との言葉に、静馬は深い息をついた。

道秀が亡くなった時の元瑶の動揺。あれはもはや詫びるべき相手を二人ともに失ったことに対する、自責の念の表れだったのだ。

元瑶の優しさを、静馬はよくよく承知している。しかしそれでもなお己の半生を振り返った元瑶が周囲を妬《ねた》まずにはいられなかったように、人は誰しも全き存在ではいられない。元瑶は自らの身をもってそれを承知しているがゆえに、誰に対しても優しく――そして逃げ、許しを請う人々に手を差し伸べ続けてきた。それはきっと、もはやどこにも逃げ入ることの許されぬ元瑶の贖罪だったのだ。

（駆け入りの寺――）

逃げることはただの怯懦《きょうだ》でしかない。静馬はそう思っていた。しかし詫びも逃げも許されぬままこの山裾の寺に生き続けてきた元瑶の来し方の、なんと哀れであることか。

逃げていいのだ、と静馬は初めてはっきりと思った。いや、叶うことであれば今からでも元瑶を過去の軛《くびき》から解き放ってやりたいが、この老尼はきっと誰の勧めがあろうとも、それを是とはすまい。そしてその代わりとばかり、自らは他者を常に許し、逃がし続けるのだ。

「正明寺さんから借り受けたあの達摩図がとのじに遭うた（盗まれた）と聞いたとき、まるで道秀さんと性圭がこなたに仕返しをしてならしゃるかのように、こなたは思うた。そやけど、つい一刻ほど前、静馬がここにおめみえしてな。そもじの幼馴染の話をお聞かせあらしゃった」

庭に背を向けた珍雲の表情は、静馬には分からない。それでもその肉の薄い背にみるみる緊張が走るのが、淡い灯火の下でもわかった。

「多田とやら申す五条さんの家司は、かねてより互いの生家を通じて、そもじを嫁御に と請うてならしゃるそうやな。ところがどれだけ頼み入れても返答《おいらえ》がないことに焦《じ》れ、先々月、とうとう直にそもじに文をお寄越しあらしゃったとか」

――幼き頃より、わたくしは娶《めと》るのであれば乙羽どのしかおらぬと思い定めておりました。

修学院村の小道を静馬と肩を並べて歩きながら、多田式部は照れる風もなく、ぽつりぽつりと語った。

――しかし、乙羽どのは幼い頃に負った傷を気に病まれ、遂にはわたくしにも黙って林丘寺に入ってしまわれました。爾来、幾度も諦めようと思ったのですが、やはりどうしても思い断ちがたく。遂には先々月、不躾《ぶしつけ》と知りつつも付文をお送りしたのです。

返事は十月五日の達摩忌日の折に賜れば、と式部は文の末尾に書いたという。諾でも否でもいい。とにかく自分への思いを教えてほしい、と。

「そもじは、こなたが描いた達摩図がにがにがしゅう（悪く）ならしゃっていたのを見て、御法要さえなければ返事《いらえ》をせずに済むと考えてならしゃったんやろ。そやから正明寺さんから届いた道秀さんの絵を隠し、御法会を延引させようと図ったんやな」

珍雲の肩が細かく震え出す。それとともに皺に囲まれた元瑤の目の光が、霞《かすみ》に覆われたかのように優しくなった。

「還俗し、殿御（夫）を持つのが幸せか、それともこのまま寺におわしゃるのが幸せかは、こなたにもよう分からぬ。じゃが少なくとも多田とやらを心底拒むつもりであらしゃれば、そもじとてむざむざ答えを引き延ばしはならしゃるまい。つまりはそうやって逃げ続けることこそが、そもじのまことの答えを物語ってならしゃるとこなたは思うてあらしゃるえ」

「は、はい。はい――」

珍雲が幾度もうなずくにつれ、微かな響きを立てて澄んだ雫《しずく》が畳を叩く。それとともに床の間の椿が更に大きく花開いたかのように、静馬の目には映った。

一つの蕾は長い歳月を経て、五弁の花を開かせる。元瑶の忘れがたい悔いはいま、美しい五葉の花として珍雲の上に開いたのではないか。

珍雲がこの先どんな道を選ぶのか、それは誰にも分からない。ただ少なくとも珍雲は答えを出すことから逃げ、それがゆえに元瑶から救いの手を差し伸べられた。だとすれば逃げることとは、ただの惰弱ではない。それは新たなる道を摑み取るために必要な一歩だ。

「御前にはこなたも口添えしてならしゃろう。達摩図はどこに隠しやった」

「わ、わたくしの局《つぼね》（部屋）の行李の奥に――」

声を上げて泣き崩れる珍雲の背を、元瑶が静かに撫ぜる。まっすぐこちらに投げられた眼差しに促され、静馬は階の陰から静かに立ち上がった。

境内に焚かれた篝火はなおも明るく、空に瞬いているであろう星は見えない。しかし人の目には映らずとも、この世には確かに数え切れぬ哀しみが存在し、今なお誰かの心を責め苛んでいる。

織月《せんげつ》はすでに西山の彼方に落ち、空はただただ暗い。だがこの夜空の果てにはいつか必ずや、曙光《しょこう》が訪れる。それがすべての悩み苦しみから逃げようとする人々の足元の灯となることを願いながら、静馬は御客殿の階の下に立った。

「普明院さまのご下命により、梶江静馬、殿上いたします」

夜空を一つ、篝火よりも明るい星が流れる。それがまるでやがて来たる曙《あけぼの》の前触れのように、静馬には思われた。

謝辞

本作の執筆にあたり、丸田博之氏（京都先端科学大学）に御所ことばの監修をいただきました。この場を借りて、心より御礼を申し上げます。

解説

谷津矢車

異色作、というのが、『駆け入りの寺』に対する世間一般の評だろう。

歴史小説家・澤田瞳子といえば、古代史小説や絵師小説の書き手として広く知られている。どちらにもぴたりと重ならない本作が異色作に位置づけられること自体は、むしろ順当と言えるだろう。

この書き出しでお察しの方もおられるだろう。わたしはこの小稿において、そうした見方に一石を投じたいと目論んでいる。本作は著者異色作かと思いきや王道作であり、王道作なのに異色作。わたしはそうした印象を持っている。

なぜわたしがこうもヒネた考えに至っているのかを説明するためには、本作の構造に深く立ち入る必要がある。作家の仕事を腑分けするような野暮な行ないとなってしまうが、平にご寛恕いただきたい。

本作は、比丘尼御所（皇女、王女、公卿や貴紳の息女などが出家して住持となった寺のこと）、林丘寺を舞台にした物語である。後水尾天皇の皇女である元瑶が初代住持となり、霊元上皇の皇女である元秀がその座を引き継いでいる江戸時代中期、林丘寺で働く青侍の梶江静馬が、寺に持ち込まれる俗世の厄介ごとに遭遇、奔走する中、前住持の元瑶が毎度そうした厄介ごとに首を突っ込み、絡まっていた糸が解けていく、というのが本作で繰り返される大まかなストーリーラインである。ミステリ作品や人情小説でよく用いられる連作短編形式が採用されており、事実本作には謎解きめいた展開を持った一篇もあり、かつ、人情小説的な色合いも強い。普段、激変期をモチーフにする傾向があり、長編形式を取ることの多い澤田瞳子作品としては社会の安定期という珍しい時代設定、珍しい物語形式を採用していると言える。本作が異色作に見える所以はそうした辺りに求められよう。

一方で、本作は澤田作品らしさで溢れている。

そもそも比丘尼御所を舞台にするところからして、非常に澤田瞳子作品らしい。本書における比丘尼御所は、禁裏の雰囲気を色濃く湛えた場所として設定されている。本書に触れた際に感じる雅やかさは、比丘尼御所の持つ王朝の香りが丁寧に描写されているがゆえのものである。時代設定こそ近世だが、本作は近世離れした、ゆったりとした空気が流れている。

また、〝聖〟の側の人々が物語に深く関わっている点も澤田作品的である。澤田作品において、「僧」には重要な役割が与えられている。東国武者の平将門と仁和寺僧の寛朝との交流を描いた『落花』（中央公論新社→中公文庫）や、悪僧（僧兵）として興福寺に身を置く範長が、平家、ひいては戦乱の時代と向き合う『龍華記』（角川書店→角川文庫）などがその好例として挙げられようが、武家や庶民といった〝俗〟とそこから隔絶した世界である〝聖〟を対置して作品のテーマを浮き彫りにする手法は、澤田作品においてしばしば散見される。それらを踏まえて眺めると、本作もまた〝聖〟と〝俗〟の対照による物語と位置づけできよう。

様々な階級の人間を登場させる人物配置も、澤田作品らしさの一端を担っている。本書は皇女の住持元秀や前住持の元瑶、青侍の梶江静馬や滝山与五郎、尼の浄訓の他、元秀の乳母の賢昌尼、住持に仕える大上臈の慈薫や、林丘寺を運営面から支える侍法師の碇監物や中通の嶺雲など、様々な人々が彩をなしている（個人的には、どこか生意気で、静馬に対して甘えが見え隠れする浄訓がお気に入りである）。こうした「様々な階級の人々を描き出し彩をなす」やり方も、天平期のパンデミックを描いた『火定』（ＰＨＰ研究所→ＰＨＰ文芸文庫）などにも見ることができ、後に石見銀山の人々を重層的に描く『輝山』（徳間書店）に結実していく要素である。

わたしが本作を著者王道作の系譜に連ねるべきと考えているのは、ざっとそうした理由からである。

しかし、本作において、右記の〝澤田作品らしさ〟が、物語の底流で少しずつ〝ずらされ〟ていることも指摘しておかねばならない。

先に「本作は近世離れした（空気が流れている）」と書いたが、厳密には正しくない。比丘尼御所の林丘寺は非近世的な雰囲気を湛えつつも、やはり近世という時代から自由ではない。それは、江戸時代のシステムに従い運営される林丘寺の姿が活写されているからであり、本作の事件の多くが林丘寺の外からもたらされるがために、林丘寺が絶えず近世社会と交渉せざるを得ないからでもある。

また、澤田作品の特徴として〝聖と俗の対照〟を挙げたが、少なくとも本作における〝対照〟は、いささか複雑な形を取っている。本作のストーリーは確かに林丘寺という〝聖〟の元に市井の〝俗〟の問題が持ち込まれることで展開されてはいる。しかし、作中で描かれる〝俗〟の事件には、（〝聖〟の側にいるはずの）林丘寺の人々の行動や思いが密接に関わるものも多い。林丘寺にいる人々は、いかに王朝の気配を身に纏いながらも近世人であり、聖の側に属しているようでいても俗とは無縁の存在たり得ていない。本作における林丘寺や寺にいる人々は、前近世と近世の間、聖と俗の間をふらつき続けているのである。

本作を初めて（単行本刊行時に）拝読した際、わたしは疑問に思ったものだった。なぜこの小説はこんなにもややこしい構成を取っているのか、と。

わたしは一応、それに対する答えを用意できる。

林丘寺のアジール性を否定するためである。

アジールとは、世俗の統治権力の及ばない地域のことで、中世日本においては寺社などがそうした場所であったとされる。しかし、近世に入り寺社のアジール性は武家政権による一元支配によって否定され、縁切寺の離縁調停などにその名残が留められたと説明される。

本作における林丘寺はアジールに近似した働きをしている。その反面、作中のそこかしこで、林丘寺が中世寺社ほどの力を持たず、制度的にも俗世の調停を行なう権限を持っていないと度々言及されている。

なぜ本作はこんなにも林丘寺のアジール性を様々な形で否定しているのか。それは、林丘寺が理由なく俗の調停に首を突っ込んでいる不可解な状況を作り上げるためである。なぜそこまで？　そんな疑問が作中の底流にずっとあり続け、それがラスト、ある人物の祈りに回収され、物語の環が閉じられる。言うなれば、本作は従来の〝澤田作品らしさ〟を壊した先にしか描けない境地の上に立っているのである。

わたしが本作を「王道作なのに異色作」と述べた理由、それは、物語の要請に応じ、著者が従来の〝澤田作品らしさ〟を底流で分解し、新たな構築を試みている様子を見て取ることができるからである。

〝転がる石には苔が生えない〟のは何もロックンロールだけの話ではない。小説家もまた、常に変わり続けなければならない。わたしは本作に、同じ処に留まり続けるのをよしとしない、作家澤田瞳子の気高い戦いを見るのである。

……といった話は、あくまで本作の底流に存在するベース音に過ぎない。わたしが縷々説明してきたことを一言でまとめると、「本作は強い剛性を有した物語構造を取っている」というだけのこと。

本作は先にちらと書いたとおり、林丘寺の人々の和気藹々とした掛け合いが心浮き立つ〝企業〟小説であり、これまでの来し方ゆえに〝逃げる〟選択肢が取れずにいる視点人物、梶江静馬の成長物語でもあり、そしてある人物の祈りを巡る物語でもある。もし先に本編ではなくこちらの解説をお読みの方がいらしたなら、肩の力を抜いて、作品世界に耽溺して頂きたい。その上で、作品構造にまで細心の注意を払い、新たな領域に筆を伸ばそうとする著者の手腕に膝を打って頂けたなら、この解説はまず成功といったところである。

（作家）

主要参考文献（順不同）

【書籍】

『尼門跡の言語生活の調査研究』
井之口有一・堀井令以知・中井和子（風間書房）一九六五
『考証　幕末京都四民の生活』　明田鉄男（雄山閣出版）一九七四
『朝廷をとりまく人びと』　高埜利彦編（吉川弘文館）二〇〇七

【図録】

『尼門跡寺院の世界　皇女たちの信仰と御所文化』
中世日本研究所 ほか編（産経新聞社）二〇〇九

【論文】

「林丘寺創立の研究(上)(下)」　田中重久　『歴史と国文学』第16巻第1号・3号より

「比丘尼御所に於ける御所号勅賜の意義」　荒川玲子　『書陵部紀要』第38号より

「史料紹介　比丘尼御所歴代(一)〜(五)」　大塚実忠

『日本仏教』第26〜28号、第31・32号より

「近世の比丘尼御所(上)(下)」　岡佳子　『仏教史学研究』第42号・44号より

「霊元天皇の奥と東福門院」　石田俊　『史林』第94巻第3号より

「画僧卓峰道秀」　大槻幹郎　『黄檗文華』第71号より

「光子内親王の作品について」　鏑木有子　『美術史研究』第20号より

「東京都台東区世尊寺所蔵・卓峰道秀筆『仏涅槃図』について」

藤元裕二・藤元晶子　『黄檗文華』第135号より

DTP制作　エヴリ・シンク

初出「オール讀物」

「駆け入りの寺」　二〇一六年一月号
「不釣狐」（「釣られずの狐」より改題）　二〇一七年一月号
「春告げの筆」　二〇一七年六月号
「朔日氷」（「朔日の氷」より改題）　二〇一八年一月号
「ひとつ足」（「打橋の太刀」より改題）　二〇一八年六月号
「三栗」　二〇一九年二月号
「五葉の開く」　二〇一九年十二月号

単行本　二〇二〇年四月　文藝春秋刊

文春文庫

駆《か》け入《い》りの寺《てら》

定価はカバーに
表示してあります

2023年6月10日　第1刷

著　者　澤《さわ》田《だ》瞳《とう》子《こ》
発行者　大沼貴之
発行所　株式会社　文藝春秋

東京都千代田区紀尾井町 3-23　〒102-8008
TEL　03・3265・1211㈹
文藝春秋ホームページ　http://www.bunshun.co.jp

落丁、乱丁本は、お手数ですが小社製作部宛お送り下さい。送料小社負担でお取替致します。

印刷製本・凸版印刷

Printed in Japan
ISBN978-4-16-792053-1